INFORME

CONTRA mí MISMO

ELISEO ALBERTO

INFORME
CONTRA mí MISMO

EXTRA
ALFAGUARA

INFORME CONTRA MÍ MISMO
© D.R. 1996, Eliseo Alberto

De esta edición:
© D.R. 1997, Aguilar, Altea, Taurus, Alfaguara, S.A. de C.V.
Av. Universidad 767, Col. del Valle
México, 03100, D.F. Teléfono 688 8966

• Distribuidora y Editora Aguilar, Altea, Taurus, Alfaguara, S.A. de C.V.
  Calle 80 10-23. Bogotá, Colombia.
• Santillana S.A.
  Torrelaguna, 60-28043. Madrid
• Santillana S.A., Avda San Felipe 731. Lima.
• Editorial Santillana S.A.
  Av. Rómulo Gallegos, Edif. Zulia 1er. piso
  Boleita Nte. Caracas 1071. Venezuela.
• Editorial Santillana Inc.
  P.O. Box 5462 Hato Rey, Puerto Rico, 00919.
• Santillana Publishing Company Inc.
  2043 N. W. 87 th Avenue Miami, Fl. 33172 USA.
• Ediciones Santillana S.A.(ROU)
  Javier de Viana 2350, Montevideo 11200, Uruguay.
• Aguilar, Altea, Taurus, Alfaguara, S.A.
  Beazley 3860, 1437. Buenos Aires.
• Aguilar Chilena de Ediciones Ltda.
  Pedro de Valdivia 942. Santiago.
• Santillana de Costa Rica, S.A.
  Apdo. Postal 878-1150, San José 1671-2050 Costa Rica.

Primera edición en Alfaguara: marzo de 1997
Primera reimpresión: julio de 1997
Segunda reimpresión: abril de 1998

ISBN: 968-19-0339-0

© Cubierta: Pablo Rulfo y Teresa Ojeda. Stega Diseño.

Impreso en México

Para mis hermanos Rapi y Fefé.
Para Rolando Martínez Ponce de León,
que en paz descansa.

Para Paco.

...hay una iglesia, unos álamos, unos
bancos muy viejos
y una penumbra bondadosa que
siempre se ha prestado grave
a los recuerdos.

PAPÁ

Aquí estoy, ¡oh! tierra mía,
en tus calles empedradas,
donde de niño en bandadas
con otros niños corría.
Puñal de melancolía
este que me va a matar,
pues si alcancé a regresar
me siento desde que vine
como en la sala de un cine
viendo mi vida pasar.

NICOLÁS GUILLÉN

Prólogo

Retorna vida mía que te espero....
SINDO GARAY

...el fuego que allí alumbra es el
de tu corazón:
no lo malgastes.
REINA MARÍA RODRÍGUEZ

El primer informe contra mi familia me lo solicitaron a finales de 1978. En el verano del año anterior yo había sido movilizado como teniente de la reserva y cumplía treinta y seis meses de servicio militar activo en una trinchera cualquiera de La Habana. Era uno más entre los miles de obreros, estudiantes y profesionales que dimos un paso adelante para ocupar el sitio que la Revolución nos había asignado en la vanguardia de la historia, según la retórica de la época. Corrían a caballo tiempos difíciles. El frente de batalla en la contienda Cuba-Estados Unidos se había desplazado a tiro limpio hasta las costas de África, y los hombres y mujeres del primer territorio libre de América Latina estábamos dispuestos a pagar con sangre solidaria nuestra deuda con la humanidad. Así explicábamos las cosas. Hacia el corazón de la isla se escenificaba un combate ideológico de incalculables consecuencias: el diálogo con la comunidad cubana en el exterior. Otra guerra. Por obra y gracia de la llamada política de reunificación familiar, y por primera vez en veinte años de disputas ciegas y sordas, se permitía un acercamiento entre los de la isla y los del exilio. A todas o casi todas las casas cubanas llegó un pariente emocionado, como caído del cielo, y todas o casi todas las puertas se abrieron de par en par para darle una fraternal bienvenida al tío que muchos conocían sólo por fotos de un remoto cumpleaños o al primo tercero del cual nunca habían oído hablar o al hijo pródigo que venía a pedir, de rodillas, la bendición de sus ancianos padres. La voz del pueblo divulgó de boca en boca una frase poética: los gusanos se habían convertido en mariposas. Oficiales superiores me citaron en la jefatura de mi unidad para explicarme sin dramatismo que, por práctica reglamentaria en cualquier ejército del mundo, yo debía mantener informados a los aparatos de la inteligencia y la contrainteligencia militares de todo contacto con visitantes extranjeros, sin distinciones de posturas políticas. En mi condición de oficial este requerimiento era, por supuesto, una orden. Y ya se sabe que las órdenes, en cualquier ejército del mundo, no se discuten: se cumplen. "Estamos en guerra contra el imperialismo yanqui, teniente", me dijeron como si leyeran en voz alta los titulares del periódico: "La Agencia Central de Inteligencia posee una exorbitante tienda de disfraces para enmascarar espías. No podemos bajar la guardia."

La guerra es la guerra. Me explicaron que mi casa era un centro de interés estratégico y que mi padre podía ser blanco del enemigo, por su bondad y gran prestigio intelectual. Entre los cientos de exiliados que por esos días regresaban a la isla con maletas repletas de pantalones vaqueros y maquinitas de afeitar desechables, venían cincuenta y cinco muchachos y muchachas que en principio no eran enemigos de la Revolución pues, siendo aún niños, habían sido llevados por sus padres a puertos seguros de Estados Unidos. Ahora, ellos habían decidido volver una temporada, contra viento y marea, a cuenta y riesgo, para rescatar la memoria perdida a noventa millas de sus infancias, asistir a una cita con el pasado y conocer cara a cara a sus contemporáneos, con quienes ansiaban confrontar experiencias generacionales. Integraban el primer destacamento de la Brigada Antonio Maceo. Una de esas jóvenes traía a mi hermana Fefé una carta de un amigo común. Así empezó todo. Mi casa se convirtió en un verdadero campamento. En un hormiguero. Noche tras noche mis hermanos y nuestros amigos dibujantes, poetas y trovadores nos reuníamos con ellos para contarnos nuestras vidas a quemarropa, intercambiar grabaciones de Bob Dylan y de María Teresa Vera, y volver a llorar escuchando leer a mi padre los poemas de *En la Calzada de Jesús del Monte*: "...por esa vena de piedras he ascendido, ciego de realidad entrañable, hasta que me cogió el torbellino endemoniado de ficciones y la ciudad imaginó los incesantes fantasmas que me esconden. Pero ahora retorna la circulación de la sangre y me vuelvo del cerebro a la entraña, que es donde sucede la muerte, puesto que lo que abruma en ella es lo que pesa. Y a medida que me vuelvo más real el soplo del pánico me purifica". El poeta Eliseo Diego era un patriarca generoso que ejercía una fascinación irresistible; habanero de pura cepa, conversador y simpático como pocos, papá enamoraba a tirios y a troyanos con su manera de contar historias de la tragicomedia insular, hasta que se dormía en el sillón del comedor sin decir las buenas noches, con un vaso de aguardiente posado sobre los muslos, y mamá le quitaba el cigarro que se consumía, en larga ceniza, entre los dedos de su mano; la fiesta entonces seguía en torno a los ronquidos del poeta, hasta la salida del sol. Entretanto, de confesión en confesión, los amigos de las dos orillas comprendimos una verdad que nos dejó desnudos: ellos podían haber sido nosotros, nosotros podíamos haber sido ellos.

Los miembros de mi familia, por ejemplo, teníamos pasaporte, visa del gobierno norteamericano y boleto de avión para abandonar la isla el lunes 4 de junio de 1962, pero veinticuatro horas antes de la partida mis padres renunciaron al viaje por razones estrictamente personales. Sus tres hijos nunca les reprochamos la decisión. "No es por azar que nacemos en un sitio y no en otro sino para dar testimonio", había escrito papá en el prólogo a un libro suyo, dedicado a nosotros, y Rapi, Fefé y yo estuvimos de acuerdo en dejar el nuestro, aunque fuese en algún rincón de esta isla, rodeada de sal por todas partes. De la peligrosidad de aquellos trámites migratorios supimos unos doce años después, al menos en detalle, cuando mi hermana Fefé fue citada a una oficina del Partido y una funcionaria de mal genio les sacó en cara el grueso expediente de la familia De Diego-García Marruz, donde se atesoraban, como pruebas de una infamia, las fotocopias de los pasaportes, nuestras caritas en los rectángulos de las fotos carnet y la escueta cancelación de los pasajes pagados en efectivo a la compañía KLM. Mi hermana estaba invalidada para ocupar un puesto de relativa confiabilidad porque a los once años le habían tramitado la salida del país. En las venas de la familia corría, al parecer, el virus de la traición. Semejante espada de Damocles estuvo pendiente sobre nuestras cabezas durante mucho tiempo, hasta que aprendimos a restarle importancia y nos atrevimos a decirles a nuestros nuevos amigos que nosotros pudimos ser uno de ellos, de haber abordado el avión de KLM que aquella mañana de junio de 1962 cubrió la ruta entre la ciudad de La Habana y la de Miami en cuarenta y cinco minutos de vuelo.

"La guerra es la guerra. Necesitamos que nos mantengas al tanto de lo que se habla en tu casa. Nunca se sabe dónde va a saltar la liebre. Es cosa de rutina. No te prohibimos relaciones con extranjeros, como está ordenado, pero pedimos tu colaboración en esta tarea", me dijeron, "Salúdame al viejo." Mi primer impulso fue negarme. El cubano no admite dos defectos: ser pesado o delator. La Revolución nos había enseñado a despreciar a los "chivatos". Los oficiales insistieron, sin apretar demasiado la tuerca. "Te será fácil. Eres escritor. Cuéntanos el cuento: puede tener final feliz." Yo estaba aterrado. Para qué decir una cosa por otra: nunca he sido valiente. Me aferré a una tabla de salvación que había visto flotar en muchas películas que tratan el tema de las cortes y de la justicia: las declaraciones de un familiar cercano no tienen validez legal, propuse con ingenuidad. Mis superiores sonrieron. "Abre los ojos: estás en el pueblo y no ves las casas", dijeron con tono tranquilizador, "Lee, lee, y aprende quién es quién". Y para amargarme la vida me dejaron solo en la oficina, ante dos pulgadas de papeles con media docena de expedientes, casi todos escritos en mi contra y firmados de puño y letra por antiguos condiscípulos del Instituto, vecinos del barrio y algún que otro poeta o trovador, de esos que solían visitar el patio de mi casa para decir o cantar sus versos a mi padre, al calor de la noche habanera, entre copas de ron y coplas de esperanza. Revisé los informes con una mezcla de terror, curiosidad y desconcierto. El balance no dejaba lugar a dudas: Eliseo Alberto de Diego y García Marruz, alias Lichi, era descendiente de una estirpe de la rancia aristocracia cubana. Su tío bisabuelo, Eliseo Giberga, fue el gestor de la solución autonomista para el conflicto independentista cubano, ¡en noviembre de 1897! Había cursado el segundo grado de la enseñanza primaria en el Colegio de La Salle. No renegó de su formación cristiana hasta el punto de que en el cercano 1969, Año del Esfuerzo Decisivo, aún iba los domingos a la iglesia de San Juan Bosco, donde después de misa enamoraba a una muchacha que no era miembro de la Federación de Mujeres Cubanas. Su hogar (el sustantivo hogar implicaba una crítica sutil) estaba repleto de literatura burguesa y era visitado con sospechosa frecuencia por intelectuales existencialistas, entre otros por el poeta José Lezama Lima, el sacerdote Ángel Gaztelu, y sus adorados tíos Cintio y Fina. Uno de los textos, redactado sin lugar a dudas por un poeta de provinciana inspiración, apuntaba un dato curioso: sólo se le conocían novias hermosas, lo cual podía significar una actitud elitista ante la mujer o una provocación al resto del colectivo de varones celosos. Visto el caso y comprobado el hecho, poco faltó para que me convencieran de que yo era un canalla de marca mayor.

La guerra es la guerra. Al final había un *file* rojo mamey, de carátula plastificada. Una papa caliente. Quemaba en la mano. Lo dejé al último. Encendí un cigarro. Veamos, me dije. Dentro encontré un informe relacionado con mi familia. Una versión positiva pero detallada de las últimas reuniones celebradas en mi casa. El autor de *En las oscuras manos del olvido* era mencionado como un patriarca que ejercía una fascinación irresistible cuando contaba historias de la tragicomedia insular, antes de dormirse en el sillón, y mamá reaparecía en el acto (y en el Acta) para quitarle el cigarro que se consumía entre los dedos de la mano. A manera de posdata se notificaba a quien pudiera interesar que nosotros habíamos planeado "abandonar la Revolución" en junio de 1962, a bordo de un avión de la compañía KLM. Para este cronista, el dato resultaba "digno de tenerse en cuenta a la hora de evaluar acciones presentes y futuras". Y firmaba a pie de página uno de aquellos jóvenes cubanos residentes en Miami, excelente persona, que no había vivido las intensas jornadas de la Revolución porque sus padres lo habían sacado del país por la misma fecha en que los míos decidieron no hacerlo con nosotros: en apenas tres semanas había aprendido las reglas del juego: "Nada es más importante que ser un buen revolucionario", leyó de seguro en muchas paredes de La Habana. Hay varias maneras de acumular méritos para alcanzar lo que Ernesto Che Guevara consideró "el eslabón más alto del ser humano". Una, anteponer los principios a los sentimientos. La auténtica familia es la Revolución. La verdadera lealtad, con la Revolución. Por cierto, tres o cuatro años después el amigo de Miami olvidó esas lecciones de la dictadura del proletariado y se declaró, ahora sí, crítico de la "autorquía comunista de Cuba". He olvidado su nombre. Recordar es volver a mentir. No le guardo gota de rencor. Sólo pena. Pena de pensar que yo, en la ratonera donde él cayó, tal vez hubiera hecho lo mismo. Quién sabe. Todo depende del tamaño y de la intensidad del miedo. Pero ésa es otra historia. La suya. La mía continúa en mi propia ratonera, la noche que le conté a mi padre lo que acababa de sucederme. "Me parece monstruoso", le dije, "Y lo peor es que haré el informe contra ustedes, carajo". Papá encendió su pipa y, luego de varios segundos espesos, me hizo un primer comentario: para él no era un informe "contra los míos" sino "sobre los míos". El piadoso intercambio de preposiciones significó una ayuda moral, sin duda. "Lo siento, hijo: eres un peón de infantería", me dijo papá y, para cambiar de tema, me leyó unos versos de Williams Butler Yeats que acababa de traducir esa tarde: "...esto, esto queda; pero yo anoto lo perdido. Multitudes/ apresuradas van por esta calle sin saber que es sólo/ aquella en que algo anduvo alguna vez como una ardiente nube". No pegué los ojos en toda la noche: amanecí doscientos años más viejo. Depuse las armas. Voluntariamente. A primera hora de esa mañana, después de izar la bandera en el campamento, entregué mi rendición por escrito.

Unos contra otros, otros sobre unos, muchos cubanos nos vimos entrampados en la red de la desconfianza. Los responsables de vigilancia de la cuadra rendían cuentas en los Comités de Defensa de la Revolución sobre la presencia de turistas y sospechosos en la zona, la combatividad de los vecinos y la música contrarrevolucionaria que se escuchaba en las fiestas del barrio (Celia Cruz, por ejemplo). Los compañeros de aula avisaban a los dirigentes de las organizaciones estudian-

tiles sobre las tendencias extranjerizantes y las preferencias sexuales de sus condiscípulos. Los compañeros del
sindicato informaban a la administración de la empresa
sobre cualquier comentario liberal de otros compañeros
del sindicato. El babalao de Guanabacoa daba razón
sobre lo que habían dicho sus caracoles de santería al
profesor de marxismo-leninismo que había ido a consul-
tar a los orishas sobre si podía subirse o no a una balsa
rumbo a Miami. El activista de Opinión del Pueblo dejaba
en los buzones de los municipios del Partido un parte
sobre lo que su esposa había escuchado en la cola del
pan o en la peluquería. El perro terminaba mordiéndose
la cola: contra el responsable de vigilancia, el secretario
de Organización y Propaganda informaba por debajo de
la mesa que su mujer le pegaba los tarros con un ex preso
político, y a espaldas del secretario de Organización y
Propaganda facilitaba datos el presidente del Comité,
y contra el presidente del Comité escribía tal vez el ya
reportado miembro del sindicato, compadre del profesor
de marxismo-leninismo que había consultado al babalao
de Guanabacoa, contra el cual, a su vez, quizás había
pasado una gacetilla el joven extranjerizante del que
habló el activista de Opinión del Pueblo, sin saber que su
propia esposa había informado a las instancias pertinentes que su marido no había informado en tiempo y forma
que su hijo les había informado que la otra noche había
bailado una rumba contrarrevolucionaria, de Celia Cruz
por ejemplo, y así hasta el fin de los tiempos. De
preferencia, una confesión escrita a mano. El chisme
adquirió metodología política. El correveidile (lo llamá-
bamos "el trompeta"), una justificación histórica. El
pueblo decía: "echar p'alante", "elevar el asunto", "levantar un papelón". Estoy convencido que en muchos casos
las autoridades ni siquiera "daban curso" a los memorán-
da redactados por ciudadanos comunes y corrientes que
no podían contar algo de interés estratégico: los forenses

de la informática no iban a perder el tiempo con la autopsia de un fiambre. En mi opinión, lo que realmente importaba era contar con un archivo comprometedor, no una reseña sobre el posible acusado sino un arma contra el seguro confidente. Un texto donde cada uno de nosotros firmaba, a veces sin darnos cuenta del peligro, el compromiso de nuestro propio silencio, pues tarde o temprano esa página escondida en los naufragios de la historia podía salir a flote con su carga de mierda arriba. Digámoslo así: fue una inteligente manera de meternos el diablo en el cuerpo. El diablo de la culpa. Nadie, al menos para mí, es enteramente culpable de su miedo. Nadie. Absolutamente nadie.

Me dicen que a mediados de la década de los ochenta cambió el estilo de trabajo. Más bien la táctica. Los jóvenes pintores, teatreros, trovadores e intelectuales de la época, contestatarios por más señas, eran visitados en sus casas por los compañeros que atendían su caso, para conversar y discutir sobre temas de interés social. Pongan las comillas donde ustedes quieran. Esos encuentros tenían carácter preventivo: te perdonaban la vida, hasta cierto punto. De esta forma, sin duda más cortés, cada muchacho potencialmente conflictivo podía saber a tiempo cuánto hilo estiraría el papalote de su frágil disidencia: la tolerancia tenía límites, por supuesto. Pero eso fue después. A mi generación le tocó bailar con otra música de fondo. Para expresarlo con un juego de palabras puesto de moda por dos populares series televisivas de la época, "en silencio tuvieron que ser los diecisiete instantes de nuestra primavera". En la indetenible diligencia de la Revolución del pueblo, por el pueblo y para el pueblo sólo había sitio para los valientes. O subías al carro sobre la marcha o te quedabas como un paria a la orilla del camino, en territorio burgués. Una vez a bordo no estaba permitido bajar de la carreta por voluntad: si te cansabas o te rendías, si dudabas o temías, la vanguardia te cargaba por los brazos y por los pies, te columpiaba sobre el libro de la historia y te echaba al basurero del enemigo. Al calabozo o a la balsa. Escoge. Apenas te permitían llevar contigo lo que tuvieses puesto en el momento de la expulsión del paraíso. Una hoja de parra. Dos hojas de parra. Tres hojas de parra. Tus pertenencias y tu patrimonio serían intervenidos de inmediato. La multitud enardecida te repudiaba con insultos y escupitajos. Que se vayan. Que se vayan. Que se vayan. Y se fueron. Se fueron. Muchos se fueron. Para Miami, San Petersburgo, Caracas, Madrid, o San Juan. Varios amigos y conocidos míos, compañeros de estudio o de profesión, no pueden dormir en paz porque el fantasma del pasado les corta el paso en el metro de la ciudad de México, en las ramblas de Barcelona o en los bares de Nueva York: desde los años setenta, los peores del siglo xx cubano, se temen a sí mismos. La mayoría creyó en lo que hizo. De corazón. A conciencia. La patria nos pedía a todos por igual "el concurso de nuestros modestos esfuerzos", para decirlo con las palabras de despedida del Che, el ídolo sin contrincante de nuestra juventud. Los persuadieron o nos convencimos: en este caso, el sujeto omitido resulta insignificante. El verbo tampoco cambia los predicados. El resultado es idéntico. Los entiendo. Hoy por hoy, algunos se sienten sus propios enemigos. Yo lo fui de mí mismo. En algún nicho de seguridad aguardan, como tigres enjaulados, los informes donde dejaron por escrito la huella de sus terrores. Cuando menos te lo esperes, a las tres o a las cuatro y media de la madrugada, puede sonar el timbre del teléfono. Tres veces y colgarán. Dos veces y colgarán. Una vez y descolgarás. Y una voz nos saludará en clave, y desde el fondo de la noche: "Qué hubo, compadre, tanto tiempo, cómo está la familia, cuándo nos vemos, caballón", y a ti, a mí, a ustedes, a nosotros, nos temblará la quijada al decir "Hola", con obediencia. No soy quién para juzgarlos, pero si a alguien le preocupa el dato, digo aquí que los perdono, pues es la única manera de perdonarme. Sé que muchos no estarán de acuerdo conmigo porque por causa de esos informes fueron condenados injustamente a la cárcel, la soledad o el destierro, y hay que tener unos cojones de oro para condonar lo imperdonable. Los comprendo. También tengo mi tigre. Firmé aquellos informes contra o sobre los míos con un seudónimo, como era costumbre en estos casos. Me hice llamar Pablo (el nombre que hubiera querido para mi hijo) y conté la historia a mi manera, sin lastimar a nadie, creo yo. Espero yo. Dios lo quiera. Un buen día dejaron de buscarme. No me dieron explicaciones. Tampoco las pedí, por supuesto. Deben haberse cansado de mi prosa poética, de mi lirismo, de mis ficciones inútiles. Me faltaba carácter. Vocación. Principios. Yo seguía siendo un comemierda. Un cero a la derecha de la izquierda. A la Agencia Central de Inteligencia evidentemente no le interesaba mi persona, lo cual era prueba irrefutable de mi incapacidad. Me dejaron en paz. ¿En paz? No importa. Ya me tenían archivado. Yo estoy preso en un *file*. Aquellas hojas manuscritas, donde dije que colaborar voluntariamente con la historia significaba un privilegio del cual estaría orgulloso hasta el fin de mis días, son el antecedente directo de este libro. Sus primeras páginas. Pablo. Pablo es libre.

I

La historia es una gata que siempre cae de pie. Amigos y enemigos de la Revolución cubana, compañeros y gusanos, escorias y camaradas, compatriotas de la isla y del exilio han reflexionado sobre estos años agotadores desde las torres de la razón o los barandales del corazón, en medio de una batalla de ideas donde el culto a la personalidad de los patriarcas de izquierda y de derecha, la intransigencia de los dogmáticos y las simulaciones de ditirámbicos tributarios vinieron a ensordecer el diálogo, en las dos orillas del conflicto. La soberbia suele ser mala consejera. La humildad también. A medio camino entre la inteligencia y la vehemencia, regia y afable, está o puede estar la emoción, ese sentimiento de ánimos turbados que sorprende al hombre cada vez que se sabe participando en las venturas, aventuras y desventuras de la historia, bien por mandato de la conciencia, bien por decreto de una bayoneta apuntalada en los omóplatos. Una crónica de las emociones en la espiral de las últimas cinco décadas del siglo xx cubano, podría ayudar a entender no sólo el nacimiento, auge y crisis de una gesta que sedujo a unos y maldijo a otros sino, además, explicarnos a muchos cuándo, cómo y por qué fuimos perdiendo la razón y la pasión. La razón dicta, la pasión ciega, sólo la emoción conmueve, porque la emoción es, a fin de cuentas, la única razón de la pasión.

A pie y descalzos, los cubanos hemos comenzado a escribir el recuento de una experiencia excepcional: la de una isla que se volvió loca de contenta cuando decidió hacer las cosas a su manera. Los analistas de esas páginas se dividen, a grandes rasgos, en dos bandos hasta la fecha irreconciliables: los apologistas de la virtud y los apologistas del defecto. Ambos han caído en la misma trampa: por medir los pasos, evitando dar uno en falso, magnifican o minimizan las conquistas del proceso revolucionario, pero no escuchan los argumentos de los opositores y acaban negándose al diálogo por principio de ideología. Para defender sus posiciones se basan en el proverbio de más vale malo conocido que bueno por conocer, sin darse cuenta de que, puestos a pensar en el mañana, deberíamos preferir cien pájaros volando a uno en mano. Entre estas tendencias terminales, reconozco las agallas de los hombres y mujeres de buena voluntad que, dentro y fuera de Cuba, han luchado y luchan por mejorar la situación, sin esperar recompensas ni temer represalias. Cómo voy a negar lo que más adoro entre cielo y tierra. Seguros de que el silencio no significa cobardía, consideran la discreción más que útil, necesaria, porque entienden la prudencia como una forma responsable de patriotismo. Yo los he visto encarar molinos de viento con la lanza de una bandera, levantar la frente cuando fueron humillados por los vanidosos que creían saberlo todo, y pedir al rato la palabra para defender nuestros derechos, ante la temerosa asamblea que los ignoraba. Los he visto llegar a casa, de noche, arrastrando los pies, y doblados por el peso del cubo de agua que estiban entre dos, con una escoba: sólo dudan al tomar un aire, en el descanso inicial de la escalera. He visto cómo le sacan punta al lápiz con un cuchillo sin filo, y con qué precisión cortan la hoja de una libreta de rayas, para luego sentarse a escribir, en la penumbra de la historia, cartas, poemas, propuestas, sugerencias, epigramas, jamás reclamos. Les digo que siembran lechugas en los jardines y cabezas de ajos en las macetas de las margaritas, envuelven la perla de una cebolla en pañuelos de hilo y crían gallinas blancas, de crestas rojas, en las pajareras de sus pequeños balcones. Con ellos he compartido la cena de un pan, el vino del limón, el prodigio de una galleta, la fiesta sensacional de la pobreza. Desde la sala, dando vueltas en el plato del tocadiscos, Esther Borja canta un tema de Lecuona. Los he visto dormidos en sus ataúdes, las manos en cruz sobre el pecho, no hay anillos en los dedos, y trajeados como novios en sus velorios, de tres coronas por difunto, un termo de café cada ocho horas, la capilla a media luz, calor de infierno, la viuda de pie, custodia, junto al almohadón de las medallas, la familia y los amigos balanceándose con naturalidad en los sillones; el humo del tabaco vela la escena: no se alcanza a leer el adiós de los suyos, en el listón morado de las flores. También los he encontrado con la patria al hombro en algún mesón de Madrid o de Barcelona, la camisa manchada de vino, unos tirantes, el calcañal sobre el zapato, el blando calcetín, redactando pergaminos, avisos y proclamas en una servilleta de papel: el sello aún lo pegan con saliva. Los he visto darle agua al dominó bajo un farol de la Calle Ocho, en la Pequeña Habana de Miami; cuatro hombres silenciosos (este juego lo inventó un mudo, dicen), cuatro ángeles en guayabera en torno a una mesa donde han grabado el mapa de Cuba, uno piensa en Caibarién, otro se ve en Batabanó, sus oponentes ocupan posiciones en La Bajada y en Baracoa, principio y fin de nuestra isla; la pareja que pierda, paga los helados de guanábana. Me los he encontrado en el pozo de una biblioteca, en el Colegio de México o en los archivos de Cartagena de Indias, estudiando al pintor Leopoldo Romañach, al músico Julián Orbón, al poeta Manuel Navarro Luna, partidas de Capablanca, zafras de ayer, los espejuelos en la punta de la nariz, asomados a la ventana de una postal de Matanzas, una estampa de El Cobre, una fotografía de Santa Clara, hasta que la tarde cae en el paisaje del recuerdo, mientras el tren del central pasa pitando a lo lejos, detrás del campo de caña, y el velador se les acerca para anunciar que, estimado señor, ya van a cerrar las puertas. Los he visto en las terrazas de los aeropuertos internacionales, como primerizos en la sala de un hospital, vestidos de domingo, con boinas, gorritas o sombreros del Panamá, escudados tras una pucha de claveles amarillos, ansiosos porque ese día llega un vuelo de La Habana y quieren ver pasar a algún cubano. Los he visto plantar una palma en la tumba sagrada de los hijos, los hermanos, los padres, los abuelos, para que no suspiren más por la suave brisa de la patria, enterrados como están en camposantos distantes, entre huesos de extraños. He coincidido con ellos en varios lugares y en muy distintas circunstancias, en fondas de mala muerte, en hoteles de Lima, en cárceles de Chile, y allá en Miami, bajo una sombrilla de playa. Así los evoco hoy: los ojos apenas entrecerrados, de cara a la pared o al horizonte, solfeando con la mano un son de Matamoros. Mis respetos, compañeros.

Un drama raigal de la historia de Cuba tiene su origen en un conflicto sin solución: las personalidades rectoras de nuestro destino, José Martí en el siglo xix y Fidel Castro en el xx, no conocieron la isla desde abajo sino desde afuera, o desde arriba, sin duda dos puntos de vista insuficientes para ver las cosas con precisión. Distanciados de la realidad por la lejanía del exilio, o por la altura del poder, acabaron por inventarnos una nación a la medida de sus convicciones. Vivir por Cuba en cuerpo y alma no es lo mismo que sobrevivir en Cuba en carne viva. Hombres sin hogar y sin familia, aliados de pocos buenos incondicionales, poseídos por la urgencia de la justicia, con suerte para el verbo amar pero no para el sustantivo amor, Martí y Fidel padecieron experiencias alteradas por causales políticas. Los verdaderos discípulos de Martí no fueron sus seguidores más activos en la preparación del torneo de la independencia, sino custodios de sus versos que le brindaron techo, pan y consuelo en horas de desesperación, allá por los días en que los veteranos jefes mambises lo miraban por sobre los hombros, con militarísimo desdén. Aquellos americanos devotos, guatemaltecos, neoyorquinos, mexicanos, venezolanos y tabaqueros de Cayo Hueso no se resignaron a su muerte y lo sobrevivieron en desconsolado duelo hasta bien entrada la República. Con rocas de nostalgia levantaron altares en su honor. A Fidel, por el contrario, le ha tocado el triste privilegio de ver morir a sus colaboradores más queridos y confiables, en olímpica peregrinación de jóvenes difuntos, acribillados en cumplimiento de sus órdenes. Fidel ganó su guerra. Martí murió en la suya. Martí conocía a los hombres, al ser humano en el misterio de su particularidad; Fidel sólo conoce a sus hombres, al ser colectivo, en su utilidad social. Ambos buscaron en los episodios del pasado las fundamentaciones de sus respectivos programas de acción. Al interpretar los signos vitales del presente desde la soledad de sus vanguardias generacionales, y entregados por entero a la conducción de campañas implacables, primero contra la corona española y luego contra una decena de gobiernos de Estados Unidos, cada uno de ellos propuso a sus contemporáneos proyectos de Estado tan ambiciosos que resultaron inaplicables en la práctica. Los pobres diablos y diablesas de la isla, presos en el laberinto de la cotidianidad, náufragos en medio de una comparsa de amores, dudas y tormentas pasionales, nos vimos comprometidos a ejecutar dichos planes a paso doble, en fatigosas jornadas. No siempre pudimos concluir las obras requeridas por los pregones de la causa revolucionaria, porque edificar el paraíso prometido que heredarían nuestros hijos, o quizás ni ellos sino los hijos de los hijos de sus hijos, significaba postergar para un pretérito indefinido pequeñas pero legítimas aspiraciones personales. Ahora bien, que hayan sido ideales irrealizables no significa que no valiera la pena el intento de una Cuba superior: tanto esmero acumulado, tanta capacidad de ilusión consumida en el horno de la patria, sin duda fortaleció el músculo y el espíritu de mi pueblo y amamantó nuestras virtudes, aun cuando no pudo extirparnos defectos de cuna. Convencidos de que Martí tenía razón cuando dijo que la patria era ara y no pedestal, nos dedicamos a cuidar el osario de los próceres pero descuidamos las columnas económicas que la sostenían, vigas tambaleantes por la colisión de líderes voluntariosos, políticos arbitrarios y caudillos antojadizos.

Martí nos había advertido: "Es mi determinación de no contribuir en un ápice, por amor ciego a una idea en que me está yendo la vida, a traer a mi tierra a un régimen de despotismo personal, que sería más vergonzoso que el despotismo político que ahora soporta, y más grave y difícil de desarraigar, porque vendría excusado por algunas virtudes, establecido por la idea encarnada en él, y legitimado por el triunfo". Martí nos previno, pero nadie se sintió aludido. Tarde o temprano una buena parte de los constructores que a pie de obra habían estado dispuestos al sacrificio se sintieron defraudados al comprobar en los hechos la fragilidad de las utopías, y resolvieron con adeudo de esperanzas aquella ecuación que demuestra la "verdad" de que la vida sólo concede una ocasión para vivirla. Una de las paradojas esenciales de la nacionalidad nos enseña, desde Carlos Manuel de Céspedes hasta Fidel Castro, que entre nosotros unos pocos hacen lo de muchos: todo; y otros muchos hacen lo de todos: poco. El generalísimo Máximo Gómez puso el dedo en la llaga cuando aseguró que los cubanos o no llegan o se pasan, pero rara vez le atinan al centro.

El Partido Revolucionario Cubano, fundado por Martí en territorios tan específicos como Nueva York y La Florida, y el Partido Comunista diseñado por Fidel a mediados de la década del sesenta, se pensaron como agrupaciones de gran impacto popular; sin embargo, los hombres y mujeres de la mayor de Las Antillas nunca leyeron a tiempo las páginas maestras del periódico *Patria*, cátedra del pensamiento martiano; años después sus tataranietos tampoco creímos necesario aprendernos de carretilla los evangelios de Marx, Engels y Lenin, a pesar de los esfuerzos de catecismo en incontables círculos de estudio, escuelas de base y seminarios de religiosa militancia partidista. Desde que la isla se pintó en el mapa los cubanos hemos hecho las cosas a nuestra manera; así, hemos preferido ser católicos de modo propio, martianos por sentimiento y comunistas de labios para afuera, aunque agradezcamos al socialismo la realización de no pocas alegrías comunes, adoremos a Martí por sobre todos los hombres y creamos en Dios, en altares yorubas o en escapularios de seda.

Las autoridades coloniales de la isla deportaron a Martí en plena juventud y apenas lo dejaron regresar a Cuba alguna que otra temporada, de manera que a él no le quedó más remedio que, a partir de las razones del corazón y de las corazonadas de la inteligencia, crearnos desde el exilio no sólo un país posible sino además un pueblo perfecto. Un año antes de morir, Martí dijo en Nueva York: "El respeto a la libertad y al pensamiento ajenos, aun del ente más infeliz, es en mi fanatismo: si muero, o me matan, será por eso." Sus sueños de una patria íntegra, pensados como estaban por un poeta, resultaron desmesurados para los ejecutores de la política nacional, en su mayoría bachilleres y militares de opereta que sin excepción tuvieron a bien declararse herederos del pensamiento martiano para lograr sus objetivos a la mayor brevedad. Una especulación frecuente entre cubanos se pregunta (en aulas magnas, bares y barberías) qué hubiera sido de nosotros de no haber muerto Martí, y por lo pronto un trovador se atrevió a dar una respuesta imprecisa: otro gallo cantaría. El cálculo parte del desconcierto que aún nos provoca la comprobación de que los alumnos predilectos del autor de los *Versos Sencillos*, en la esfera de la regencia política, resultaron unos zánganos aturdidos que no supieron qué rayos hacer con el sartén cuando lo tuvieron en la mano. Hubo hombres y mujeres que salvaron la honra con pruebas de intachable conducta; sus ejemplos de moral, recordados como tablones de salvación cívica, vinieron a confirmar una regla nefasta, definida con una máxima del general José Miguel Gómez desde la presidencia constitucional de la República: "Tiburón se baña pero salpica" en vez del martiano: "Con todos y para el bien de todos". Al caer Martí en Dos Ríos, el viernes 19 de mayo de 1895, su doctrina quedó sin eco real en el concierto del proceso independentista, y la guerra continuó acorde a los métodos de 1868, al mando de viejos mambises, soldados fieles a la causa, pero inseguros al tener que actuar en un polígono de ideas donde las tropas del ejército norteamericano trataban de merendarse la fruta más apetitosa del Caribe. Se pueden contar con los quince dedos de tres manos los altos oficiales independentistas que vencieron la prueba de la paz sin caer en las tentaciones del poder. Y sobran dedos. La paz entre cubanos es una metamorfosis de la guerra, pues desde ñañaseré hemos sido conducidos por guerreros, algunos de ellos graduados en dudosas hazañas militares. Cuando se establece la República en 1902, "los gallos" del Partido fundado por Martí asumen responsabilidades de gobierno y permiten en la pollera nacional el apogeo de un comportamiento ciudadano chispeante, cimentado no sólo en la honradez y la dignidad de que hablara el orador de Cayo Hueso, sino además en la improvisación, la chivatería, la sandunga, el compadreo, la piña, el despelote, el chisme, el truquito, la guapería, el vacilón, el choteo, el no cojas lucha, la chapucería, el dale a quien no te dio y el sálvese quien pueda, cualidades lamentables pero activas de nuestra idiosincrasia, gústele a quien le guste y pésele a quien le pese.

No es hasta la década de los veinte que los muchachos nacidos con el siglo se apropian de la también joven República, como amantes encandilados y sin permiso de mayores. En esos años pasa todo, desde el hecho insólito de que un habanero encantador, José Raúl Capablanca, arrebata al sabio alemán Emmanuel Lásker el cetro mundial de ajedrez, hasta los triunfos en ultramar del Trío Matamoros y de Kid Chocolate. Se respiran aires de rebeldía, aciclonados por acontecimientos que dejan huellas imborrables, entre ellos y a vuelo de pájaro: la fundación del primer Partido Comunista, la madurez del estudiantado universitario, la consolidación del movimiento obrero, la reinvención arquitectónica de La Habana, la crisis económica de 1929, el surgimiento de una nueva pintura y de una nueva poesía, la primavera de la música culta y popular, la experiencia de un déspota de tiempo completo (Gerardo Machado, "el asno con garras", 1925-1933). Valga la redundancia y la paradoja: la República, por fin, es republicana cuando hay un "buen" dictador contra quien luchar. En el año 1919 se publica una primera edición de las *Obras Escogidas* de Martí. Sin embargo, para esas fechas el pensamiento martiano se interpreta a través de ópticas sindicalistas, anarquistas, socialistas o de izquierda imprecisa, tan a la moda, y aunque su ejemplo resucita en el corazón de los mejores cubanos, no se tendrá jamás la posibilidad de construir el proyecto puro por el cual dio su vida un viernes del mes de mayo, quince semanas y siete días después de haber cumplido cuarenta y dos años de edad.

El árbol no pudo enderezarse porque los partidarios de Martí lo dejaron crecer torcido: se hizo naturaleza el vicio con que había crecido. Don Tomás Estrada Palma, el más aventajado, arrancó con pie izquierdo y acabó entregando la isla al capital norteamericano. El pueblo creó una palabra para calificar la situación: se armó el "salpafuera". Las insuficiencias del sector político de la sociedad, parásito de los incipientes grupos empresariales, industriales y económicos, activaron una descarada maquinaria para levantar fortunas en el aire a partir de la "productividad" de la politiquería, en una escala sin vergüenza que iba desde las oficinas de los concejales hasta las mansiones napoleónicas de los mandatarios. El doctor en medicina Ramón Grau San Martín, uno de los escasos presidentes civiles de la República, nos dejó de sobremesa un refrán agridulce: "Lo bueno que tiene esto, caballeros, es lo malo que se está poniendo." Así las cosas, para unos Martí fue el apóstol y para otros el autor intelectual de sus acciones. La Cuba que nos concibió quedó huérfana en su nacimiento, y desde entonces la tutoría ha sido reclamada en tribunas poblanas, a balazo limpio, de frente y a traición. Martí no vivió en Cuba, no vivió la isla. La padeció, eso sí. La dignificó. La escribió. La poetizó. La defendió. La amó más que nadie en cuatro siglos. Hizo la suya, ya para siempre exacta a la nuestra. "Verso (patria pudo decir) o nos condenan juntos o nos salvamos los dos."

Independencia o muerte. Fidel, ésta es tu casa. Una Revolución más verde que las palmas. ¿Armas para qué? ¡Paredón para los traidores! Adelante, cubanos, que Cuba premiará nuestro heroísmo. En su renuevo continuo e inmortal, Camilo es la imagen del pueblo. Camilo, el Señor de la Vanguardia. Una flor para Camilo. Convertir los cuarteles en escuelas. El ejército es el pueblo uniformado. La Reforma Agraria Va. Estudio, trabajo y fusil. Cuba: primer Territorio Libre de Analfabetismo. Cuba: primer Territorio Libre de América. Cuba: faro de América Latina. Te queremos, Fidel. Fidel o Muerte. Alfabetizar, alfabetizar, venceremos. Para lo que sea, como sea y donde sea: Comandante en Jefe, ordene. Abajo la explotación del hombre por el hombre. Abajo el imperialismo. Cinco picos para la juventud cubana. Proletarios de todos los países: uníos. No te rajes: 62 kilómetros, miliciano. Ésta es la Revolución socialista y democrática de los humildes, por los humildes y para los humildes. Si no quieren vivir a noventas millas de un país socialista, que se muden. Mi casa es tu casa. Estoy... en un lugar de Cuba. Los gusanos aquí no volverán. La ORI, la ORI, la ORI es la candela, no le digan ORI, díganle candela. El socialismo se construye día a día. Viva la alianza Obrero-Campesina. Dame tu mano, trabajador. El que no trabaja no come. Viva la Reforma Agraria. Viva el internacionalismo proletario. El Escambray es nuestro: mueran los bandidos. Los comunistas son los primeros en morir. La educación, un derecho del pueblo. El deporte, un derecho del pueblo. Salud para todos. ¡Pim pom fuera: abajo la gusanera! ¡Pim pom fuera: que devuelvan Caimanera! Se acabó la diversión: llegó el Comandante y mandó a parar. Cuba sí, yanquis no. Muerte al invasor. Girón: primera gran derrota del imperialismo yanqui en América. Girón, setenta y dos horas de victorias. Gusanos por compotas. ¡De pie América Latina! Palante y palante, p'atrás ni para coger

impulso. Es la hora de los hornos y no se ha de ver más que
la luz. Aquí no se rinde nadie. Primero muertos que de
rodillas. Si avanzo sígueme, si me detengo empújame, si
retrocedo mátame. Palante y palante, al que no le guste
que tome purgante. La calle es para los revolucionarios.
No me digas lo que hiciste: dime lo que estás haciendo. El
pecado original de los intelectuales cubanos es que no
hicieron la Revolución: Che. Tengo vamos a ver, lo que
tenía que tener: Nicolás. Hacer más con menos. Conozca
a Cuba primero y al extranjero después. Desaparezca la
filosofía del despojo, y habrá desaparecido la filosofía de
la guerra. La universidad es para los revolucionarios. Que
se pinte de negro, que se pinte de mulato. Primero se
hunde la isla que renunciar a nuestros principios. Dentro
de la Revolución todo; contra la Revolución nada: Fidel.
Cuba es para los revolucionarios. Con oea o sin oea
ganaremos la pelea. Consumir lo que el país produce es
hacer patria. Fidel, sacude la mata. Cuba ni se rinde ni se
vende. *Yanquis go home.* Patria o muerte, venceremos.
Fidel, aprieta, que a Cuba se respeta. ¡Kennedy, burro!
Nikita, mariquita, lo que se da no se quita. ¡Si llegan,
quedan! ¡No pasarán! Fidel, seguro, a los yanquis dale
duro. Construye tu maquinaria. En la guerra como en la
paz mantendremos las comunicaciones. Año de la Libertad. Año de la Organización. Año de la Agricultura. Año
de la Planificación. Año de la Rectificación. Revolución es
construir. Revolución es amor. En cada cuadra un Comité.
Con la guardia en alto. Silencio: el enemigo escucha.
Cuba va. lpv: Listos para vencer. Viva la ofensiva revolucionaria. Cien años de lucha. Una sola Revolución. Ellos
serían como nosotros. ¿Dinero para qué? Nosotros seríamos como ellos. Esta gran humanidad ha dicho ¡basta!
y ha echado a andar. ¡Nixon, asesino! Yanquis: manos
fuera de Vietnam. Yanquis: fuera de Santo Domingo.
Yanquis: fuera de Chile. Yanquis: fuera de Nicaragua. Yanquis: fuera de Granada. Yanquis: fuera de Panamá. Yanquis:

fuera de Haití. Yanquis: fuera de Guantánamo. Nixon, suelta a los pescadores. Crear dos, tres, muchos Vietnam. Remember Girón. El deber de todo revolucionario es hacer la Revolución. Nixon no tiene madre porque lo parió una mona. Ford no tiene madre porque lo parió una perra. Carter no tiene madre porque lo parió una vaca. Reagan no tiene madre porque lo parió una puerca. Bush no tiene madre porque lo parió una rata. Nada es más importante que ser un buen revolucionario. ¡Viva el Guerrillero Heroico! Ser revolucionario es el eslabón más alto del ser humano. Hasta la victoria siempre. Che Comandante, amigo. Siempre se puede más. Pioneros por el comunismo: seremos como el Che. Los niños nacen para ser felices. 1969, Año del Esfuerzo Decisivo. 1969, el año más largo de la historia. Tumba la caña, cubano. 1970, Año de la Zafra de los Diez Millones. La zafra, un compromiso de todos. La zafra, una tarea de gigantes. Que no quede una sola caña en pie. Los 10 millones van. Palabra de cubano: de que van van. Convertir el revés en victoria. Donde nace un comunista mueren las dificultades. Martí, el autor intelectual del ataque al Cuartel Moncada. Siempre es 26. Rubén: el 26 fue la carga que tu pedías. ¡Gloria eterna a los héroes y mártires de la patria! En el pueblo hay muchos Camilos. Los revolucionarios se pulen día a día, como el diamante. En el pueblo hay muchos Lázaros. El pueblo unido jamás será vencido. En el pueblo hay muchos Che. En la unión está la fuerza. En el pueblo hay muchos Blas. La era está pariendo un corazón. En el pueblo hay muchos Fidel. Todos somos uno. Todos a sembrar café. Todos a participar en la jornada Martí-Ho Chi Minh. Todos a la plaza. Todos a participar en la jornada Maceo-Che. Todos al cordón de La Habana. Todos a participar en el Domingo Rojo. Todos a las armas. Todos a participar en la jornada Martiana. Todos a la Agricultura. Ha sonado el llamado de la guerra. Todos a participar en la Marcha del Pueblo Combatiente. Por Cuba, por Fidel, nuestra bandera. Sólo los cristales se rajan. Cuando un pueblo enérgico y viril llora, la injusticia tiembla. El dolor no se divide, se multiplica. El futuro pertenece por entero al socialismo. Hemos hecho una Revolución más grande que nosotros mismos. Fidel, dinos qué otra cosa tenemos que hacer. Libertad para Pedro Albizu Campos. Libertad para Patricio Lubumba. Libertad para Lolita Lebrón. Libertad para Angela Davis. Libertad para Luis Corvarán. Libertad para Nelson Mandela. Esta tierra, este cielo, este mar, los defenderemos al precio que sea necesario. Santiago: cuna de la Revolución. Santiago de Cuba, ciudad héroe. Santiago, siempre alegre, siempre heroica, siempre hospitalaria. Sumar voluntades es hacer realidades. El niño que no estudia no es buen revolucionario. Matanzas: donde el enemigo mordió el polvo de la derrota ¡Hay que coger lucha! Arnaldo Tamayo: primer cosmonauta latino-africano. Señores imperialistas: no les tenemos absolutamente ningún miedo. ¡Hurra! ¡Hurra! ¡Hurra! ¡Hurra! ¡Click! Mi casa alegre y bonita. A la escuela hay que llegar puntual. Ahorre agua. ¡Viva la amistad cubano-soviética! ¡Viva la amistad cubano-china! ¡Viva la amistad entre Cuba y la RDA! ¡Viva el campo socialista y muy especialmente la gloriosa Unión Soviética! Sandino vive. Por Nicaragua: un paso al Frente. El Poder Popular: ése sí es poder. Año de la Institucionalización. Elegir a los mejores. Los mejores al Partido. El Primer Congreso del Partido: el acontecimiento más importante de nuestra historia. El Partido es inmortal. El Segundo Congreso del Partido: el acontecimiento más importante de nuestra historia. La fuerza del Partido radica en su vinculación estrecha con las masas. El Tercer Congreso del Partido: el acontecimiento más importante de nuestra historia. El Cuarto Congreso del Partido... ¡Con la lengua suelta! El Partido es la garantía de la Revolución. La juventud es la garantía de la Revolución. Los niños pioneros son la garantía de la Revolución. La clase obrera es la garantía de la Revolución. Las mujeres son la garantía de la Revolución. No a los vuelos espías. Que se vaya la escoria. ¡Ha sonado el llamado de la guerra! ¡Por Cuba, con Fidel: nuestra bandera! ¡Que se vayan! ¡Que se vayan! ¡Que se vayan! ¡Que se vayan! ¡Que se vayan! ¡Que se vayan! Los gusanos sobran. ¿Escorias para qué? Los gusanos no valen el huevo que les tiras. Hay que aprender a tirar, y a tirar bien. Aquí sobran. Cuba te espera. Todos a las Milicias de Tropas Territoriales. La MTT, un bastión del pueblo. La rectificación, tarea del pueblo. Seremos un hueso muy duro de roer. Somos una espina clavada en la garganta del imperialismo. Trincheras de ideas valen más que trincheras de piedra. El internacionalismo: una deuda con la humanidad. Ser revolucionarios es ser internacionalistas. Mi onda (también) es la de David. La guerra de todo el pueblo. Cuba es un eterno verano. Una potencia médica. Cuba es un eterno Baragua. ¡Es la hora de gritar Revolución! ¡Es la hora de defender los sueños! Cuba, último bastión del socialismo. Primero muertos que regresar al pasado capitalista. Nuestro deber más sagrado: salvar la patria, la Revolución y el socialismo. Será mejor hundirnos en el mar antes que claudicar. Pa'lo que sea, Fidel, pa'lo que sea. Cuba, una potencia deportiva. ¡Lavaremos la mancha! Viva la rigidez. Ahora sí vamos por el camino correcto. Ahora sí vamos a construir el socialismo. 31 y palante. Pa'lo que sea, Fidel, pa'lo que sea. Brigadas de acción rápida: una respuesta del pueblo. Abajo el bloqueo. Con Cuba y con Fidel. Con Cuba, con Fidel y el socialismo. Con Cuba, con Fidel, el socialismo y la Revolución. 32 y más palante. Amo esta isla. El pueblo dice sí. El futuro es hoy. Cuba: el único país socialista en medio de occidente. Con la frente en alto. El libro: una trinchera de ideas, una trinchera de la Revolución. La Revolución es la más grande y extraordinaria reforma de la historia. Abajo las sabandijas. ¡Que se vayan! ¡Que se vayan! ¡Que se vayan! Súmate. ¡Viva el invicto Comandante en Jefe! Amo esta isla. La Revolución no retrocederá un milímetro. ¡Que se vayan! Soy cubano, no puedo ser diferente. Soy libre. Pa'lo que sea, Fidel, pa'lo que sea. Socialismo para siempre. ¡Fundar una esperanza! El que no salte es gusano. Soy del Caribe. El que no salte es yanqui. 100% cubano. ¡Que se vayan! Yo me quedo. Amo esta isla. Te seré fiel. Pa'lo que sea, Fidel. Estoy contigo. El sol te toca. Con el mismo coraje. Yo soy la Revolución. Socialismo o Muerte.

¿Voy bien, Camilo?

Por razones bien distintas a las de Martí, pero con consecuencias aun más polémicas, Fidel tampoco pudo conocer Cuba, en el concepto más simple del verbo conocer y en el sentido más amplio de la cubanía. Acalorado desde joven por las fiebres de la pasión política, y desdeñando situaciones sentimentales que pudieran venir a complicarle una vida predestinada a la conquista y el ejercicio del poder, sus amigos, enemigos y novias de entonces coinciden en recordarlo en permanente conspiración, obsesivo, seguro de su protagonismo y dispuesto a hacer uso de todos los recursos, legales o proscritos, con tal de lograr el triunfo. Para él la única razón del mando es la victoria irreversible de una idea sobre otra, de un hombre a costa de otro, de un país contra otro. El contrapunto de un orden democrático queda desacreditado desde el trono, sitial que, por cierto, el joven Fidel pudo tomar por asalto gracias, entre otras "debilidades" republicanas, al derecho constitucional de la libre expresión. Porque Fidel ha sido un orador seductor que en las buenas o en las malas ha logrado sacar provecho de los podios que la suerte y la historia le pusieron ante sí, desde la época de las lides universitarias, allá en la recta final de la década del cuarenta.

A Fidel le permitieron presentar demanda acusatoria contra Fulgencio Batista, cuarenta y ocho horas después del estúpido golpe de Estado del 10 de marzo de 1952. A Fidel le ofrecieron las páginas de las revistas de mayor circulación para que publicara sus textos críticos. A Fidel le autorizaron asumir su propia defensa en el juicio por los sucesos del ataque al Cuartel Moncada, en singular reconocimiento de los derechos individuales tantas veces violados por esa tiranía que lo juzgaba, ante el asombro de la prensa acreditada en Santiago de Cuba. A Fidel le abrieron las puertas de la celda quince meses después de haber sido condenado a quince años de prisión en el presidio modelo de Isla de Pinos, y lo dejaron salir del país rumbo al destino que eligió, sin condición alguna, escoltado por sus compañeros de armas. En carta fechada el 17 de abril de 1954, desde la prisión, Fidel escribió a Melba Hernández, fiel asistente en el Movimiento 26 de Julio: "Mucha mano izquierda y sonrisas con todo el mundo (...) Habrá después tiempo de sobra para aplastar a todas las cucarachas juntas (...) Acepten a todo el que quiera ayudarles, pero recuerden, no confíen en nadie." Fidel conquistó, como vencedor en una contienda militar, las plazas más importantes de la isla, y tuvo todo el tiempo del mundo para convencernos a muchos de la justeza de su programa. Entretanto, agentes de la Seguridad del Estado encarcelaban a los opositores, disidentes o críticos incómodos, y los castigaban a penas descomunales. Como jefe de la epopeya nacional, Fidel dispuso de micrófonos en foros internacionales de la clase obrera, reuniones del Movimiento de Países no Alineados y asambleas generales de las Naciones Unidas, donde incluso pudo imponer un récord de improvisación jamás igualado. Desde antes de cumplir treinta años de edad hasta el día de hoy, ya entrando en los setenta, Fidel ha podido hablar sin limitaciones en veinte tomos de discursos incompletos publicados por las editoriales cubanas y en decenas de antologías preparadas por editores amigos, y ha ejercido el derecho de seleccionar a los periodistas, historiadores y entrevistadores que le han pedido opinión sobre todos los temas habidos y por haber. De tanto repetir un concepto, logra convencer multitudes. No se puede negar que posee el don de la palabra, y que no lo comparte con nadie. A partir de 1985 una idea novedosa apareció en sus intervenciones públicas: el futuro tiene dos vías posibles, el 58 o él. La tesis es insuficiente porque manipula la realidad con una ventaja de treinta y cinco años a favor, al tiempo que coloca las opciones en el filo de una cuerda floja tendida sobre el barranco de la historia. O nos caemos por la banda de la extrema derecha o nos clavamos en un triple salto mortal por el abismo de la izquierda, en un fidelismo sin alternativas, pero de que nos caemos, nos caemos. El presagio parte de dos errores de concepto: un hombre solo no es la Revolución, y las revoluciones no pueden ser eternas. "El espíritu despótico del hombre se apega con amor mortal a la fruición de ver de arriba y mandar como dueño, y una vez que ha gustado de ese gozo, le parece que le sacan de cuajo las raíces de la vida cuando le privan de él", dice Martí. El sinsentido de renunciar a treinta y seis años de vida resulta un disparate, continuar el actual disparate resulta otro sinsentido. Tiene que haber una tercera variante, pacífica y armónica, que proponga a mi estupendo pueblo una certeza de vida mejor. Martí convocó a los cubanos a una guerra necesaria, sin odios, para alcanzar la independencia; ahora urge una convocatoria a una paz necesaria, también sin odios, para alcanzar la concordia nacional. El juramento partidista es bien distinto: socialismo o muerte. Y cuando se dice socialismo, se quiere decir fidelismo. Y cuando se dice muerte, está clarísimo: es muerte. La prensa intentó defender la tesis con una pregunta estrecha: ¿Yanquilandia o Revolución? Pan de boniato en mano, los improvisados de costumbre, los compadrosos, los piñeros, los dechabadores, los vivos, los guapos, los oportunistas, los de derecha y los de izquierda estudiaron el dominó sobre la mesa del comedor, a la luz de una vela blandengue, y junto a amas de casa, estudiantes, campesinos, albañiles, soldados y choferes de turistaxis llegaron por razonamientos diferentes a aquel callejón sin salida que tanta jodedera explica en nuestras catástrofes republicanas: lo bueno que tiene esto, caballeros, es lo malo que se está poniendo. "Lo que en el militar es virtud, en el gobernante es defecto", dijo José Martí, que nunca fue militar ni gobernante.

Nota: Quiero advertir a tiempo que soy el único autor de todo lo escrito en este libro. Las cartas de mis amigos son de mi entera responsabilidad, aunque yo les agradezca que me hicieran llegar sus verdades al corazón, de puño y letra o de viva voz.

(Carta de una amiga desde Miami.
Coral Gables. 7 de junio
de 1995. Fragmentos.)

...no me arrepiento, querido, pero tampoco me
perdono. Tremendo lío. Hace tres (¿cuatro, cinco, mil?) años que me quedé en el aeropuerto de
Gánder, Canadá, muerta de miedo y de frío, y dos
que me salté a "la Pequeña Habana". Desde esa
fecha me la paso tiritando. No me adapto. Tu
pensarás que soy una eterna inadaptada. Ojalá
tengas razón. Me gusta la idea. Es como vivir en Cuba
sin Cuba: del carajo y la vela. De tarde en tarde,
me encuentro con amigos de la vieja guardia, y
es como si no hubieran pasado tantas cosas y un
montón de millas (noventa). Nos sentamos a
tomar un café cubano (sin chícharo molido, qué
horror), y a hablar del pasado reciente, de Sínte-
sis, de tu primo José María, de Charín, de la última novela de Carlos Victoria, hasta que salta el
tigre de la política y yo me voy con mi música
para otra parte. Me tiro con la guagua andando.
Caigo en el adorado Bar Nostalgia, el de Pepe
Horta. En la pantalla, Omara Portuondo, Elena
Burke y Moraima Secada están cantando "Amigas...". Yo no conozco a Pepe, pero me alegra
verlo entre las mesas, elegante y risueño. Lo quiero
en silencio porque quiere a gente que yo quiero.
Tú sabes, escapé de la isla para no oír hablar de
política, y la política me persigue como un chino
detrás. ¡Solavaya! Que si Fidel Castro o Jorge Más
Canosa. Que si el comunismo o el capitalismo de
Estado. Que si Clinton. Que si Yeltsin. ¡Solavaya!
Mi lío es otro lío. Al diablo lo que es del diablo.
Yo paso, tac tac tac, aunque tenga el doble nue-

ve. No llevo. Que me cuenten la ficha. Me sumo a Moraima, Elena y Omara: canto con ellas, y si lloro que sean lágrimas de aserrín (...). Para qué te digo una cosa por otra: este dominó no me gusta. Lo único que me agrada de Miami es que Miami no sabe que yo existo. Eso está bien. Me ignora. Nadie se mete conmigo. A nadie le intereso demasiado. ¿Soy libre? Por lo pronto soy más independiente, al precio de estar más sola. Ok. Bárbaro. Libertad no es sinónimo de independencia. Acepto las reglas de este juego de Monopolio donde al menos existe la remota posibilidad de construirse una casita en algún terreno baldío. Hipoteco el corazón y paso por *Home* sin cobrar doscientos pesos. (...) Y que no te mientan: aquí, en el "bando enemigo", no hay tiempo para nada, cada uno está con la soga al cuello, trabajando como mulos para buscar la plata. Eso no está ni bien ni mal: es. Nuestra adorada C. la G. decía: "no estoy gorda: soy gorda". Una pizca de orgullo no hace daño. Me da risa. Déjame reírme un poco antes de dormir. Chao. (...) Releo lo escrito. Debo hacer una aclaración para evitar malentendidos. Yo le estoy muy agradecida a Miami, una ciudad difícil que me ha dejado disfrutar mi soledad. Un bicho raro como yo necesita ese espacio casi insular. Miami es una isla. Los cubanos convertimos en isla todo cuanto tocamos. Hasta el amor entre nosotros resulta una isla inevitable y, por tanto, un sentimiento posesivo, abrazador. Las islas son celosas por definición y circunstancias: el celo, el egoísmo a fin de cuentas, las ha apartado de todo nexo continental. Las islas son tierras sin ombligo. La soledad provoca el orgullo. El orgullo, el fanatismo. Aquí muy pocos tienen conciencia clara

de que viven en una nación llamada Estados
Unidos. Se vive en Miami. Y punto. (Las islas
parecen puntos). La cercanía geográfica con el
pasado, el clima húmedo y cálido, la condición
peninsular del territorio y la presencia de miles
de compatriotas configuran el espejismo sentimental de nuestro exilio. En el punto y seguido
de Miami, los cubanos han aprendido a vivir en
una isla que todos llevamos dentro, hasta nuevo
aviso. Los gringos no entienden ni papa de esta
jerigonza nostálgica, pero nos toleran. (...) No
quiero hablar de política y acabo hablando de la
explotación del hombre por el hombre. Lo malo
es que en algún minuto de la noche debo regresar a mi casa en Coral Gables (bien bonita,
¿sabes?, una sala comedor, una recámara luminosa, con aire acondicionado y una terraza chi-
quita), y en ese momento, sola en alma, me doy
cuenta de que esa casa no es mi casa, no quepo,
o tal vez sobre, y recuerdo a la otra casa, el
departamento de mi abuela Blanca en el Vedado,
cayéndose a pedazos y guardándome mis recuerdos, y la casa tiene música, como una cajita
de música, y ésta es silenciosa, perfecta, demasiado perfecta, ¿cómo decirlo? (...) Vivimos estos
años en San Nicolás del Peladero, a las órdenes
del alcalde Plutarco Tuero. A mí, a ti, a nosotros,
nos complicaron la existencia con discursos
huecos: la unión del proletariado, la libreta de
abastecimiento (iba a durar dieciocho meses), la
deuda (de quinientos años) con la Humanidad.
Viejo, ¿qué deuda tenía mi abuelita con la Humanidad? Dime tú, si ella se pasó la vida cosiendo
para la calle y acabó ciega por ensartar tantas
agujas en el cuarto de corte y costura. (...) Por
culpa de esas mentiras yo nunca tuve veinte años,

o si los tuve no me enteré, recogiendo tomates que luego se descomponían en las cajas de acopio, igualitos que yo, menstruando a la orilla del camino, coge el trillo, venado, enfangada hasta los muslos del alma, y abrazada a aquella maleta de palo donde yo escondía las cartas de mi novio, una postal de Venecia, un juego de barajas y una foto de John Lennon: maleta de mi vida, tabla de mi salvación. Sobre esa maleta me hizo el amor mi profesor de biología. Tienes que estar LPV, lista para vencer, me dijo el muy comemierda y me rompió, atravesándome de lado a lado con su jabalina panamericana, una verga tan grande como inútil, modelo antiguo. La patria nos mira, me sopló en la oreja, y yo sentí un escalofrío que me puso la carne de gallina. La patria me estaba observando por la rendija de la letrina. La patria rescabuchándome. Qué patria tan caliente. Qué hijo de puta, mi profesor de biología. ¡Solavaya! No era mala persona, bruto sí, y sano como un toro, colorado. Gallego. O ruso. Creo que estaba intoxicado. ¿Por qué te cuento todo esto? Lo había olvidado. ¿No lo estaré inventando? Que la (madre) patria me perdone. (...) ¿Acaso tú, que me adoras, me recuerdas con veinte años? Cuéntame la facha, mira que no tengo ni una fotografía de esa época. Los rollos de película los vendían con el cupón de los bombillos de la luz. Un día mi abuela Blanca por poco se parte la cadera en la ducha porque no había luz en el baño. Se fundió el bombillo chino. Los bombillos de los chinos dejaban bastante que desear. ¿Por qué coño me acuerdo de que el baño estaba a oscuras y que un vecino del edificio nos prestó un foco de 25 watts? Uno debería olvidar esas tonterías. Sepultarlas. Echarlas al cesto de la basura.

Ocupan demasiado espacio en la memoria. Sin embargo, no puedo. ¿Tú puedes? Algo deben significar. Algo. No me preguntes qué. Algo debe significar que cada noche, al acostarme, escucho la voz de Chucho Herrera (o de Pastor Felipe) en el programa *Nocturno*, anunciando una canción de Los Brincos. Algo debe significar que cada mañana, cuando despierto, me sobrecoge el frío de los matutinos de la escuela, cuando nos leían las efemérides de la jornada y los titulares del periódico. "Crear dos, tres, muchos Vietnam." Siento el roce de la saya almidonada en mis rodillas. Llevo en la boca un baboso sabor a jabón Nácar: no había pasta de dientes. Cada mañana, donde quiera que esté, tengo la molesta sensación de que no me van a dejar entrar en la clase, que voy a quedarme afuera, fuera, ¡fuera!, y a esa angustia se suma la ansiedad de tener que elegir el juguete básico y los dos adicionales que me tocaban por el Día de los Reyes, llamado el Día de los Niños. No es justo. Cada vez que entro en la regadera oigo los gritos de mi abuela: "Ay, ay, ay, hijita me muero". Si el foco hubiera sido de 80 o de 100 watts, ¿lo hubiera vuelto a encender en esta carta? Qué raro. ¡Ilumina! ¿No recuerdas el gris ratón de las camisas de trabajo productivo? ¡Qué espanto! ¿Y los pestillos de carpintería con que se cerraban las puertas de los taxis ANCHAR? (ANCHAR quiere decir, por si no lo recuerdas, Asociación Nacional de Choferes de Alquiler Revolucionarios) ¿Y el sabor a cocimiento de la guachipupa de fresa? ¿No recuerdas el olor a Triple C de El Gato Tuerto? ¿Y los canelones de hígado de El Volga? ¿Y las funciones de ballet en el escenario flotante de El Parque Lenin? ¿Y el pirata cojo que te

regalé aquella maldita noche que nos conocimos? ¿Dónde está ese marinero cabrón? Quizás
en El Gato Tuerto, que ya no existe, o en El Volga, que ahora se llama sabe Dios cómo, vestido
con una camisa gris, de lona, bebiendo licor de
Triple C o comiendo canelones hechos con mi
menudo hígado? Apago la luz. Click. Vete al diablo, te grito desde la oscuridad...

(Continuará)

II

¿Quién anda por los aires esta noche?
Ángel Gaztelu

Pueblos de mí mismo, isla de mi hambre
aún por aplacar, escucha: te abandono.
Norge Espinosa

Jorge José Candamir Llanes, natural del barrio de Vieja
Linda, un caserío enfangado en los traspatios del Hospital Infantil Ángel Arturo Aballí, nunca pudo saborear su
nombrete con absoluto conocimiento de causa: en la
Secundaria Básica Máximo Gómez, de Arroyo Naranjo,
le decíamos Paella, con criollísimo sabor. Ya para entonces la célebre receta valenciana resultaba una propuesta imposible para la cocina nacional, y contadas
amas de casa tenían la paciencia de ir acopiando poco a
poco los ingredientes del platillo, entre ellos carne de
puerco, trozos de pargo o de cherna, colas de langosta,
camarones, legumbres, ajo y pelos de azafrán. Una
proeza. Sin embargo, Paella era un gordo inexplicable
que llenaba su panza con mangos verdes, tamarindos
ácidos y cuatro latas de leche condensada. Inventor de
pura sangre, coleccionista de *Mecánica Popular*, Paella
figuraba como una joven promesa en las filas del movimiento de innovadores y racionalizadores del municipio Rancho Boyeros, al patentizar, entre otros disparates,
"la carpintería al machete", "la mecánica del perchero
blando" y "la navegación al baño de María". En enero del
65 vino a verme a la casa y me pidió un mapa del Caribe.
Pretendía irse de Cuba en una balsa. Estaba decidido.
   —A mí no me engaña nadie.
   —Estás más loco que una cabra —le dije.
   —Déjame loco.
   —Aquí tienes el mapa.

Mi amigo acababa de vivir una aventura difícil de contar y por supuesto de creer. Por algún mérito académico que hoy no recuerdo, Paella fue seleccionado para visitar el pueblo de San Andrés de Caiguanabo, en la provincia Pinar del Río, como parte de la delegación de estudiantes vanguardias del municipio Rancho Boyeros. El gobierno había ideado un plan audaz: adelantarse a sus similares de Europa Oriental en la carrera de la fama y fundar el Primer Pueblo Comunista del Mundo, justo en un caserío perdido en el mapa de la isla: San Andrés. Los cubanos queríamos ser, una vez más, los primeros en llegar a la meta y consagrarnos con un triunfo en la olimpiada de la historia. En el deporte de la política, como en la política del deporte, lo único que importa es la medalla de oro. Un conferencista profesional del Ministerio de Educación, que recorría en una motocicleta las escuelas de la provincia para divulgar la decisión, nos explicó a los alumnos de la secundaria que se había decidido ganar tiempo y realizar por decreto el sueño más caro del proletariado internacional, ese paraíso al este del imperio, sin explotadores ni explotados, llamado comunismo. Una frase del conferencista se me grabó en la memoria: "Cual célula cancerosa, San Andrés irradiará su ejemplo a los poblados vecinos hasta abarcar el planeta". Paella estuvo veinticuatro horas en aquella trinchera de avanzada del marxismo leninismo, y regresó espantado. Se pasó cuatro días en su cuarto, en la casucha de Vieja Linda, sin atreverse a contar lo que había visto. "No me lo vas a creer", me advirtió cuando vino a pedirme el mapa del Caribe. En un primer momento, no le creí: así de loco resultó el cuento. Les cuento. Los mejores estudiantes de La Habana llegaron a San Andrés, después de un viaje agotador en una caravana de siete ómnibus escolares, y se encontraron con un pueblo vigilado por unas veinte garitas de observación y cercado con doce pelos de alambre de púa. El conferencista, que los acompañaba en la visita al Disneylandia de la clase obrera, se encargó de informarles que la muralla no encarcelaba al pueblo "sino al mundo", desde los límites de San Andrés hasta los picos del Himalaya. La medida se había tomado para impedir que los vecinos del comunismo invadieran el futuro con las tentaciones del presente y los vicios del pasado. En el santo cielo de San Andrés había sido abolido el "poderoso caballero don dinero" y toda forma de gobierno convencional, no existía la pólvora del ejército, el opio de la iglesia ni cuarteles de policía. Un pequeño grupo de asesores encaraba la responsabilidad de organizar los pormenores de la burocrática utopía. El único principio de la vida social respondía a la fórmula de Federico Engels y Carlos Marx: de cada quien su trabajo, a cada quien su necesidad. Eso significaba ciertos privilegios y algunas ventajas gastronómicas, conquistas seguramente merecidas pero aún no alcanzadas en la etapa de construcción del socialismo que vivía el resto de la isla; por ejemplo, los pobladores de San Andrés iban a la carnicería local y pedían las pechugas que estimaran convenientes para cocinar un buen arroz a la jardinera; el empleado de turno no debía cuestionar el pedido, pues los hombres y mujeres del porvenir eran, por reglamento interno, incapaces de decir una mentira. El conferencista quiso dorar la píldora: "Al final del recorrido, cada uno de ustedes podrá elegir un regalo en la juguetería, para que se lo lleven a casa, de recuerdo."

—Esto pinta mal. Nunca he visto rostros tan tristes en mi vida. Para mudarse a otra parte, los habitantes del pueblito tenían que pedir permiso, ya que los jefes del experimento consideraban una debilidad querer regresar un escaño en la evolución de la sociedad. Te digo que huele fu, asere —me dijo Paella y se dedicó a estudiar el mapa del Caribe que yo acababa de facilitarle.

—No exageres.

—Allá tú. Yo estuve un día en el año dos mil, según nos dijo el conferencista, y te digo que a mí no me coge el porvenir en ese corral.

—¿Y qué pasó en la juguetería?

—Ni me lo recuerdes. Cuando pedí una muñeca, para traerle algo a mi hermana, me dijeron que los varones no teníamos derecho a muñecas. Podía elegir entre un guante de pelota, unos carritos de plástico o una ametralladora. Por poco me dicen maricón. ¿Dónde coño queda Cayo Hueso?

Paella construyó la balsa y cumplió su palabra. Tuvo mala pata. Un buque guardafronteras interceptó la frágil embarcación a dos millas náuticas de Guanabo, una playa al este de La Habana, y mi amigo fue condenado a doce años de cárcel por el delito de intento de salida ilegal del país y malversación de bienes del Estado. Los tablones de la balsa habían llegado desde Estocolmo hasta Vieja Linda como embalaje de algún sofisticado equipo de radiología, y Paella los había conseguido de segunda mano en los basureros del hospital. El preso político Jorge José Candamir Llanes fue puesto en libertad por buena conducta, luego de cumplir media sanción en el penal de Isla de Pinos. Cuando regresó a Vieja Linda, los Diego ya nos habíamos ido de Arroyo Naranjo. Llovieron unos veinte eneros, hasta que en el verano del 93 me encontré con Paella en la playa de Santa María. Estaba a pleno sol, comiendo un mango verde. Me dio gusto reconocerlo. Era el gordo inexplicable de siempre. Compartimos una botella de ron llamado Tumbacuello, y nos contamos nuestras vidas. La historia de la mía estaba condenada al aburrimiento, pero la suya no tenía desperdicio. Acababa de cumplir siete meses y dos semanas de prisión por su décimo octavo intento de salida ilegal del país, ahora considerado un delito del orden común. En esta ocasión, había logrado impermeabilizar un De Soto 49 y convertirlo en una "lancha rápida para todo terreno", incluida la cama elástica del mar. El relato no supuraba una gota de amargura.

—Me trataron bien —reconoció Paella— Ya me conocen. Lo malo era la pesadilla...

La pesadilla. Los venenos etílicos del Tumbacuello le aflojaron la lengua. Durante las doscientas veinticuatro noches que pasó en la penitenciaría, una pesadilla recurrente le había quitado el sueño, sin descanso. Se veía en alta mar, "más solo que un *center field*", a bordo de su décima novena balsa de salvación, en medio de un círculo de tiburones que dejaban en la madera la media luna de sus dientes.

—¡Zas! ¡Zas! ¡Zas! ¡Zas! ¡Zas!, sonaban las mandíbulas de esos desgraciados —dijo Paella y cerró los ojos, como si aún le doliera el recuerdo de aquellas fatigas nocturnas.

—¡Zas! ¡Zas! ¡Zas! ¡Zas!

El círculo se cerraba, mordida tras mordida. La voracidad de los escualos parecía no tener fin, o puede que uno: el tozudo hijo de Vieja Linda, quien desde el remoto mes de octubre de 1965 había jurado llegar a las playas de Miami, en la otra orilla de Cuba.

—¡Zas! ¡Zas! ¡Zas! —repetí por repetir, y sentí en los huesos el frío del miedo que atormentaba al pobre Jorge José Candamir Llanes. La balsa, disminuida por las dentelladas, se iba reduciendo a una mínima expresión y comenzaba a sumergirse, sin resistencia de flotación ante el peso del gordo.

—¡Zas! ¡Zas!...

Paella me sorprendió de pronto con una pregunta insólita:

—¿Sabías que los tiburones huelen a malvavisco? —dijo, y precisó la idea—. En el sueño estaban tan cerca de mi nariz que pude darme cuenta de que los hijos de la gran puta huelen a mierda de mono, como la flor del malvavisco.

Fue en ese momento que Paella me confió un dato clave para el relato: durante el acoso, y mientras se hundía en la sopa caliente del estrecho de La Florida, él llevaba en la mano derecha un pequeño Selena, un radiecito portátil con tecnología rusa, de gran demanda en los mercados de la isla. El agua le llegaba a las tetillas, y cuatro tiburones enfilaban colmillos contra la carnada del náufrago, cuando el locutor de Radio Cadena Habana interrumpió la transmisión de un programa deportivo para anunciar la noticia de que había caído el régimen comunista de la isla. "¡El pueblo de la capital está en las calles, celebrando la buena nueva! ¡Viva Cuba! ¡Viva Cuba Libre!" A Paella le alcanzó la pesadilla para ver a ras de mar cómo decenas de lanchas rápidas, muy rápidas, navegaban rumbo a la isla, levantando olas gigantes, sin reparar en la agonía del último balsero de la Revolución.

—El cielo de la boca de un bicho de esos es más negro que un negro en una noche sin estrellas —dijo el gordo Paella antes de contarme el epílogo del sueño:

—¡Zas!

La Muerte, al menos en mi país, es más rara que el diablo. No me cae bien. Me choca. No la entiendo. Nunca he entendido a los poderosos. Quizás sea injusto, porque en honor a la verdad los cubanos sólo nos acordamos de La Muerte cuando alguien se nos muere cerca, pero casi nunca recordamos las veces que estuvimos a punto de morir y no morimos. "Cosas que pasan, así es la vida, qué suerte, ¿suerte?, un milagro querrás decir", decimos sin pensar en la posibilidad de que haya sido La Pelona quien nos salvó al borde del precipicio, con sus armas o con sus mañas. Nadie sabe.

De cualquier modo, de algo estoy convencido: cada pueblo tiene su propia muerte, pues cada pueblo tiene su propia vida. La Muerte que ronda en Hong Kong no puede ser idéntica a la que campea por Bolondrón. Morir en Osaka no puede ser igual a morir en Oaxaca. Por ejemplo, los cubanos no se suicidan, se matan. No es lo mismo, aunque parezca lo mismo. El tipo ese se mató anoche, decimos. Fulano se empastilló. Mengano se metió un balazo en la cabeza. Sutano se ahorcó con un perchero. Esperanceja se dio candela en la cama. ¿Y cómo se mató el tipo ese anoche?, preguntamos con curiosa admiración. "Coño, compadre, se tiró por la azotea." En buena parte del mundo el suicidio se considera una cobardía, una debilidad, una claudicación al menos. En Cuba no. De eso nada. Matarse, en Cuba, no es rendirse sino todo lo contrario: matarse en Cuba es vencerse. Nuestra Muerte nos enseñó que desearla, buscarla y encontrarla en el cañón de una pistola era o podía ser un acto de valentía. El asunto se las trae. Guillermo Cabrera Infante ha escrito sobre el tema, en mi opinión con cierta ligereza, propia de su estilo.

Los últimos suicidas ilustres de Cuba fueron conocidos míos: Reinaldo Arenas y Raúl Hernández Novás. No puedo imaginar dos personas más distintas. Reinaldo conversador, malpensado, chistoso, ocurrente; Raúl mudo, torpe y discreto, con poca gracia para pocas cosas; Raúl tratando de pasar inadvertido con sus siete pies de estatura y de talento, siempre a la sombra, en la acera de enfrente de las fiestas, lejos del farol de la esquina, hundido de hombros, hablando con nadie; Reinaldo ardoroso, provinciano audaz, haciendo lo imposible por llamar la atención de los presentes, en especial de los varones presentes, apoltronado sobre un almohadón de plumas en el centro de la pista, entre los pantalones de los danzantes, y aplaudiendo con la puntita de los dedos, reina Reinaldo reinando; Raúl avasallado, taciturno, disminuido bajo la llovizna de una pena sin nombre, tragando en seco mazos de espinas, dándose sillón la noche entera, como tanto le gustaba, pero ahora con una pistola sobre las piernas; Reinaldo gritando a voz en cuello los pecados de su cuerpo y las cicatrices de su memoria, Celestino desde antes del alba hasta antes que anochezca; Raúl leyendo los *Poemas Humanos* de César Vallejo con la esperanza de encontrar consuelo en la mala suerte de un hombre, si cabe, más triste que él. Reinaldo prefería a Dalí, Raúl a Chagall; Raúl escuchaba a los Beatles, Reinaldo a los Rolling.

Raúl escribió un día sus *Motivos de Teseo*: "Hermanita de sueño, de canciones,/ aliada diminuta de mis juegos/ inocentes, salobres, con sus fuegos/ de bengala, terror de nubarrones:/ jugar a los cachorros de leones/ quien me diera entre tantos hombres ciegos,/ deslumbrados de solares palaciegos,/ rotas sus velas bajo los ciclones./ No quiero ser el hombre que se adentre/ al negro laberinto enardecido/ donde tal vez su muerte fiera encuentre./ Yo quiero ser el niño inadvertido,/ oculto en el cristal de un claro vientre./ El que fui entonces, el que siempre he sido."

Reinaldo y Raúl se vencieron a sí mismos antes de ser sentenciados por el salvaje tribunal de la fatalidad. Reinaldo estaba condenado a morir. Raúl estaba condenado a vivir. Dios los guarde.

Ahí supe que a la Muerte le había llegado a gustar la buena literatura porque hasta Reinaldo y Raúl los suicidas más reputados eran, entre nosotros, hombres y mujeres de acción. Y comprendí por qué Rolando Escardó y Luis Rogelio Nogueras habían muerto llenos de vida: sin duda, eran los mejores.

A finales de la década del cincuenta un camagüeyano flaco como una caña pasó a presidir la nueva lírica cubana: Rolando Escardó. Hijo adoptivo de La Habana Vieja, tío de la calle, arrabalero, gato de mercados, Escardó enloqueció de felicidad en enero de 1959, y su entusiasmo es para mí prueba más que suficiente para demostrar la justeza de aquellos años febriles. "...aguántenme esta tarima en donde estoy subido/ que no se incline a un lado y caiga o cuelgue/ mi ardoroso cuerpo./ Aguanten una pena./ Aguántenme/ que no quiero que pase y suceda lo de siempre/ caer sin cumplir./ Aguanten la tarima/ ayúdenme a aguantarla/ que ya he caído antes y no quiero jamás", nos dejó dicho en un pañuelo. Escribía poemas de amor en las servilletas de papel de las fondas chinas y en los márgenes de los diarios y en las espaldas tatuadas de sus novias, mientras organizaba un encuentro nacional de poetas. Soñaba con la idea de subir al cielo libre de la patria y bombardear la isla con sonetos y décimas, lanzados como semillas de calabaza desde una avioneta de fumigación. El Avión de la Poesía, llamaba al proyecto. La Muerte se fascinó con sus versos, y una tarde en que Rolando andaba por la Ciénaga de Zapata le salió al paso en una curva de la carretera, desnuda en pelotas, y lo reventó contra un cedro. Vaya figura de La Muerte ese día: nunca ha habido una más hembra, pienso.

Hasta que murió Luis Rogelio Nogueras, Wichy el Rojo, veintitantos años después. Wichy no sólo era el poeta más inteligente y brillante de sus contemporáneos sino además el más atractivo, condición que en su caso resultaba de un valor inapreciable. Presumido, simpático, culto y fiel, a Luis Rogelio, Cabeza de Zanahoria, le gustaba coquetear hasta con la señora Muerte. Basta repasar los títulos de sus libros para intuir que algo se traía entre manos: *Imitación a la vida, Y si muero mañana, Nosotros los sobrevivientes, Las quince mil vidas del caminante, La forma de las cosas que vendrán, Nada del otro mundo, El último caso del inspector.* Fue Wichy quien, junto con Guillermo

Rodríguez Rivera, escribió epitafios comiquísimos para honrar a los poetas vivos de Cuba, sin saber que él sería el primero en necesitar uno para su tumba. Así era Wichy. "Sonríe a pierna suelta/ Me mira a media voz/ Enseña provocativamente los cabellos/ Se peina despacio las rodillas/ Entona suavemente la cartera/ Mientras busca en el fondo de sus párpados/ una polvera de plata/ Esta mujer acabará con mis nervios/ Ya ven/ No sé lo que digo."

Así era Wichy. Un domingo de esos, abrí el diario *Juventud Rebelde* y me encontré una entrevista que supuestamente yo había realizado al "gran prosista" Luis Rogelio Nogueras, a propósito de la traducción al búlgaro de su novela *Nosotros los sobrevivientes*. Al menos, alguien firmaba el reportaje con mi nombre. Nunca había entrevistado al sin comillas gran prosista Luis Rogelio Nogueras, y luego supe que su libro nunca fue publicado en Bulgaria. Las preguntas eran tontas, anodinas, mucho más burdas ante el ingenio y la profundidad de las respuestas, propias de un Thomas Mann en un yate por el Triángulo de las Bermudas. Por poco me muero de risa. A media mañana, Wichy me llamó por teléfono para darme las gracias por aquel texto ejemplar que él mismo había escrito "a mi estilo medio cursilón", seguro de que yo disfrutaría un chorro con la ocurrencia.

Así era Wichy. Su amigo y editor Eduardo Heras León, El Chino, cuenta que pocos días antes de que falleciera le llevó al hospital la portada de la antología *Nada del otro mundo*, una carátula bastante fea por cierto, con una tipografía de cuarenta y ocho puntos, en itálica, sobre un fondo rojo. La editorial Letras Cubanas trabajaba a linotipo forzado con la esperanza de que el poeta alcanzara a ver terminado su libro. Pero esa tarde Wichy estaba en coma. Se pasaba horas en coma, noqueado por las drogas de los medicamentos. De pronto despertó. "No jodas, Chino", le dijo al Chino Heras: "Cambia el tamaño del título, mira que un libro que se llama *Nada del otro mundo* no puede tener unas letras tan grandes", y se volvió a quedar dormido.

Así era Wichy. La Muerte lo sabía y le propuso un trato: su vida a cambio de la inmortalidad de las letras. Rolando Escardó, el poeta de los sesenta, murió joven, en un absurdo accidente. Luis Rogelio Nogueras, el poeta de los setenta, también murió joven, después de voraz enfermedad. Raúl Hernández Novás, el poeta de los ochenta, se quitó la vida poco después de cumplir cuarenta años. Nada, que La Muerte no es tan rara nada: le gustan los poetas, la poesía y la juventud, como a las viejas putas de abolengo.

Cito de memoria. En algún cuento de mi maestro Horacio Quiroga un personaje muerto de miedo, pero decidido a morir con dignidad, le grita al capataz de la hacienda: que no te obedezca no quiere decir que te traicione. Podría voltearse la moneda: que te obedezca no quiere decir que te sea leal. Hoy me escudo tras el pecho de Quiroga para decir que el miedo puede explicar buena parte de lo sucedido en mi país. Durante demasiados años aceptamos con inocencia digna de mejor causa los trucos de no pocos lobos disfrazados de corderos: tienes razón Fulano, pero no es el momento oportuno; tienes razón Mengano, pero éste no es el canal establecido; tienes razón Esperancejo... ¿pero no le estaremos haciendo el juego al enemigo? Y Esperancejo, Mengano y este Fulano que les habla pospusieron la defensa de su pequeña verdad, quién quita si equivocada, en espera de tiempos mejores. Hasta que un día aprendimos que en boca cerrada no entran moscas, y el miedo nos secó la lengua, y ya no supimos dónde diablos estaba el enemigo, ni cuáles podían ser las tribunas propicias y, en consecuencia, el momento oportuno no llegó, o vino tan tarde que entonces habíamos olvidado lo que íbamos a decir a nuestros compañeros. De tanto callar, tanto silencio casi nos deja mudos. Que levante la mano el que no bajó la cabeza ante aquellos argumentos, que tire la primera piedra quien no se puso el tapabocas en las cuerdas vocales, al menos quinientas veces en su vida. Hoy, a treinta y seis años de aquel enero del 59, tal vez tampoco sea el día oportuno, ni éstas las palabras establecidas; quizás alguien piense que estoy coqueteando con el enemigo, que me vendí por treinta monedas; alguien escribirá en alguna gaceta literaria que, como rata en barco que se hunde, aprovecho los momentos más angustiosos de la Revolución para acumular méritos ante "los guardacostas del imperio", siempre a la caza de ingratos, pero si no lo digo ahora, y en voz alta, nunca más podré pensar en aquel niño de siete años que era yo hace treinta y seis eneros, y que una mañana vio pasar por la Calzada de Jesús del Monte a los barbudos que traían a su pueblo la felicidad tantas y tantas veces prometida. Esa felicidad, amenazada desde el principio por el gobierno de Estados Unidos, bloqueada por la política torpe de un enemigo que nunca ha entendido a los que malvivimos al sur de sus fronteras; esa felicidad que enseñó a leer a miles de cubanos, y luego a sus hijos, y a los hijos de sus hijos los curó de todo mal, fue razón de orgullo durante mucho tiempo. Por esa libertad de canción bajo la lluvia, Fayad, y con estas manos de acariciarnos, Roberto, los cubanos tuvimos lo que teníamos que tener, Nicolás. Y descubrimos que además de simpáticos y parranderos podíamos ser fraternos, lo mismo con nuestro vecino de cuadra, a quien le cuidábamos el sueño una vez al mes, que con nuestro compañero de trabajo, con el que intercambiábamos cigarros por manteca y jabones de lavar por frijoles colorados. En la plenitud de su desprendimiento, esa solidaridad llegó hasta los combatientes vietnamitas que cultivaban arroz con sus fusiles al hombro y los mineros chilenos que no tenían azúcar y los peruanos que quedaron bajo las rocas del terremoto y los misquitos de Blue Fields en Nicaragua y los enfermos de Bagdad y los hermanos sin aeropuerto de Granada y las tribus del Congo profundo y los hombres de arena del Sahara español y los niños cancerosos de Chernobyl y los indiecitos bolivianos que suplicaban, y todavía suplican, limosnas en una iglesia cualquiera de Cochabamba.

En estos años difíciles, a veces invivibles, todos los de mi vida menos siete, he tenido el privilegio de conocer de cerca a hombres y mujeres que nunca pidieron nada para ellos, ni en tiempos de bonanza ni en épocas de bretes y de vicisitudes, hombres y mujeres siervos de sus corazones, hijos de pobres o de ricos, mecánicos y campesinos unos, soldados y poetas otros, amigos que me acompañarán siempre, para quienes la causa de la justicia social se convirtió en la única razón de existencia. Gracias a ellos descubrí, no sin asombro, que nuestra capacidad de sacrificio no tenía límites y que para vivir con decoro un pueblo digno podía renunciar a los lujos y a las porquerías de la vida. Ellos consuelan desilusiones y sufrimientos. Ellos me enseñaron a perder. Ellos van conmigo a todas partes: los llevo en el hueco de mi mano como un poco de agua limpia, y me lavan la cara cuando lloro y me calman las penas y la sed. Por algo el corazón está a la izquierda.

Uno de esos conocidos míos acaba de morir en una bocacalle del Vedado. Nos encontrábamos a veces en la bodega del barrio. Una tarde jugamos ajedrez. Una

Ruy López, variante del cambio. Era maestro de educación física. Padre de familia. Lo atropelló un turistaxi mientras pedaleaba su bicicleta china, de camino a casa, con su pan de boniato en una bolsa de Cubalse. Se golpeó la cabeza contra el canto de la acera. Murió descerebrado. Yo había perdido dos amigos de escuela en Angola, y uno más en Etiopía, otro, el mejor, había muerto de sida en el lazareto de Rancho Boyeros, confinado allí por el delito de haber tenido mala suerte una noche de romances feroces, pero ninguna de aquellas bajas en mi tropa de contemporáneos cercanos me había contrariado tanto como la de este maestro, porque los que cayeron en campaña al menos sabían que esa posibilidad estaba escrita con sangre en las reglas de la guerra, y el que se fue por sida me dijo, la última vez que me permitieron verlo bajo custodia, que de amor hasta morir es bueno; sin embargo, mi amigo ajedrecista ha fallecido por gusto, sin penas ni gloria, arrollado por un desorden de cosas donde, según el discurso de algunos voceros oficiales, los bueyes son más eficientes que los tractores, una onza de "masa cárnica" es más alimenticia que la pechuga de un pollo, la langosta puede considerarse un decadente platillo de burgueses, en vista de lo cual debemos seguir el deportivo ejemplo de la Reina de Holanda, que gusta montar una bicicleta de carrera entre los rosales de sus palacios. "La larga posesión del poder quita el sentido", había dicho José Martí.

Las medias verdades van a acabar con la patria. La media verdad de que las bicicletas han atenuado el problema del transporte urbano esconde la media verdad de que morir en bicicleta es hoy una de las principales causas de fallecimiento en las ciudades de la isla. Parece un chiste pero no lo es. Otro ejemplo. La media verdad de que se permitió y se estimuló la fuga de la isla en balsas caseras, para pasar de un campo a otro la papa caliente del problema migratorio entre Cuba y Estados

Unidos, media verdad que se regodea con el hecho de que treinta mil cubanos se hayan podrido en las villas miserias de la Base Naval de Guantánamo, esconde la media verdad de que durante esas tardes grises de Revolución, cientos (¿miles?) de compatriotas confundidos o hambrientos fueron devorados por un verdadero ejército de tiburones. ¿Cuántos? Nunca se sabrá. No se habla con la boca llena. En rueda de prensa, concedida a la televisión nacional durante los días de aquel agosto aterrador de 1994, Fidel acusó al gobierno de Estados Unidos del hecho imperdonable de estimular la salida ilegal del país. Tres semanas después, la Revolución tendía un puente de cañabrava a los cubanos inconformes para que escaparan sobre las olas, sin obstáculos de ninguna índole, a bordo de esas balsas titánicas que ahora sí podrían zarpar desde el malecón habanero, orientadas por los meteorólogos de la Academia de Ciencias y escoltadas unas millas por lanchas guardacostas. Algunos analistas se atrevieron a explicar la desbandada con razones económicas, en desdeño de motivaciones políticas, pero olvidaron aquel axioma tan cacareado por el materialismo dialéctico que afirma, con palabras de Marx, que la base económica conforma y subordina la superestructura ideológica. No, qué va, mi amigo no murió en un accidente de tránsito: también lo mató nuestra cabrona manía de aceptar callados las medias verdades y sus medias mentiras. El encontronazo entre un turistaxi y una bicicleta en una oscura calle de La Habana es el símbolo de una realidad fatigada que asumimos en silencio, porque el silencio ha sido, al menos para mí la manifestación más pura del miedo.

(Carta de una amiga desde Miami.
Coral Gables. 7 de junio
de 1995. Fragmentos.)

...apago la luz. Click. Vete al diablo, te grito desde la oscuridad... (...) Me he pasado la vida des-
pidiendo a mis amigos, gordo. ¡Y yo me fui sin
despedirme de nadie! Eso es terrible. A los doce
años despedí a mis tíos en el aeropuerto internacional José Martí. Los había visto poco, porque
eran de El Cotorro. Se iban para La Yuma. Llo-
raban. Todos menos yo. ¿Por qué iba a llorar?
¿Por quién? No entendía un carajo. ¿Qué estaba
sucediendo? Mamá se abrazaba a su hermana
como quien se abraza a un muerto en una caja
de muertos. Perecían dos niñas que en vacaciones deben asistir a campamentos distantes. Yo
era bajita, así que observaba la escena desde
la altura de un metro. Mi tío político llevaba la
portañuela abierta. Un botón pendía de un hilo.
El botón, carmelita. El hilo, blanco. ¿Se cae o no
se cae? ¿Se cae o no se cae? ¿Se cae o no se cae?
¡Se cae! Yo lo recogí del suelo. Un primo chiquitico, creo que se llamaba Arístides o Arquíme-
des, se orinó en los pantalones. Como eran de
color azul marino, la mancha era prieta, de aceite caliente. Luego tuve que despedir a Ofelita
K., mi mejor amiga, que también se marchaba
de Cuba, creo que a Puerto Rico. Y lloré. Lloré
un mundo. Pude haber rebasado el lago Titicaca.
La quería con cojones. (¡Mi feminismo me hace
escribir cada cosa!) Me regaló sus vestidos en
una caja. Como de FAB. No abrí la caja. La odiaba, más bien me daba miedo pensar que dentro
de la caja se escondía el fantasma de mi amiga

perdida. El cartón olía a Ofelia. A piel de Ofelia. A
talco. Esa caja era mi única posibilidad de Ofelia.
La boté. En un plan tareco. ¿Ya había planes tare-
cos? A los pocos días, vi a las niñas del solar de la
esquina vestidas de Ofelia, en la fiesta del Comité. Se veían bonitas. Casi Ofelias. Me dio gracia.
La clase obrera con ropas del enemigo. Los
revolucionarios vistiendo despojos de gusanos.
Qué vueltas da la vida, ¿no?... Aquí, en Miami,
busqué en la guía su número de teléfono. No debí
haberlo hecho. Pero ya sabes. Estaba aburrida.
En mi depa. Mi novio trabajaba esa noche en un
bar. Mi novio es un paquete. Y yo con tremendo
gorrión. Vueltas para aquí y vueltas para allá.
Como un trompo. No bebo a solas. La tele nunca
ha sido santo de mi devoción. Llamé a un par de
gente y nada. La contestadora: si quiere dejar un
recado. Me acordé de Ofelia. Claro, Ofelia. Ella
tenía un apellido alemán o austriaco, así que no
me costó trabajo encontrarlo por la letra K. Mar-
qué. Ring... ring... ring... Oigo, me respondió una
señora, y me dio hipo. Por favor, con Ofelia K.,
dije en español. Yo soy Ofelia K., me dijo en inglés. ¿Ofelia? Hip... hip... Sí, Ofelia. ¿Seguro? Por
favor, ¿qué se le ofrece?, me dijo ahora en español. Hip... hip... hip... y colgué. ¡Qué se me ofrece! ¡Una caja de FAB! Qué coño iba a decirle a Ofelia
K. Dime tú. Que qué bonitos trajecitos de marine-
ra. Que qué bonita blusa de flores bordadas a
manos. Que herida de sombras por tu ausencia
estoy. Te juro por mi abuela: le tengo mucho
miedo a los fantasmas. Los fantasmas me cogen
para el trajín. (...) Después se fueron mis otros
primos, y Arturo, mi primer novio, y Locadio, mi
segundo novio, y Quesada el profesor de educación física y Rosita, la vecina de al lado (no, Rosita

se murió), y Laura, Sonia, Yolanda y Mayrelys...
¿Te acuerdas de Mayrelys Sánchez, la de gimnasia
rítmica? Es otra, mi amor. Qué cosa. Se casó con
un viejuco y hasta el nombre se cambió para no
parecer tan negra, al menos en las tarjetas de
presentación, con letras de oro. Se hace llamar
Marylyn Stauton S., Estilista Profesional. Las
mujeres si no la cagamos a la entrada la cagamos
a la salida. También hicieron la raya Paquito,
Juan José, Aniv D'erev, Albertico, Jorge el hermano de Carlos, Alejandro y su padrastro, el
que tocaba la trompeta en la orquesta del difunto Roberto Faz... Hasta que una noche, en
Gánder, bajo la nieve, más sola que una perra,
no pude más con la sarna de mis recuerdos y
me despedí de mí misma. Ya ni me rasco. Salté
el charco. Fui a ver a un policía grandote que
andaba por ahí y le dije a una pulgada de la
oreja: compañero, quiero pedir asilo político. No
me entendió. ¡A mí, que me he teñido el pelo de
tantos colores! Compañero, le repetí, he decidido no regresar a Cuba, ya me jodí. Al ver que el
mastodonte no me hacía mucho caso, lo besé en
la boca. Ahí te va, muñeco. Ahora que estamos
solos, todo lo que tengo es tuyo. *I love you*, le
dije. Esa frase me quedaba bien. Se la escuché,
de niña, a Ingrid Bergman en una Tanda del
Domingo, ¿o fue a Ida Lupino, durante una película del sábado? El policía (Silvestre Stallone)
me detuvo, por abuso a la autoridad. En la oficina del aeropuerto, apareció de pronto un compatriota (Andy García), un trigueño de Pinar del
Río que había ido a cortar pinos en la Siberia y,
de regreso, se quedó en Gánder: Pedrito Linares.
Era un feliz empleado de quinta categoría en la
aduana. Vestía overol azul, con una hoja de maple

en la espalda, por lo que supuse trabajaba de carga maletas. Fue un buen intérprete. Mientras yo esperaba a que tramitaran mi solicitud, Pedrito Andy Linares García me invitó a un perro caliente en el merendero de los trabajadores, y me hizo un sinfín de preguntas. Ninguna tenía que ver con mi situación. ¿Cómo está La Habana? ¿Conoces la beca de 12 y Malecón? ¿Todavía existe La Piragua? ¿Qué fue de la vida de Stevenson? ¿Trajiste un disco de Los Van Van? ¿No tienes una africana? Pedrito hubiera dado un brazo por una africana. Yo le respondía con la boca llena. Sí. No. Sí. No. Sí. No. Sí. ¿No me regalas una coca cola? Pedrito se puso en pie y me dio un abrazo. "Ya se fueron", me dijo, a manera de bienvenida. Había escuchado los motores del avión de Cubana, al despegar en la pista. "Arrivederci Roma. Volare, oh, oh, cantare, oh, oh oh, oh...", comenzó a cantar el pinareño. Y yo nunca me tomé esa coca. (...) Estuve cuatro días sin escribirte. Prefiero no releer esta carta. Es que me refugié en la playa, con unos amigos. Allí me encontré con tu queridísimo Jorge Trinchet, el actor de *Lejanía*. El hermano de *Un hombre de éxito* vende rones en una licorería. Con gran estilo. Hay que reconocerlo. Lo gracioso es cuando viene un yanqui malgenioso, con bermudas, tenis blancos, gorrita de golfista, y le pide una botella. *What?* Trinchet no habla inglés. *What?* El yanqui comienza a insultarlo. *Yes, yes*, responde Jorge con su natural elegancia. *What?* El yanqui se pone rojo como un tomate. Le mienta la madre, pero a Jorge le resbala el insulto. *Yes*, repite sonriente. El yanqui, a sangre fría, lo manda para el carajo. *Yes*. Qué manera de reírme, qué manera. (...) ¿Sabes qué me gusta de tu *Informe*? Que no dices una mentira. A algunos podrá no gustarle cómo cuentas tu verdad, tus versiones, porque el recorrido de esa mirada crítica, y a la vez nostálgica, les puede resultar más amargo que el jugo de una naranja agria servido a las rocas en un pomo de yogurt. Sobre Cuba se ha escrito una biblioteca de cuatrocientos tomos, pero el defecto de muchos de esos textos es que se parte de la falsedad, o de la exageración, para demostrar una tesis parásita, oportuna, sospechosa. Tu defensa al derecho de estar equivocados me resulta un acierto. Ya vendrán otros testimonios similares a ventilar la atmósfera. Luego, se podrá escribir la historia. Yo no voy a leerla, no vaya a ser que me quieran someter a un examen para decidir si me aprueban o no en ella. Me cansa. (...) Prefiero copiarte un poema de Antonio Conte que el paquete de mi novio acaba de dictarme por teléfono: "Viví en un puerto de tabernas grises,/ barcos griegos, escuadra americana,/ alameda de sol por la mañana/ y prostitutas de ojos infelices./ Almendros, pescadores, cicatrices,/ el mar con su canción republicana,/ y mi pequeño corazón de aduana/ viajando hacia el cristal de otros países./ Viví en el viejo muro de la tarde/ que se disuelve en horizonte oscuro/ como lanchón de arena en plena tarde./ Y me quedé marítimo, inseguro,/ junto a los muelles donde el puerto arde/ con mi pequeño corazón más puro." (...) Ésta es la última carta que te escribo. Te lo juro por lo más grande. Que se muera Plutarco Tuero si no cumplo mi promesa. Cuando me mude de casa, y me vaya a vivir al fin del mundo (ése es mi plan a largo plazo), no te enviaré mi nueva dirección ni aunque me lo pidas de rodillas, devoto mío, a ver si así tú me entierras y yo entierro, por fin, a la muchacha que fui hace una pila de años. Si te he

visto, no me acuerdo; si me acuerdo, no sé dónde.
Olvida el tango. Te quiero y me quedo corta, tu fiel,

AMD.

PD: Si llego a saber que el Perico era sordo, yo
paro el tren. Chao, gordo. Ahora que lo pienso:
no sigas con ese libro. Estuve pensando un rato.
¿Te acuerdas lo que me cantabas en el malecón,
en el monumento del Maine?... "No me preguntes por qué estoy triste porque eso nunca te lo
diré, mis alegrías las compartiste, pero mis penas no, para qué." De nada vale recordar. De nada.
Recordar no es volver a vivir, decía tu tío, nuestro
Felipe: recordar es volver a mentir. Lo único que
vas a lograr es que te metan preso en Villa Ma-
rista. Y yo no te llevaré cigarros fuertes, devoto
mío. Ya me voy ¿o ya me fui?

III

No es necesario ser gay para decirlo: daban ganas de ser gay para quererlo. Fue mi mejor amigo, ese amigo que estaba imaginando desde hacía mucho tiempo; había comenzado a dudar de su existencia, y a los dieciséis años ya me resignaba a no encontrarlo en la edad justa, cuando entró en el aula de onceavo grado del Instituto Preuniversitario con una mochila de mezclilla al hombro y unos zapatos que olían a mierda de gato desde diez metros de distancia. Era tan feo que resultaba llamativo. Quizá sería por esos pantalones rosados y verdes fosforescentes o tal vez por la manera de reírse de sí mismo, pero en cuanto lo vi supe que había llegado un tipo fuera de serie. Acababa de terminar tres años de Servicio Militar Obligatorio en una unidad de la Marina de Guerra, y quería concluir sus estudios secundarios para matricular la carrera de arquitectura en la Universidad de La Habana. A los pocos días descubrí por qué sus zapatos olían a mierda: no había caca de gato o de perro que se le escapara al caminar, porque iba contando en voz alta mentiras fabulosas y, claro, no miraba adelante sino al lado, esto es a uno, y sus pisadas se encharcaban en las plastilinas de la porquería. Nunca lo vi triste, a pesar de que la vida fue para él de una severidad extrema. Su hermano murió ahogado en un río, una tarde de huracán odioso, y poco después su padre se bañó en alcohol y se prendió fuego, sentado en un sillón de la sala, en la crisis de una melancolía insoportable. Se llamaba Rolando Martínez Ponce de León.

Mis hermanos y yo lo adoramos. Él nos enseñó a escuchar a los Beatles. Pintaba carteles de arte pop, al estilo del maestro Raúl Martínez. Esta vocación por el diseño acabó venciendo sus sueños de arquitecto y con los años haría de él un artista gráfico de prestigio. Los amigos del preuniversitario íbamos diario a la Cinemateca, en la esquina de 12 y 23, a ver cien veces *El caso Morgan* o *El señor de las moscas*, y Rolando le pedía a mi padre la edición de *La vuelta al día en ochenta mundos*, dedicada por Julio Cortázar, para llevarla bajo el brazo y apantallar a la concurrencia con la miel de algún libro deseado. Una tarde fue a buscarme a mi casa, en Arroyo Naranjo. Estaba ansioso. Quería invitarnos a un concierto que se realizaría en el Teatro del Museo de Bellas Artes. No podíamos fallarle. Fefé tiraba unas pelotas en el aro de basket del patio. Rapi dibujaba unos gatos con tinta china. Yo me había acostado un rato. "Primero muerto", le dije y me cubrí con la sábana. Rolando se puso de rodillas, al pie de la cama. "Ven conmigo", me suplicó y me tiró de las piernas: "Hoy es una fecha importante para la cultura cubana. Silvio da su primer recital." Me tumbó al piso, envuelto en las sábanas. "¿Quién es Silvio?", pregunté. "El genio de nuestra generación", me dijo. Rolando lo había oído cantar en un concurso de artistas aficionados, durante su estancia en la marina, y se conocía algunas de sus canciones. Comenzó a tararear una que hablaba de una bruja amiga suya. Mis hermanos y yo no dudamos un segundo más: nos pusimos cualquier trapo por encima y volamos al concierto —y hubiéramos cazado cocodrilos en la Fuente de Paulina con tal de que nuestro amigo se callara la boca. Nos sentamos en primera fila, en el extremo derecho de la platea. ¡Qué cosa! Me sentí borracho: la hermosura de mis contemporáneos me había embriagado: aún no me recupero de la cruda. Cómo es posible que existan personas que nieguen los milagros, si la juventud es la perfecta evidencia de los misterios y las maravillas de la vida. Sólo hay algo comparable a la fiesta de ser joven: recordarla. Lo intento. Quien no se deje poseer por los fantasmas está perdido. Llueve. Los duendes de La Habana han invadido el lugar. No entra un alma en el cielo, repleto de dioses adolescentes. Me acordono las botas cañeras, de piel rudimentaria, a medio tobillo, tres ojales y una suela de goma que se derrite con los fogones del asfalto. Muchachas con pañuelos. Pantalones campanas. Camisas de lona. La desnudez de la alegría. Un collar de Santa Juana. Y los murmullos. Voces. Nombres. Risas. Un loco muerto de risa. La flecha de un beso. El barco inicia la travesía con su generación a bordo. Y ese flaco con cara de tomeguín, guitarra en mano, escoltado por poetas (¿Guilllermo Rodríguez Rivera, Víctor Casaus, Luis Rogelio Nogueras?) en el centro del escenario, diciendo versos nuevos. Treinta años después, me dejo caer en la butaca. No he vuelto a ver tanta gente linda, junta. Qué vértigo. Qué orgullo. Qué colmena. Qué viaje. La Era estaba pariendo un corazón: el noble corazón de Silvio Rodríguez. "Es mi amigo", dijo Rolando con una sonrisa de oreja a oreja: "Aunque él no lo sabe." Escampa.

Rolando y yo estuvimos noventa días cortando caña quemada en los campos de un central azucarero en el municipio Aguada de Pasajeros, durante la zafra 1967-68. No ha habido ni habrá sobre la tierra una persona más inhabilitada para las faenas agrícolas. Un desastre con la mocha. Afeitaba las cañas como quien deshoja margaritas. Hablaba hasta por los codos. Jamás cumplió las metas del corte. Ni jugando. El director del preuniversitario de La Víbora era por aquellas fechas un fulano de apellido Varela que andaba por los cañaverales de Aguada con una gorra rusa en la cabeza

y una pistola Makarov al cinto. Decía ser un bolchevique de hueso colorado, discípulo de José Pepe Stalin,
y se declaraba defensor de los campos de concentra-
ción en la Siberia. Se tragaba las erres, como yo.
Siempre repetía un lugar común de la fraseología de
la época: "Te va a coged la dueda de la histodia."
Donde pronunciaba dueda debía oírse rueda. Un tipo
temible. A mi hermano Rapi lo quiso expulsar del
instituto porque tenía, según su clasista apreciación,
una sonrisa burguesa. El comandante Varela odiaba los
pantalones de Rolando. Recuerdo a mi buen amigo,
solo ante la maraña de los plantones, cortando caña
bajo la luna, y a Varela encaramado en un tractor,
cegándolo con los faroles. Rolando debía permanecer
en el campo hasta cumplir con las normas establecidas
para cada machetero, y ninguno de nosotros podíamos
ayudarlo, porque nos cogería "la dueda de la histodia".
      La rueda de la historia, sin embargo, giraba a
otras revoluciones por minuto —y en sentido contrario. Mientras a Rolando le sangraban las manos, reventadas de ampollas, el mundo vivía momentos de
audacia juvenil jamás permitidos en Cuba. La melena
de Ernesto Che Guevara, imitada por la juventud, era
cortada en la isla por las tijeras de los funcionarios que
llegaron a considerar el pelo largo una inmoralidad del
capitalismo, a pesar de que muchos de ellos habían
bajado de la Sierra Maestra con rabos de mula y greñas
hasta los hombros. París se estremecía con las marchas
de los estudiantes que cantaban temas de los Beatles
y de Carlos Puebla, mientras levantaban barricadas de
libros con *Cien años de soledad*, *Rayuela* y *La casa
verde* —y en las calles y parques del Vedado se
extremaba una absurda represión contra los jipis del
patio, seguros de que las cadenas en el cuello, las
minifaldas a medio muslo y los cinturones con hebillas
metálicas reflejaban rasgos de una mariconería y de

una putería extranjerizantes. En la ciudad de México, los universitarios se jugaban la vida (y muchos la perdían) en la plaza de Tlatelolco, gritando consignas a favor de la revolución latinoamericana, y en la universidad de La Habana se expulsaba a los alumnos que se habían atrevido a creer en Dios o a citar un poema de Jorge Luis Borges: "La lluvia es una cosa que sin duda sucede en el pasado." Una inspectora escolar del municipio Rancho Boyeros, célebre por sus groserías pedagógicas, les alzaba las sayas del uniforme a las muchachas de la escuela para verificar que no llevasen blumers biquinis, como se les decía a las pantaletas cortas. Por los días en que Bob Dylan llenaba estadios con miles de pacifistas que se oponían a la guerra en Vietnam, los becados de la Escuela Hanoi debían esconderse en los baños de los dormitorios para escuchar las grabaciones del propio Dylan, porque de ser descubiertos en la travesura podían resultar expulsados del sistema nacional de educación. Al filo de la medianoche, Rolando llegaba a la barraca más muerto que vivo, con las manos desbaratadas y canturreando "hay que acudir corriendo pues se cae el porvenir", de Silvio.

Esta persecución cesó a mediados de la década del setenta, pero no cambió la noción de intolerancia que la intentaba justificar. Aquellos censores siguen ocupando, escalones más o descansos menos, posiciones de jerarquía en la escalera del poder. A finales de los ochenta, un periodista del periódico *Juventud Rebelde* fue despedido, entre otros reproches, porque defendió el derecho de llevar ¡el pelo corto! Una tardía ráfaga punk había llegado a la isla y algunos chamacos se habían rapado la cabeza a su antojo. El prejuicio político partía ayer y resurge hoy de un prejuicio moral. La manifestación de un criterio propio se manifiesta, en primera instancia, en las preferencias y gustos personales. Lo que no soportaban ni toleran los Varelas de siempre es la pequeña libertad individual de elegir desde una opinión disidente hasta un arete en la nariz. Un principio de acción nunca declarado pudiera explicar algunos dramas de la vida cotidiana: lo que no les gusta a los de arriba no es bueno para los de abajo. Si recuerdo estas páginas de la sobrevida insular es por la irritante impunidad de esos funcionarios que jodieron y rejodieron la existencia a miles de jóvenes de tres o cuatro generaciones: ellos aún están en el terreno del juego, y el reglamento no ha sido modificado.

El que no está es Rolando.

Rolando está muerto. En el año 86 enfermó de sida y fue recluido en un sanatorio blindado, Los Cocos, en el municipio de Rancho Boyeros. Los Cocos es una finca de doscientas hectáreas, con altos muros, donde alguna vez vivió uno de los travestis más famosos de los años cincuenta. En el vestíbulo de la casa principal aún se conserva un retrato al óleo del homosexual precursor, con peineta, vellos en el pecho y ropas de gitana: los internos le dicen la Virgen de las Locas. Rolando llegó a Los Cocos en pijama. Era un eslabón de una cadena debilitada por los virus modernos del amor: meses antes una escueta nota publicada en los periódicos informaba que había muerto de sida el primer ciudadano cubano. La esquela se apuraba a sugerir que el difunto, de profesión escenógrafo (sinónimo de homosexual para el anónimo redactor), había contraído la enfermedad durante un visita a la contaminada Nueva York. Lo que no mencionaba la gacetilla es que el difunto, Roberto Veguilla por más señas, militaba desde hacía casi diez años en la Unión de Jóvenes Comunistas, y que por la excelencia de su trabajo profesional había sido reconocido como Vanguardia Nacional en el Sindicato de Trabajadores de la Cultura, y premiado con un viaje de estímulo a los países socialistas.

Rolando recibió buena atención médica. "Aquí tenemos un lema gracioso: el sida en Estados Unidos es incurable; en Cuba, invencible", nos dijo y confirmó los datos publicados en los diarios: cada interno consumía ocho mil dólares de AZT por año y recibía una dieta de casi seis mil calorías al día; el tratamiento incluía drogas de primer mundo como el interferón, el DDI y el ganciclovir, así como la aplicación de técnicas de acupuntura, biotecnológicas y medicina verde. El dedo que pretende tapar el sol apenas logra cubrir el ojo. "Lo peor no es saber que uno va a morir, sino no saber cómo uno puede seguir viviendo, si nos han tatuado una marca visible, como la pierna de una vaca con un hierro al rojo vivo", me dijo Rolando. Cada dos fines de semana tenía derecho a pase de salida, pero escoltado por un trabajador del centro, que al menos en su caso no lo dejaba solo ni un minuto. A pesar de las explicaciones que se daban para justificar el encierro con argumentos epidemiológicos, la propuesta cubana era de una severidad extrema, pues partía de la desconfianza para llegar a la condena: algunos pacientes, por su condición de homosexuales, resultaban peligrosos a la comunidad. Tal vez lo que se quería silenciar era el hecho de que un por ciento considerable de seropositivos habían contraído el virus durante el cumplimiento de misiones militares o civiles en países de África, porque la aceptación de esa estadística podía empañar la imagen de la vanguardia heterosexual: el honor de ser internacionalistas también representaba una aventura carnal de altísimo riesgo.

Un sábado de marzo, Rolando decidió escapar de Los Cocos por unas horas. No representaba una amenaza para nadie. Tenía derecho a vivir su muerte. Aquel fin de semana se había suspendido el pase reglamentario por mala conducta colectiva. Los internos habían celebrado el ¿último? cumpleaños de un paciente y, para animar la fiesta, ya de por sí bastante fúnebre, tres jovencitos sin complejos se vistieron al estilo de Farah María, Rosita Fornés y Marta Strada, el trío de divas más admirado del panorama farandulero nacional. La cabareteada acabó en un divertido plumerío y las autoridades del sidatorio decidieron chapear bajito y sancionar a todos por igual. De nada valió pedirle un milagro a la Virgen de las Locas. A Rolando se le llenaron los cojones y saltó el muro. Subió a una guagua. Por supuesto, no se acostó con nadie. Se tomó un helado en Coppelia. Compró un par de libros de medicina en la librería universitaria. Desde el vestíbulo del hotel Habana Libre nos hizo una llamada telefónica. Fue a visitarnos. Vivíamos cerca. Conversamos a gusto en el parque de 21 y H. Las botas le olían felizmente a caca de gato: en el trayecto desde mi casa hasta el parque había pisado al hilo cuatro plastas de mierda.

—De amor hasta morir es bueno. Estoy tranquilo. ¿Sabes? Los muertos que uno ama no se mueren —me dijo.

—¿Cómo te sientes?

—Chévere.

—¿Qué piensas hacer?

—Regreso al palomar.

—Cuídate. ¿Nos vemos?

No volvimos a vernos. Cuando llegó al departamento de su madre, camino a Los Cocos, el vecindario estaba rodeado por un pelotón de reclutas armados con AKM. Lo cazaron. Lo juzgaron. Pasó seis meses en la prisión del Combinado del Este, en una galera vecina a un pabellón de los presos comunes. Al poco tiempo, Rolando se apagó como una vela. A la familia le entregaron el cadáver en un ataúd sellado con tornillos. Eran las tres de la mañana y el entierro estaba previsto para las ocho y media de ese mismo día. Un joven oficial de la policía, responsable de la misión, hizo a la madre de Rolando una advertencia desvergonzada:

—No quiero escándalos en la funeraria, compañera.

—Vete a la mierda, muchacho —respondió la madre.

Hasta hoy no pude decirle que lo extraño.

La pequeña isla de Cuba se enfrentó a treinta y tres años de bloqueo económico, a nueve presidentes en la Casa Blanca, a cuatro o cinco Papas en el Vaticano, a seis timoneles en el Kremlin (incluido Yeltsin), a unos veinte jefes de la Agencia Central de Inteligencia y a otros tantos de la Agencia Federal de Investigaciones, a cinco secretarios generales de las Naciones Unidas, a más de cien presidentes hostiles en toda América Latina, sin contar los seis de México, y de tanto batallar contra vientos y sobre mareas su ejemplo creció en el mapa de muchos corazones honrados, para que más de un soñador volviera a soñar en cárceles o en trincheras o ante paredones de fusilamiento el sueño de un mundo mejor, de un mundo muchísimo mejor que este mundo para todos dividido del que hablara César Vallejo. La mayoría de los cubanos estuvimos dispuestos a defender esa alegría, a pesar de que poco a poco, década tras década más bien, una epidemia de vanidad comenzó a cegar a algunos dirigentes con la catarata de un poder sin límites, y varios de ellos llegaron a confundir sus destinos personales con los destinos de un pueblo que un día los siguió, sin preguntar razones, hasta en aventuras tan descabelladas como la defensa militar del delirante Mengistu Haile Mariam, en Etiopía.

El asesinato de Ernesto Guevara en una escuelita rural de Ñancahuazú, la ofensiva revolucionaria de 1968, el fracaso de la zafra de los diez millones y la guillotina que resultó ser el Primer Congreso de Educación y Cultura representan, para mí, los cuatro infartos que anunciaron el colapso de la utopía rebelde. En una página de su diario de campaña, el Che dice que con cien hombres a su lado tomaba La Paz. A los que lloramos la noticia de su desaparición nos descorazonó también la lectura de ese reclamo. Cuesta trabajo aceptar el hecho de que, en aquellos años justicieros, apenas un puñado de revolucionarios siguiera a un héroe de su calibre en el calvario de la selva americana. Los campesinos no lo entendieron y le cerraron las puertas. Los comunistas bolivianos le dieron la espalda, y lo abandonaron a su suerte y a su muerte. Los camaradas del Kremlin lo consideraron un Quijote sin ventura y se burlaron de sus tesis tercermundistas. Sus amigos de la Sierra Maestra lo perdieron de vista en la cordillera de Los Andes. "Estamos abandonados", escribe en su diario, un terrible día de mayo de 1967. Manila (La Habana) no respondía a sus mensajes. Por cuidar a un compañero enfermo, y desatender así sus propias lecciones guerrilleras, cayó en una emboscada militar y murió a pecho descubierto, sin manos pero con los ojos iluminados por la llama de su fe; al tercer día resucitó como un quinto beatle en las recámaras de los jóvenes más bizarros de los años sesenta y setenta, entre carteles con la imagen de Ho Chi Min, discos de Bob Dylan, fotos de Tlatelolco y graffitis del mayo francés que gritaban a voz en cuello una consigna que él jamás hubiera aprobado de buena gana: "Hagamos el amor y no la guerra."

La ofensiva revolucionaria de marzo de 1968, por su parte, puso freno a un orden de vida republicano que seguía corriendo por pura inercia desde 1959, en angustioso paralelismo con una propuesta de economía planificada que, según los cánones de entonces, no era compatible con el comercio privado, la iniciativa individual y la libre empresa. Cincuenta y ocho mil doce retablos de zapateros remendones, relojerías minúsculas, viejas imprentas con linotipos de pedal, quincallas de baratijas, estudios de fotógrafos locales, talleres de ebanistas y tapiceros, puestos de fritangas, fondas de chinos, barberías de barrio, poncheras a la orilla del camino, bares y hasta hornos de carbón fueron clausurados o intervenidos por asalto veinticuatro horas después de que "el tribunal de la historia" los calificara de lastres de la sociedad capitalista. El Estado se arrogó el compromiso absoluto de la producción y distribución de los bienes de consumo, gigantesca tarea que no estaba en condiciones de asumir con eficiencia. El mediano empresario y el pequeño negociante quedaron fuera de los planes quinquenales, acusados de sanguijuelas y de explotadores del hombre, y muchos de ellos se retiraron a España, Miami o Venezuela, en exilio tardío, con los bolsillos rotos y la eterna mortificación de haber perdido toda una vida de trabajo. Ni las gracias les dieron.

La zafra de 1970, que prometía una cifra récord de diez millones de toneladas de azúcar, demandó un esfuerzo descomunal de las reservas productivas y acabó comprometiendo, según Fidel, el honor de los cubanos. Las ciudades se empapelaron con una consigna espinosa: "Palabra de cubano: de que van van". Los zapadores de la Brigada Invasora Che Guevara volaron por los aires ceibas de santería y palmares centenarios, plantíos de viandas, huertas de vegetales, potreros de ganadería y montes de frutales arrancados de raíz por las cargas de la dinamita, al tiempo que se desmontaban las mejores tierras para dedicarlas a la siembra de prometedoras variedades de caña. Se declaró el Año Más Largo de la Historia, pues debía terminar en julio del 70 y no en diciembre del 69, y se cancelaron por decreto las fiestas de Nochebuena. La medida se explicó con un argumento transitorio: asegurar la movilización y permanencia en los cortes de los más de trescientos mil macheteros que, para esas fechas de familia, estaban lejos de los suyos, acampados al pie de los cañaverales. La negativa duró más de veinte largas navidades, sin otra justificación que no fuera la necedad. Entre vítores y aclamaciones, se alzaron voces autorizadas en la materia que advirtieron a tiempo la imposibilidad de lograr el éxito en una epopeya de semejantes proporciones, pero no fueron admitidas en el coro que repicaba campanas de triunfo desde los miradores de la prensa, la radio y la televisión. La zafra se malogró en trescientas cuarenta y cuatro jornadas. En dramático discurso Fidel tuvo que reconocer que no se alcanzaría la cosecha prometida y echó el peso muerto de la culpa sobre los dirigentes del Partido y del gobierno, hasta el clímax de atreverse a proponer, en desagravio, su propio retiro político. Otra consigna confusa empapeló las ciudades: "Convertir el revés en victoria." Como consuelo de tamaña desilusión se organizaron bailables por municipios y se permitieron carnavales sin desfiles de disfraces ni reinas de belleza. En el muro del malecón, los recién llegados macheteros celebraron con cubos de cerveza y empanadas rellenas con carne rusa el fin de un sueño que nos hubiera costado carísimo de colocar sobre el pedestal de la gloria un estilo de trabajo basado en la improvisación y el triunfalismo. En el verano de 1970 se puso de moda un montuno que repetía con criollísimo doble sentido "El perico está llorando. El perico está llorando." La cantaleta duró menos que un merengue en la puerta de un colegio, y fue prohibida porque podía prestarse a gusanas interpretaciones: sea quien fuese el tal perico, los machos, los revolucionarios, no lloran.

Un año después, se realizó el Congreso de Educación y Cultura. Comenzaba el "quinquenio gris". Haré lo humanamente posible para no calificar con palabras demasiado crudas a los promotores de aquel auténtico patíbulo de la cultura nacional. No sé si pueda. El "quinquenio gris", frase con la cual mi admirado maestro Ambrosio Fornet enmarcó el periodo más catastrófico de la política cultural de la Revolución, desborda el paréntesis que supuestamente se abre en 1971 y se cierra cinco años después con la ovacionada creación del Ministerio de Cultura. En mi opinión, esa etapa puso en evidencia un estilo de trabajo autoritario, una deformación del pensamiento oficial que lo incapacitaba para admitir desde la libre circulación de las ideas hasta el legítimo derecho al error. Lejos de lo que pudiera creerse, esa intolerancia no tenía su origen en el ejercicio de un poder sin límites sino en el padecimiento de un virus: el incurable virus de la desconfianza. El miedo, para mí que no soy valiente, es gris. Dirigentes del Consejo Nacional de Cultura se atrevieron a humillar a prestigiosos intelectuales, sin distinción de origen ni de nacionalidad. Por cobardes negaron a José Lezama Lima y acorralaron a Virgilio Piñera, que no estaban fuera del juego sino en el centro mismo de la literatura universal. Por impotentes persiguieron a los narradores que habían tenido la valentía crítica, y por tanto amorosa, de publicar libros polémicos sobre el combate de Playa Girón o la lucha contra bandidos en el Escambray. Por débiles de espíritu acosaron a muchos artistas y escritores homosexuales (que se negaron a ser sus amantes porque eran mucho más hombres y mujeres que ellos), los dejaron sin trabajo y los desdeñaron ante sus vecinos. Era "como si le pusieran una inyección antirrábica a un canario", para decirlo con palabras de Lezama Lima. Todavía en 1990 varios de esos funcionarios andaban coleando por oficinas de la administración pública, venidos a menos pero pavoneándose de sus canalladas de antaño, y no faltó alguna que otra cucaracha que los aplaudiera.

La Muerte no sólo parece ser una entusiasta lectora sino además un crítico severo. Sus juicios suelen ser implacables y a veces injustos. Nicolás Guillén, por ejemplo, fue coronado en vida como Poeta Nacional, inútil título de nobleza que poco favor hizo a un criollo tan criollo como él, sin dudas, el más popular de los poetas cubanos en el sentido más cubano de la palabra popular. Mitad rey y mitad bufón, sordo entre bombos y platillos, siempre dicharachero en el centro de una corte donde vegetaban oportunistas, cobardes y tontos consejeros, Guillén fue publicado y aplaudido hasta el cansancio brutal de sus lectores. La Muerte iba por un camino cuando se encontró con el joven Nicolás, que entonces llevaba un lirio blanco en la mano y no una corona de laureles en la sien, y lo dejó seguir de largo, entre otras cosas para que el poeta camagüeyano le dedicara a ella, a La Pelona, inolvidables poemas de vida y de esperanza.

Una noche de ésas, mientras revisaba su agenda de trabajo en el malecón de La Habana, La Muerte volvió a oír hablar del autor de *Sóngoro Cosongo*, aquel cubanito que por los años treinta se negó darle a ella el lirio blanco, y supo que desde hacía meses, y contra cualquier pronóstico, luchaba con las uñas por seguir viviendo, asistido día y noche por médicos brillantes. "Pienso en sus ojos cerrados,/ la tarde pidiendo amor,/ y en sus rodillas sin sangre,/ la tarde pidiendo amor,/ y en tus manos de uñas verdes,/ y en su frente sin color,/ y en tu garganta sellada.../ La tarde pidiendo amor", susurraba Nicolás en su lecho. Dicen, los que estaban cerca, que conversaba en sueños con García Lorca. Se reía, sin ton ni son. Los doctores le extraían buches de sangre, entre carcajadas. ¡Qué le platicaría Federico! La Muerte decidió que había llegado la hora. Entró en el espléndido departamento del edificio Someyán como un amigo para quien las puertas están siempre abiertas, le pasó el brazo por sobre los hombros y se lo llevó consigo, cielo adentro.

Una vez le pregunté a Guillén en qué hotel del universo le gustaría pasar las vacaciones de la muerte y él me respondió con un guiño de ojos antes de precisar con palabras, "en la nebulosa de Andrómeda, porque me gustan los esdrújulos". Allá se fue de seguro, a reírse de los episodios de su vida en el cine cósmico de la luna. Mientras tanto, aquí abajo le dieron a su cuerpo un entierro de lujo, a la sombra de la raspadura de la Plaza de la Revolución, muy cerca de ese Martí de mármol tan feo que no puedo ver sin llorar, y los sindicatos ordenaron la movilización de sus afiliados, para hacer manifiesta la pena de haber perdido a un héroe nacional. Sin embargo, a partir de ese momento, la luz de la poesía de Guillén se apagó como la llama de una vela en un pequeño altar a Shangó. Desapareció Nicolás sin misterio y, lo que es peor, sin dejar huella. Muy pocos jóvenes se acercan hoy a sus poemas limpios y perfectos, los más españoles versos que se hayan escrito en cuaderno alguno de la isla. Sus libros han sido deportados al fondo superior de los estantes, donde muchos esconden las *Obras completas* de Lenin, por si las moscas. Nicolás Guillén se volvió a morir y fue sepultado bajo la cruz del olvido. Él, que cantó himnos de guerra a la vida y adelantó el triunfo de las virtudes sobre los defectos de los hombres, hoy descansa en una paz que no deja de meterme miedo: la tarde pidiendo amor.

José Lezama Lima, por el contrario, no tuvo mucha suerte en este mundo, prisionero entre las cuatro paredes de su isla Trocadero, rodeado de habanas y de habanos por todas partes. Su pequeñísima corte estaba integrada por cuatro o cinco gatos amigos, unos de corazón de oro, otros de lenguas viperinas, que de tarde en tarde iban a visitarlo para escucharle los monumentos de palabras que era capaz de levantar en el aire con la gracia de su voz, mientras aireaba el asma en un sillón de caoba, gesticulante, rotundo y soberano en su minúsculo reino material donde se destacaban, por los resplandores de la pobreza, una cama con bastidor de muelles flácidos, unos cuadros jorobados y un huevo de Navidad, cubierto por la urna de cristal de un limpio frasco de aceitunas. "El único viaje que me provoca", me dijo un día, "es aquel que emprenda solo, saltando como un conejo de constelación en constelación". Todos los caminos, ven, conducen a la Roma de los astros. No tuvo suerte, dije líneas arriba, perdón, preciso la idea: tampoco se interesó mucho en procurarla. Los políticos jamás quisieron a Lezama. Ni los pistoleros de Gerardo Machado, ni las arpías de Carlos Prío Socarrás, ni los constituyentes de Ramón Grau San Martín, ni los bandidos de Fulgencio Batista, ni los barbudos de Fidel Castro, ni los seguidores de Jorge Mas Canosa. Nadie lo quiso. Y no lo quisieron porque todo arcano asusta, lo mismo a inocentes que a verdugos. Lezama estorbó. Sobró. Fue demasiado. Demasiado "El mulo en el abismo", y demasiado "El cangrejo pelotero", y "La sombra del hombre creciendo en la pared", ya resultó más que demasiado: demasiado. La vanidad, la modestia, el talento y la sabiduría, bien proporcionados en la cubeta del corazón, resultan una mezcla explosiva.

En los últimos años de su vida, funcionarios de bajo calibre se dieron el gustazo de prohibir su firma y su verbo en nombre de la salud mental de la cultura socialista, y judiciales de la literatura, faltos de paciencia o de cojones, prefirieron negarlo a leerlo, pues ya se sabe que reprochar es mucho más fácil que comprender. "Oh flor rota, escama dolorida,/ envoltura de crujidos lentísimos,/ en vuestros mundos de pasión alterada,/ quedad como la sombra que al cuerpo/ abandonando se entretiene eternamente/ entre el río y el eco./ Verdes insectos portando sus fanales/ se pierden en la voraz linterna silenciosa", decía tal vez Lezama cuando sintió un dolor en el pecho, y se le agotó el aire en los pulmones. La ladrona Muerte entró en la humilde casa de Trocadero y se robó a José Lezama Lima en brazos como una amante intrépida; huyeron por la ventana de la sala, ágiles, sin volver la vista atrás, justo en el momento en que, después de tanta sequía pública y de tanto bochorno crítico, el azar concurría a la cita con la inmortalidad y la obra del habanero más habanero de La Habana comenzaba a alcanzar su definición mejor, para que nuevos lectores pudieran recorrer las praderas de sus paradisos, hechizados por el enemigo rumor de una lejana pero creciente ovación: Oh flor rota.

La Muerte, en verdad, llenó de vida a Lezama. Muchachas de fin de siglo, poetas sin miedo, diletantes a la moda, novias felices y pretendientes tristes, sacerdotes, santeros y presos políticos se acercan a los libros de Lezama con distintas intenciones pero con idéntica devoción. Todos le dicen, desde su entierro, El Maestro, no sin cierto temblor en el metal de la voz. Lo citan. Lo recuerdan, lo sueñan o lo resucitan a imagen y semejanza de sus ilusiones perdidas. "Nacer aquí es una fiesta innombrable", se lee en su tumba, sembrada en un discreto jardín del cementerio, apenas a unos metros del sitio donde mi padre escribe, con la punta de su último cigarro y en plena oscuridad, "aquí he vivido".

La Muerte tiene sus caprichos.

Ojalá no deje que olvidemos a Nicolás. Ojalá no deje que endiosemos a Lezama, porque sólo así podremos encontrar, entre tantos astros, satélites y sueños errantes en el tiempo de nuestra historia insular, las estrellas polares de nuestro interminable viaje como nación y como hombres.

(Carta de un amigo desde Colombia, Santa Fe de Bogotá, 28 de octubre de 1995. Fragmentos.)

Te conozco, mascarita. No me engañas. Por lo que veo, por lo que leo, sigues siendo un verraco: te tragaste el cuento de Cuba. La nostalgia y la poesía han acabado con tu pasión y con tu razón. No, mi socio, Cuba no existe sino en Cuba. Es un axioma geográfico. Cargar con ella en la memoria es un peso descomunal: el elefante del gorrión. Yo vivo en Bogotá desde hace algún tiempo. Mi casa es tu casa. Al principio, me desgarraba las vestiduras pensando en el malecón de La Habana, en el azul del mar de mi vida, y de tanto pensar en las musarañas me convertí en un idiota que iba recitando a voz en cuello unos versos de Julián del Casal: "Reservad los laureles de la fama/ para aquellos que fueron mis hermanos:/ yo, cual fruto caído de la rama,/ aguardo los famélicos gusanos." ¡Ah, esa isla inundada de poetas por todas partes! Los poetas tienen buena dosis de culpa, porque nos han venido a complicar la existencia, y de qué manera, con una visión de la realidad absolutamente parcial, por no decir irresponsable. El amor por la patria, la apología del sinsonte, la sublimación de la maraca, la lealtad a las mariposas de la isla (insectos y/o flores) y el fervor por la palma real son, entre otras metáforas del sentimentalismo, imposiciones poéticas en favor de criollos fanatismos, desde Sindo Garay hasta el editorialista del *Granma*, pasando, por supuesto, por el Apóstol, El Indio Naborit, y los poetas nacionales, a saber, Agustín Acosta y Nicolás Guillén. Tu tío Cintio me mandaría a colgar de una ceiba si me escucha decir estas cosas.

Las callecitas polvorientas de tu padre, las cantidades hechizadas de Lezama, las catedrales y carnavales de Portocarrero, los pajaritos de Florit y los gallos de Mariano, representan signos (hallazgos) de un jeroglífico que, aun cuando se descifre en su totalidad, no nos revelará el perfil definitivo de la nación, mucho menos de la patria, pues Cuba se complejiza en cada ojo que la mira, en cada uña que la raspa y hasta en cada hijo que la olvida. (...) La verdad de los poetas es cierta para los poemas. Para qué pedir otro milagro. La demasiada luz de la Calzada más bien enorme de Jesús del Monte, forma nuevas paredes con el polvo en los versos conmovedores de tu queridísimo padre, porque si caminas la Calzada descubrirás que ni siquiera se llama así desde hace cincuenta años (su nombre actual es Calzada de 10 de Octubre), y que es una avenida horrible, llena de porquería, invadida por perros vagabundos, con unos bodegones que nada venden y unas obsoletas panaderías que no hornean pan. Una calle sucia, escoltada por caserones ruinosos, que huele a orina de vieja con cistitis. Una mierda. (...) La clase política cubana ha sido, es y será, un sector absolutamente minoritario (y astuto) que supo y sabe contentar a la festiva multitud que los aplaude con la reiterada promesa de rones y licores de menta, boleristas y soneros, y, por supuesto, grandes peloteros y campeones mundiales de boxeo. Por eso, entre otras maniobras de su inteligencia, Fidel entendió la utilidad de que sus contrincantes en el ring de la política huyeran cuanto antes de la isla, para así dejar sin oradores las tribunas de la historia. Esa clase política en fuga, a su vez, hizo lo mismo en el exilio, pero sin tantos éxitos deportivos. Cargar con el elefante del gorrión nos ha dejado sin capacidad de diálogo, porque semejante seboruco sobre los hombros nos obliga a mirar hacia abajo, al piso, y entonces sólo vemos las hormigas, que van y vienen, locas, del rosal al hormiguero y del hormiguero al rosal. Me niego a hablar de Cuba con nostalgia o añoranzas estériles. Hay que poner cada cosa en su lugar. Si logras introducir ese paquidermo de la tristeza en una jaula de canario, y colgarlo en el portal de tu casa, descubrirás las estrellas. Por cierto, ¿sabías que en el firmamento hay más astros que hormigas en la Tierra? (...) Hablas del bloqueo. Eso está bien, siempre y cuando te engrases las ruedas dentadas de la memoria, poeta. Nos deben algunas explicaciones. Antes de la crisis del Periodo Especial en Tiempos de Paz, cuando en los discursos se hablaba del criminal cerco económico del que haces referencia, por la isla circulaban autobuses Hino, del Lejano Oriente, taxis Alfa Romeo, del año, Chevrolet "chevy", autos de alquiler Ford Fairlaine y Toyotas deportivos, camiones Romanazzi, grúas japonesas, Leyland ingleses y Pegasos españoles, tractores Picolinos, de fabricación italiana, buldozers alemanes (¿Mercedes Benz?) y hasta carros de basura, *made in* Argentina —sin mencionar los elevadores Otis, los sofisticados aparatos suecos de medicina y el equipamiento de la industria deportiva. Curiosa malla que permitía agujeros de semejantes tamaños. Si se encontró una puerta de entrada para cientos de elefantes de cuatro ruedas, cómo no podían pasar de contrabando las ardillas de una simple tableta de aspirina, o un paquete de íntima para mi hija. ¿No te parece? Por lo pronto, nos pasaron gato por liebre. Pero se cazaban liebres. Sin duda. Alguien hizo forro en este dominó. Y no fuimos nosotros. (...) De tanto pensar en estas vainas, como se dice en Colombia, me convertí en un vagabundo tenaz, junto a Julián: "Amor, patria, familia, gloria, rango,/ sueños de calurosa fantasía,/ cual nelumbios abiertos entre el fango/ sólo vivisteis en mi alma un día." Hasta que, caminando por la playa de Cartagena de Indias, comprendí que había equivocado el trillo, venado, al confundir patriotismo con melancolía. No extrañaba Cuba: en todo caso, me extrañaba a mí mismo. Y comencé a buscarme, te lo juro por mi madre, hasta que de pronto me hallé donde menos me esperaba: sentado bajo una (otra) palmera, en la playa de Cartagena, cerca de una negra risueña que me ofrecía agua fresca en la concha de un coco. Me reconocí por las manos, al tomar la fruta. Eran las mías. Mis callos. Endurecidas por lo poco o lo mucho que sembré o arranqué en los surcos de la historia. Fue como caerme de una nube. (...) Entonces, aprendí a vivir sin reclamar el sol de la isla. Bogotá no es mejor ni peor que La Habana. Bogotá es Bogotá. La Habana es La Habana. Empezó a gustarme el arroz con coco y el sancocho de tres carnes y unos cigarros negros y amargos llamados Piel Roja, parecidos a los Populares. ¿Por eso soy, acaso, un traidor? La verdadera patria, me dije, tiene dos tamaños posibles: el del planeta y el de la vida. Guardé mi guayabera de hilo en el escaparate y me puse una gabardina, regalo de mi novia barranquillera. Al mirarme ante el espejo tardé en reconocerme. Sonreí. Me enrollé una bufanda de lana al cuello y, en vez de aguardiente, esa noche me bebí una copa de vino tinto, español. Conversé con unos amigos sobre la obra de Octavio Paz, el budismo zen y la manera en que Sting canta *History will teach us nothing* en su último CD, y no por ello me sentí un espantapájaros vestido de cachaco. Dice Paz: "El tiempo, que se come las caras y los nombres, a sí mismo se come. El tiempo es una máscara sin cara". Yo seguía siendo el mismo. El hijo mayor de Caridad, la mulata que lavaba para la calle en una escupidera de La Habana Vieja. Tu amigo. Un pobre poeta que escribe versos de amor a sus amores. Comería de nuevo un plato de tasajo y yuca con mojo, por lo más grande que sí, y me bebería a gusto y contigo una caja de Hatuey, pero no perdería más vida soñando con La Bodeguita del Medio, en espera de *ese* tasajo y no otro, *esa* yuca y no aquélla, y *esa* cerveza y no ésta. También existe, por ejemplo, el salmón.

(Continuará)

IV

Un pájaro y otro ya no tiemblan.
José Lezama Lima

*En la multitud
un hombre ha pateado disimuladamente una
paloma...*
Omar Pérez

Para saber si Pedro me dijo la verdad, yo tendría que ir a Terranova un día de éstos. Si logro hospedarme en el hotel del aeropuerto de Gánder, en un fin de semana podría recorrer el bosque de abedules que rodea la terminal. No son muchas hectáreas. Se sale por la puerta del restaurante y se caminan unos cincuenta pasos. Ahí se toma a la derecha. No hay pérdida, dice Pedro. Con buena suerte, encontraré el árbol donde él grabó el nombre de Zenaida. Han pasado cuatro inviernos y en Gánder son demasiado crudos. Entonces, Pedro talló el tronco a la altura de las cejas, con una navaja suiza. No parece un corazón sino más bien una manzana. Hoy yo tendría que buscar las huellas del amor una cuarta por encima de la frente —así de lentos se alejan los recuerdos hacia la luna.

Pedro vive de su trabajo. Y se niega a discutir de política. A la cuarta copa de ron, en su casa del Viejo San Juan, escuchando un bolero de Daniel Santos, me atreví a preguntarle por qué estuvo preso veinticinco años y nueve meses; Pedro se escapó de la encerrona con una finta de boxeador: "Por idiota", dijo y se apuró el trago. No necesitaba sembrar un bosque entero de pinos ni comprarse una navaja en una boutique de Madrid ni describir la tormenta de nieve que azotó Newfoundland para convencerme de que la negra Zenaida era y es, donde quiera que esté, la mujer más comprensiva de La Habana. Cuando tuvo que mentir, mintió:

94

—Digamos que me llamo Pedro —me dijo—. Da igual.

Digamos que se llama Pedro. Da igual. Pedro estuvo preso desde marzo de 1967 hasta diciembre del 92, cuando gracias a una gestión del gobierno español pudo salir de la isla rumbo a Miami, en un periplo que antes lo llevó a una parada técnica en Barajas. Al pie de la escalerilla, lo esperaba un funcionario de la cancillería española con un boleto a Miami, escala en Gánder y un sobre con quinientos dólares. "Bienvenido", dijo el diplomático. Pedro comprendió entonces que Cuba estaba lejísimos, en casa del diablo, y que había perdido media vida por gusto, porque las preguntas que se había hecho en la cárcel quedarían sin respuesta, y nadie, ni Dios, le podría decir qué equipos ganaron los campeonatos de pelota, ni cuáles orquestas estaban de moda, y supo que la libertad no le había alcanzado ni siquiera para visitar la Rampa, la esquina de 12 y 23, la Quinta Avenida de Miramar, como había soñado durante las nueve mil cuatrocientos noches que pasó entre cuatro paredes. En el trayecto desde el presidio del Combinado del Este hasta el aeropuerto de Rancho Boyeros, Pedro tuvo la tentación de pedirle a sus custodias que lo pasearan por la calle San Lázaro, la escalinata del Alma Máter, el Parque de los Cabezones, pero no se atrevió, para qué, si existía la posibilidad de que le regatearan la limosna de la misericordia, y él se encabronaría, igual que aquella vez que se negó a ponerse el uniforme de preso común y lo tuvieron cinco años en calzoncillos, sin derecho a leer ni el periódico. Pedro despertó de sus meditaciones. No sabía dónde estaba. "¿Me permite comprarme una navaja?", dijo al funcionario de la cancillería.

—Buen viaje.
—Gracias.

El Il 18 de Cubana, procedente de Ucrania, llegó al aeropuerto de Gánder treinta minutos después de que lo hiciera el Boeing de Iberia donde viajaba Pedro, confundido entre los ejecutivos de primera clase, más asustado que un conejo en una jaula de víboras. Desde que el segundo avión inició las maniobras de acercamiento al andén se sentían en el aire las vibraciones de un ritmo contagioso, como si los pasajeros hubiesen sacado las manos por las ventanillas para tocar una rumba de cajón en el fuselaje. Tanta sandunga debe haber removido las capas superiores de la atmósfera porque comenzó a nevar como nunca antes en Terranova. El aeropuerto quedó sepultado bajo cuatro metros de hielo. Había poco qué hacer. Por lo pronto, no perder la paciencia. Pedro curioseaba por la tienda del vestíbulo, en espera de que le asignaran cuarto, y acababa de descubrir que el comercio era vigilado por cámaras de video, cuando vio venir la comparsa por los pasillos del hotel, arrollando en insólito carnaval. Eran unos cincuenta bailadores que no sólo desafiaban en mangas de camisa la temperatura de doce grados bajo cero sino que, incluso, sudaban a mares por los violentos giros de la coreografía.

—¡Ay!, malembe, los de mi isla ni se rinden ni se venden, malembe —gritaba la negra que llevaba la voz cantante. Se llamaba Zenaida, según supo Pedro esa noche, en el restaurante. En Ucrania acababa de celebrarse un melancólico encuentro de sindicatos, y Cuba había incluido en su delegación un destacamento artístico, con la esperanza de animar el cónclave. La avanzada cultural estaba integrada por una orquesta de jóvenes salseros, una manada de doce mulatas rumberas, una baladista gorda, y dos magos. La tropa se había visto reforzada, en pleno vuelo, con un equipo juvenil de boxeo, otro de volibol femenino y una delegación del Ministerio de Comercio Exterior.

En menos de lo que demora contarlo, el hotel de Gánder quedó convertido en un solar de Centro Habana.

Pedro bajó a cenar al restaurante. La baladista gorda interpretaba un bolero de Daniel Santos con tanta pasión que Zenaida comenzó a llorar junto al piano, cagándose en la hora en que había comenzado a nevar en Terranova, con las ganas que ella tenía de llegar al barrio de Cayo Hueso. Zenaida estaba ronca, por culpa de los malembes. Pedro pensó que la pareja de magos había logrado regresarlo a La Habana, una Habana doce grados bajo cero, rodeada de abedules —la única Habana posible para él. Sobraban la nieve y aquel obligatorio Salmorejo de Pato Silvestre, adornado con champiñones, que el cheff había preparado para sus huéspedes. Pedro hubiera dado los quinientos dólares por unas yucas al mojo de ajo. Se sentía tranquilo. Nadie iba a reconocerlo. Encendió un Camel y fue repasando los rostros de sus compatriotas, uno por uno, la papada de la baladista, los labios de Zenaida, hasta que dio con los ojos de El Chino. Era él, sin dudas. Demetrio Martínez, alias El Chino. Habían sido compañeros de aula en el Instituto de Marianao, y juntos participaron en las revueltas estudiantiles, hombro con hombro. Luego, por esas volteretas del destino, terminaron en bandos opuestos, hasta el punto que Martínez testificó en su contra durante el juicio que le celebraron por pretender organizar un nuevo partido político en la isla. "Lo conozco desde hace años. Iba a comer a mi casa. Mi madre le tenía afecto. Pedro siempre estuvo en contra de la mayoría. No me extraña saber que es un traidor", dijo El Chino. Acusado de agente del imperialismo, delito impuesto por convicción de la fiscalía más que por pruebas, Pedro fue condenado a treinta años de cárcel. No habían vuelto a encontrarse desde que se dictó sentencia. Martínez y otros dos señores ocupaban una mesa del fondo. En algún momento, sus miradas se cruzaron, y Pedro tuvo la impresión de que El Chino intentaba telegrafiarle un mensaje. Pedro había visto en muchos presos esa expresión de perro asustado por un trueno. El Chino bajó la vista. Al abandonar el salón, Pedro observó que uno de los acompañantes le sujetaba el brazo por la muñeca, en claro gesto de dominio.

"El Chino está en candela", se dijo Pedro y se acordó de los dólares que escondía en los calcetines. Entró en el bar, donde Zenaida bailaba con todos los orishas de la noche, y él invitó a una ronda de cerveza para los cubanos. Desde la tarima de los músicos, el salsero le dedicó un merengue de su inspiración. Zenaida vino a la barra y lo sacó a bailar. Él se disculpó con una excusa cualquiera. No sabía. No quería. No podía. "Déjate querer, gallego", le dijo Zenaida: "Voy a pensar que los pasajeros de Iberia son más pesados que el carajo". Al rato, Pedro pagó la cuenta y se fue sin despedirse: acostumbrado a la soledad, no hallaba qué hacer, cómo comportarse, dónde fugarse de sí mismo.

La fiesta siguió hasta el sol del siguiente día, en las habitaciones de los jóvenes boxeadores. El hotel parecía un órgano oriental. ¡Ay!, malembe, los de mi isla ni se rinden ni se venden, malembe. Pedro estuvo en vela, tumbado en su cama, enorme y helada, tratando de pensar en los días remotos de su felicidad, mas no se encontró con veinte años en ningún recuerdo, por más que se buscó en las aulas de la facultad de Leyes, en la cafetería de 12 y 23 y en la Quinta Avenida de Miramar. De pronto, tocaron a la puerta. ¡Ay!, malembe. Zenaida venía a preguntarle si por esas casualidades no tenía un cigarro fuerte. Pedro le ofreció un Camel. "Déjate querer, España", le volvió a decir Zenaida bajo el umbral de la puerta, con los brazos en jarra: "Por cincuenta dólares, te enseño qué maravilla es Cuba." Ni en sus masturbaciones más audaces, en la cueva de una cárcel, Pedro había templado con una mujer tan mujer como ésa que ahora lo encaraba, lo seducía, lo contrataba por un precio que bien valía la pena pagar. "Soy cubano", le dijo, al acercársele. "Y yo, la Princesa de Gales", ripostó Zenaida y le estampó un beso en la boca que le hizo dar tres vueltas en el aire, antes de aterrizar en la cama, donde la heredera del trono de Gran Bretaña le enseñó, en apenas dos horas de matazón, qué maravilla era la isla a la que él jamás podría regresar.

—Eres mi primera mujer en mucho tiempo —le dijo al entregarle los cincuenta dólares—. Acabo de salir del Combinado del Este. Estuve veinticinco años preso.

—No jodas, yo no había nacido cuando metiste la pata —le dijo Zenaida—. Ven acá, chico, dime, entonces tú eres tremendo gusano, ¿verdad?

Pedro, me dijo, sintió que un hielo comenzaba a derretírsele en el pecho, y se escuchó decir que él había peleado bien cerca de Fidel, pregúntale a Martínez; se vio corriendo por la calle San Lázaro, rumbo a la escalinata de la Universidad, con El Chino en hombros, mal herido por los golpes de la policía, ¡abajo Batista!, y la sangre del amigo le manchaba la cara, ¡viva Cuba libre!, mientras él no dejaba de repetirle a Zenaida que no era traidor ni cobarde ni agente de nadie sino un idiota que una vez pensó que las cosas podían ser de otra manera, ¿entiendes?, constitucional, democrática, qué mierda digo, dice Pedro que le dijo, y empezó a llorar las lágrimas que se había tragado durante un cuarto de siglo, y si no es por Zenaida que lo abraza y le susurra al oído, déjate querer, carajo, un segundo antes de volverlo a besar, Pedro me asegura que se hubiera muerto de tristeza en aquel cuarto de hotel, en Gánder, a mil millas de su más cercana ilusión.

—Las putas y la política somos como el aceite y el vinagre, pero algo me dice que volveremos a vernos en La Habana, porque si tú y yo nos pudimos querer bien rico en el Polo Norte, quién quita que los cubanos no seamos capaces de cobijarnos bajo el mismo techo, sin tanto lío, ¿no te parece? Pedro, ten los cincuenta dólares. Total, en Kiev no me faltaron pretendientes. ¿Te gusta Daniel Santos?

No sabía quién era Daniel Santos. A la hora del almuerzo, Pedro volvió a encontrarse con Demetrio Martínez en el baño del restaurante. "Ayúdame", le dijo El Chino a quemarropa, como si no hubiera pasado más que un día en aquellos veinticinco años de separación. Seguro de que podía confiar en él, le confesó que los compañeros del Ministerio de Comercio Exterior no le perdían pie ni pisada, de hecho estaba técnicamente detenido y, si no llega a nevar, le hubieran impedido descender del avión. Alguien había informado que planeaba desertar en este viaje. "Es mi decisión. Estoy desilusionado. Sé demasiado. Tengo miedo. Dame una mano", dijo en ráfagas.

—Regresa en quince minutos —dijo Pedro—. Ya veré qué se me ocurre. Aquí nos vemos, Chino.

—Perdóname.

—Olvida el tango.

El Chino desapareció. Pedro se miró en el espejo del lavabo y se maldijo por no haber aprendido a decir que no: "Eres un idiota." Cuando se retiró del baño, su imagen permaneció todavía unos segundos más en el cristal, hasta que fue tras él —volando, espantada. Pedro se sentó en el vestíbulo. Las muchachas del equipo de volibol estaban contando sus maletas. Faltaba una caja de balones. Los dos magos discutían con el carpetero, que intentaba cobrarles una botella de whisky del servibar. El Chino no estaba por ninguna parte. Pedro entró en la tienda, saludó a las cámaras de video, no sin cierta gracia, y compró una botella de ron puertorriqueño. Volvió al baño. Comenzó a peinarse. Sus ojos, en el espejo, miraban hacia la derecha, pendientes de la puerta. El Chino entró, seguido por uno de sus compañeros de delegación. Se encerró en un cubículo. No tuvo que fingir: se estaba cagando de miedo. "Hola, cubano", dijo Pedro al custodio, lo más castizo que pudo: "Me saludas al comandante". Hizo una pantomima militar. "A ver cuándo nos visitas, gallego", dijo el de Comercio Exterior, "en Cuba queremos mucho a España", y como no podía justificar su presencia en los sanitarios con alguna necesidad comprobable, se fue a los dos o tres minutos. Pedro se metió en el cubículo vecino al de Martínez.

—¿Se fue?

—Pero está allá afuera. Chino, ¿tienes dinero?

—Ni un peso partido por la mitad.

—Toma —dijo, y le pasó un billete de cien dólares por debajo del tabique— Cómprate tres botellas de whisky en la tienda. Valen noventa y ocho dólares. Lo único que tienes que hacer es robarte un chocolate, con disimulo. Suerte. ¿Y la Vieja? ¿Cómo está tu madre?

—La Vieja se murió. ¿Un chocolate? Estás loco.

—Lo siento. La gente buena se muere.

—¡Un chocolate! ¿Qué hago con él?

—Baja la voz, que el tipo está ahí. Lo guardas en el bolsillo. Eso es todo.

—Pedro, ¿me perdonas?

Pedro jaló la cadena para que el agua se llevara las palabras. No lo sintió salir. Demetrio Martínez fue grabado por las cámaras de video cuando robaba unas golosinas y detenido por la policía canadiense a la salida de la tienda, junto a la caja contadora. Sus compañeros, sorprendidos por la acción, no pudieron impedirlo. Cuba levantó una protesta. No prosperó. En la oficina del aeropuerto, a solas, El Chino pidió asilo político. Pedro, entretanto, bebía cubas libres con Zenaida y Daniel Santos, en su habitación del hotel.

—Te quiero —le dijo Pedro.

—No fastidies.

—Escóndeme en la maleta. ¿Qué puedo hacer yo en Estados Unidos? Me voy contigo a Cuba.

—Dicen de buena tinta que el año que viene vamos de gira a Puerto Rico —le dijo Zenaida.

—Allí te espero —prometió Pedro.

El Il de Cubana despegó tres horas antes que el Boeing de Iberia, y Pedro me dijo en San Juan que ese tiempo le alcanzó para irse al bosque y tallar, con la navaja suiza, el nombre de Zenaida en el tronco de un abedul. Habría que ver si dice la verdad. Han pasado cuatro inviernos y en Gánder son demasiado crudos. Zenaida aún no ha llegado a Puerto Rico. Pedro olvidó pedirle su número de teléfono en La Habana, una dirección para escribirle una carta. Todo fue tan rápido. Aun así, no pierde la esperanza de encontrarla. Si algo sabe este cubano es esperar.

El corazón del proyecto de vida más justo en tres cuartos de siglo republicano comenzó a debatirse entre las contracciones de una economía en bancarrota, las tensiones de un enemigo apenas a cinco horizontes de distancia y la presión de una casta de funcionarios que, entronados en sus olimpos, contemplaban entre otras decadencias las bacanales que sus hijos organizaban sin pudor, ante el desconcierto de aquellos que seguían creyendo en la pureza de los actos y de los gestos esenciales de la Revolución. Las campañas contra la "dulce vida y los rezagos pequeñoburgueses de la sociedad anterior", severas en los sesenta, fueron utilizadas ahora con suma inteligencia y mejor puntería para bajar del potro a aquellos jinetes que llegaron a considerar la posibilidad de vivir como dioses en un cielo donde no cabían más orishas mayores. En algún sitio de la península de Guanacabibes, en el extremo más occidental de la provincia de Pinar del Río, debe haber un monte de eucaliptos, crecido en vicio. Hace 30 años, decenas de jóvenes empleados del gobierno fueron deportados a ese rincón de la isla para que pagaran con trabajo físico las horas perdidas en lo que entonces se llamó La Dulce Vida. Fue una escuela, no una cárcel, donde se trató que los pillos malcriados por los rones del poder aprendieran la diferencia entre libertad y libertinaje. Eran tantos que se plantó un vivero de más de un millón y medio de posturas, a ocho mil retoños por pecador. No todos los eucaliptos se lograron. Eso pasa: no siempre se puede recoger lo que uno siembra.

Entre vuelos de aviones espías, desembarcos de grupos de sabotaje y la constante movilización del pueblo, se impuso una patente de corso que autorizaba los usos y abusos de los privilegios sólo a unos pocos elegidos. "Fidel no sabe" era el consuelo de estudiantes, amas de casa, intelectuales, obreros y guajiros que se partían el lomo de sol a sol construyendo el socialismo y creando lo que debía ser el robot magnífico de un hombre definitivamente nuevo. "Cuando El Caballo se entere, tú verás la que se arma", decíamos mientras se cocinaba en baño de maría el huevo del almuerzo. Por esos trabalenguas de la vida, lo que no sabíamos es que muchos sabían que nosotros no sabíamos que ellos sabían lo que sabían. El presidente de un Comité Estatal estaba autorizado para repartir entre amantes de cabaret los departamentos que les diera la gana, o un dirigente podía cercar sus cotos de caza con letreros que decían "Zona Militar. No Pase. Patria o Muerte: Venceremos", o el hijo de un comandante tenía derecho y boleto de avión para ir a aplaudir a Elton John en un concierto en París, ¿por qué no, si su señor padre se había jugado el pescuezo en la Sierra Maestra? En 1982, un estafador, del Cono Sur, para la fecha empresario de un supuesto Consorcio Panameño con sede en Miramar, alardeaba de sus cacerías de fin de semana en las selvas de Jinotega o Estelí. Por esos días, el pueblo nicaragüense no daba a basto enterrando a sus hijos caídos en la lucha contra los contras de la guerrilla antisandinista, y el gobierno de Estados Unidos había minado los puertos del Atlántico para impedir la menor ayuda internacional, mientras este demagogo se iba a cazar patos migratorios con un fusil AKM y una cantimplora de ron Havana Club Añejo 7 Años. El Caballo no sabe. Tiempo al tiempo. Apunta la fecha. Ver para creer. Cuando se entere, sacude la mata, decíamos.

Un abismo se empezó a abrir entre el pueblo y su dirigencia, aunque la propaganda continuara afirmando que la fortaleza de la Revolución estaba fundamentada en el contacto directo con las masas. Nada sería igual. Ni los hombres, ni sus obras, ni sus palabras. Soñar, es decir emocionarse, dejó de ser un derecho para convertirse en un deber. Horacio Quiroga estaba equivocado: quien no obedezca es un traidor, por supuesto. Muchos se pasaron más de veinte años en una mazmorra por el imperdonable delito de la desobediencia. En su ensayo *El alma del hombre bajo el socialismo*, Oscar Wilde dijo: "La desobediencia, a los ojos de cualquiera que haya leído la historia, es la virtud original del hombre. A través de la desobediencia es que se ha progresado. A través de la desobediencia y de la rebelión". Oscar hablaba por experiencia propia.

El gobierno norteamericano decidió invertir su poderío en abrir débiles espacios democráticos para una América nuestra que empezaba a cansarse de sepultar a sus hijos en improvisados cementerios, y concluyó que había llegado el momento de sustituir a los "gorilas" que habían acabado con la mitad izquierda de la juventud latinoamericana, por jóvenes de derecha que habían sido bien educados en universidades gringas. El deporte de la política es una pendencia ruin: se sabe cuándo comienza el duelo pero no cómo termina. Los políticos entrenan y juegan ante el público de sus pueblos, que debe pagar con sangre de su sangre la entrada al ingrato pabellón de la historia. En contra, los que estamos en el ruedo debemos emocionarnos, aplaudir, sacrificarnos, luchar, y hasta morirnos jóvenes en nombre de la patria. En esta guerra nos hicieron trampas. Trampas frías, bien calculadas. El gobierno revolucionario manipuló los errores de ambas partes para edificar castillos en el aire sobre las ruinas de una nación entregada a un proyecto que prometía la conquista de un régimen de justicia social inalterable. El gobierno de Estados Unidos también hizo trampa y hoy es corresponsable de lo sucedido en mi país por una sencilla razón: no se puede luchar por alguien que uno jamás ha querido. Y ellos jamás nos quisieron: nos desearon y nos desean. Lo sabíamos. Y lo sabemos. El antimperialismo, por tanto, no es un sentimiento injustificado sino la natural reacción del ofendido ante el ofensor. Desde que en 1898 los "yanquis" entraron en la guerra de independencia sin ser invitados, los cubanos de la isla hemos sido unos personajes de segunda clase. Las excepciones que puedan recordarse vendrían a confirmar esta apreciación. El poder es, qué diablos, una locura del demonio. En fecha tan temprana como el mes de julio de 1959, el gobierno de Estados Unidos se equivocó de banda a banda y desacreditó a los delegados de una Revolución popular que entonces representaba un orgullo para los hombres y mujeres de América Latina, abrumados por repúblicas bananeras y tiranos con tricornios de zarzuela. Por si fuera poco, recibió con los brazos abiertos a decenas de ladrones y asesinos del régimen batistiano, y los liberó de cualquier castigo, por merecido que fuese.

Tales acciones se revertirían como bumerangs ante la opinión pública y vendrían a reforzar las cruzadas nacionalistas con las que los ideólogos respondían golpe por golpe y mentira contra mentira, en lamentable pimpón de equívocos.

Fidel pudo fortalecer su leyenda con los documentos no tan secretos de la Agencia Central de Inteligencia, hechos públicos por el Pentágono, en los cuales se detalla la obsesión de matarlo muchas veces, a como diera lugar. Desde el 2 de febrero de 1961, Washington impuso un embargo (o bloqueo) comercial a Cuba con la expresa intención de ahogarnos entre las tenazas del poder (y del no poder) económico. El bloqueo (o embargo) ha sido una medida inhumana que, lejos de lograr sus propósitos, ha regalado a la dirigencia de la Revolución un argumento que todavía conmueve con razón a la comunidad internacional: ningún pueblo merece morir de asfixia, en castigo a su dirigencia. No hay tribunal autorizado para imponer en nombre de la ley la sentencia de morir por hambre. El bloqueo ha motivado campañas de solidaridad en todo el mundo, y ha servido en bandeja de plata cuanta justificación necesitó el gobierno revolucionario para explicar sus desaciertos. La lógica es directamente proporcional a la ilógica. El discurso resulta claro: el bloqueo colocó a la isla en una situación de guerra. En un estado de guerra no puede permitirse el derecho a la libre expresión, pues sería concederle al rival un espacio que nos niega. En semejante clima de hostilidad no debe autorizarse la existencia de otros partidos políticos, lo cual aclara la necesidad de encarcelar a los disidentes que exigían derechos impensables en tiempos de guerra. La guerra es la guerra, y algunos la prefieren a la paz. La paz puede llegar a ser desagradable. La paz es fundamento de la libertad. La libertad aspira a la verdad. La verdad hace preguntas. Y hay preguntas que es preferible no responder. Por carácter transitivo, la guerra tiene sus ventajas. La Revolución supo sacar provecho a estas cláusulas de la retórica. Algunos articulistas han asegurado que a finales de la década de los setenta el presidente James Carter envió a Cuba representantes discretos con la misión de estudiar el camino para el levantamiento del embargo, pero afirman que Fidel recibió la iniciativa con indiferencia, absolutamente seguro de que el apoyo de la Unión Soviética le permitiría seguir pisando tierra firme. La Habana, entonces, podía garantizar sus planes a corto y mediano plazo con el negocio de ofrecer a Moscú una avanzada de exploración militar a noventa millas de las bases élites de La Florida. La anécdota no ha sido confirmada ni negada en la isla, hasta donde yo conozco. Ojalá que sea pura especulación, porque de resultar cierta significaría un doble crimen imperdonable, algo así como hacer tiro al blanco con el péndulo de un ahorcado y clavarle un disparo en la diana de la frente, para que se mueva. Sea verdad o no, el gobierno norteamericano se enfrentó a la pesadilla de un hombre llamado Fidel (para los de la isla) Castro (para los del exilio), sin importarle que los cubanos perdiéramos el sueño noche tras noche, desvelados por las amenazas de un holocausto a la vuelta de la esquina.

Las verdaderas intenciones, pienso, iban en otro sentido. Gracias a la presencia de la Revolución, a su desafío o a su delirio, según se quieran ver los hechos, la Casa Blanca pudo conseguir en treinta años lo que de otra manera le hubiera costado un siglo entero de intrigas, conspiraciones y abusos: ese territorio ancho y ajeno que va desde las aguas contaminadas del Río Bravo hasta los límites del estrecho de Magallanes. Para variar, en el duelo Cuba-Estados Unidos, las reglas nunca fueron cumplidas por los retadores, y el pleito acabó siendo un total contrasentido. Ante tamaño trastorno de la historia, muchos llegamos a la conclusión de que si ninguno de los gobiernos de Estados Unidos invadió militarmente Cuba no fue sólo por el precio que de seguro hubiera tenido que pagar, hombre por hombre y dólar por dólar, sino porque las setenta y dos horas de Bahía de Cochinos y la catástrofe de Vietnam avisaron de la utilidad de perder la manzana del antojo (al menos durante unas cuantas primaveras) a cambio de echarse al bolsillo un continente real y maravilloso, aunque endeudado hasta los huesos de sus niños. Y, además, sin ceder al rival un solo peso ni un solo muerto.

El bloqueo o embargo se convirtió en la última y más absurda camisa de fuerza de la guerra fría. Cuando el senador Jesse Helms y el legislador Dan Burton propusieron al Congreso de Estados Unidos un proyecto de ley que especulaba sobre el futuro de Cuba, pensé que los líderes republicanos habían consultado una bola de cristal defectuosa, porque imaginaron que nuestro destino podría decidirse en Washington. Una vez más me equivoqué. Pasé por alto una razón de fondo: estaban muertos de rabia. Las inversiones extranjeras en la isla alejaban sus fronteras económicas hasta la otra orilla del Atlántico. Estados Unidos estaba más lejos que nunca de su presa favorita porque las cláusulas del bloqueo (sacralizadas por la Ley Torricelli, antecedente de la Helms-Burton) impedían la participación de capitalistas norteamericanos y cubanos en la apertura de la economía al capital extranjero. Por debajo de la mesa, empresarios y políticos más visionarios comenzaron a conversar sobre los caminos de la distensión, convencidos de que si la propia Casa Blanca había levantado las sanciones a Vietnam, y los palestinos pudieron dialogar con los israelitas, y los negros y los blancos de Sudáfrica fueron capaces de olvidar odios de razas, Cuba y Estados Unidos merecían una nueva oportunidad para vivir sin rencores, en buena vecindad, por primera vez en doscientos años de malentendidos. No fue posible. Pasó lo que pasó. El sábado 24 de febrero de 1996 el gobierno revolucionario ordenó al piloto de un Mig de combate que derribara a dos avionetas del grupo Hermanos Al Rescate que se dirigían a su base de operaciones, en algún aeropuerto de Miami. Fue como matar moscas con ametralladoras. Hermanos Al Rescate habían violado el espacio cubano con anterioridad, varias veces, para lanzar volantes contra Fidel, irresponsable e inútil provocación que sobrepasaba los objetivos que habían dado origen al grupo. Sin duda, la Fuerza Aérea de la isla pudo tomar medidas menos drásticas para cumplir el mandato de proteger la porción de cielo que estaba a su custodia, pero no lo hizo porque, para decirlo con palabras del canciller Roberto Robaina, "se había perdido la paciencia". A nuestras abuelas les gustaba aconsejar: cuando se acaba la paciencia, hay que ir por más paciencia, porque el que persevera triunfa. Los guerreros romanos decían: "la paciencia es más útil que el valor". Y no por ello dejaron de ser valientes. Una definición clásica de la palabra enseña que la paciencia es cualidad del que sabe esperar con tranquilidad las cosas que tardan y virtud que hace soportar los males con resignación, el mayor tiempo posible. La impaciencia sirvió para desatar las pasiones. Y los odios. A un abuso se respondió con soberbia. A la soberbia con impertinencia. A la impertinencia con arrogancia. A la arrogancia con altanería. A la altanería con insolencia. A la insolencia con desdén. Al desdén con desprecio. Al desprecio con orgullo. Y al orgullo con otro abuso. El presidente William Clinton se entrampó en un callejón sin salida, porque la legislación está tan mal pensada que, de seguro, nadie podrá hacer cumplir lo estipulado en sus cláusulas, pues el concierto de naciones tendrá, ahora sí, la suficiente paciencia como para impedírselo. Posturas extremas como éstas, por insensatas que sean, sólo ayudan a enturbiar aún más el mar de resentimientos que nos separa. No seré yo quien niegue estas verdades que tanto dolor han causado al país donde nací, al pueblo donde aún vivo y a la isla que mi hija habrá de heredar mañana, una isla más sola, triste y maltratada que nunca antes en quinientos años de soledades, tristezas y maltratos.

(Carta de un amigo desde Colombia,
Santa Fe de Bogotá, 28 de octubre
de 1995. Fragmentos.)

Volví a leer a Julián del Casal y encontré consuelo
en sus congojas, así de curativa es la poesía: la
amargura del poeta alivia la gastritis del lector.
¡Apreté! Julián: "Siempre el destino mi labor hu-
milla/ o en males deja mi ambición trocada:/ donde arroja mi mano una semilla/ brota luego una
flor emponzoñada./ Ni en el retornar la vista hacia el pasado/ goce encuentra mi espíritu abati-
do:/ yo no quiero gozar como he gozado,/ yo no
quiero sufrir como he sufrido." El poema vive en
la poesía. Cuba, te repito, existe en Cuba. Y ya es hazaña. Hacer ideología de las ideas poéticas es co-
mercializar la poesía con retórica de alabanzas. A
nadie convence. Yo, por lo que me toca, existo
en mí —y me conformo con la patria que desde
mi alma defiendo. (...) Ni los helados Coppelia
son los mejores del mundo, ni las cubanas las
reinas del Edén, ni Varadero la Capilla Sixtina de
las playas del Caribe, ni Martí, cómo crees, Dios.
Nuestros políticos no son ni mejores ni peores
que sus camaradas de poder —aunque debo reconocer que tienen, en verdad, mucha más experiencia en el mando. Que no te (nos) vengan con
cuentos, Lichi. No sirvas de eco. No cocinamos
los frijoles más ricos de América Latina, ni bebe-
mos el café más fuerte de los trópicos. Y si así
fuera, ¿qué? Benny Moré ¿es superior a Daniel
Santos? Créeme. Lola Beltrán no le hace los mandados a Celia Cruz. La Habana apenas puede
considerarse la principal ciudad de Cuba. Y punto. ¿No basta? El fabuloso y rítmico complejo

musical de la rumba es eso: un complejo, porque diez guaguancóes de pegueta resultan tan aburridos como diez vallenatos al hilo o diez valses peruanos, uno detrás de otro. (...) Ni Veracruz es la cruz de América, ni Puerto Rico es tan rico como se cree, ni Santo Domingo es santo —¿para qué lo veneran tanto? Se escucha música popular en cada pueblo, y en cada pueblo vive, cerca del parque, un campeón de baile. La luna es luna en cualquier parte. Llena o menguante. El sol de Cuba, El Último Indio, como le dicen, es idéntico para todos por una sencilla razón: nuestro sistema tiene uno solo. Por más que busques no hay más. Un sol para Noruega: el de Varadero. Una palma real no es más real que una araucana. Tampoco simboliza la soberanía de nada: la palma representa a la palma y su palmiche sirve de comida a los puercos de Nochebuena. Las casas de palma (mi abuelo vivía en un bohío), nunca fueron lo que se dice confortables. (...) En alguna página de tu libro, la fraterna AMD (supongo que es la misma AMD que tanto quiero, se esconda donde se esconda) dice que todo lo que el cubano toca con el corazón lo convierte en una isla, por obra y gracia de sus virtudes y de sus defectos. En un naufragio, vaya. Para nosotros, afirma, cada ciudad del mundo es, si bien le va, un país, y cada país, una balsa o un islote. Según esa romántica mirada de los hechos, apenas llegamos a un lugar lo aislamos en preventiva cuarentena, y para sentirnos a gusto, marcamos sus límites con la cal de los lamentos: al norte, la Virgencita de la Caridad; al sur, un ajiaco con malanga; al este, una tumbadora; al oeste, un juego de dominó. En el centro de la rosa náutica del cubaneo hay, frente a un espejo inclinado, una cama matrimonial para hacer el amor, por delante y por detrás, quince o dieciséis noches a la semana. Como ejemplo de esa pesadilla nacional, cita la experiencia de Miami, donde nuestros queridos y desesperados compatriotas se refugian tras una trinchera construida con tamales en cazuela, emboscados entre vaporosas nubes de arroz blanco. No jodan con la cantaleta. Ya está bueno ya, viejito. Hasta que no dejemos de pensar así, no saldremos del maleficio poético de la nación, del laberinto patético de una nostalgia sentida, por supuesto deber de la sangre, en términos de criollismo, de relativo folcklore sentimental. Lo que logras con tus reflexiones es hacer leña del árbol caído, alimentar el falso fuego de la memoria, como sostén de la historia, y quemar de paso en el incendio un par de notables ideas para un libro de cuentos de hadas. Ojalá tanta palabra te sirva para botar a la mierda el lastre del recuerdo y puedas ver la verdadera magnitud de las patrias: la planetaria pequeñez de la vida. (...) Para que veas que soy un hombre lleno de contradicciones, y que me digo y me desdigo, quiero hacerte una observación, no sin nostalgia. Yo estuve en aquel concierto de Silvio en el Museo de Bellas Artes. Fue una maravilla, lo reconozco. Pero te faltó un dato. Ese día acababa de entrar un Norte en La Habana. Las olas desbordaban el malecón. Invadían la ciudad. La gente se pone bonita cuando entran los Nortes. Será porque hay que abrazarse, y caminar pegados por el Paseo del Prado, entre los leones, más dormidos que nunca, acurrucados en sus pedestales de cemento, muertos de frío. Y el viento entre los árboles. La piel salada. No está mal hacer el amor bajo las colchas. Quien no haya caminado una noche de Norte por un parque del Vedado, quien no haya tenido que cruzar la esquina de 19 y N entre las ráfagas, no conoce la ciudad. (...) Me despido desde la londinense Bogotá con unas cuartetas de Julián del Casal, ese habanero triste que murió en una escaramuza, al igual que casi todos los patriotas de la isla: como sabes, estaba cenando con unos amigos cuando uno de los presentes contó un chiste picante (¿de Pepito?), y el chiste le dio tanta gracia al poeta que se le rompió una vena del cuello, como un cristal estallado por la piedra de un niño, y se desangró en el acto, entre angustiosas carcajadas —él, Julián, Julián del Casal, que apenas si se sonreía, muerto ya de risa por la guadaña de una historia con doble sentido. Vayan pues sus versos, y con estos endecasílabos tremendos un fuerte abrazo para todos por allá. Julián dijo: "Y nunca alcanzaré en mi desventura/ lo que un día mi alma ansiosa quiso:/ después de atravesar la selva oscura/ Beatriz no ha de mostrarme el Paraíso./ Ansias de aniquilarme sólo siento/ o de vivir en mi eternal pobreza/ con mi fiel compañero, el desconsuelo,/ y mi pálida novia, la tristeza." ¿Quieres agua de coco? ¡Ven por ella!

ENC

PD: Mándame una foto.

V

Yo los conocí. Ángel Montoya y Francisca Arnao vivían puerta con puerta desde el año 1946, cuando las familias Montoya y Arnao se mudaron al Edificio Cirilo Villaverde, en el barrio de La Víbora. Medio siglo a metro y medio de distancia, sin un sí ni un no. Ángel había nacido en Santa Clara; Francisca, en Cárdenas. En La Habana casi nadie es de La Habana.

—Buenos días, Ángel. ¿Cómo está Dolores? —decía Francisca cada vez que se cruzaba con su vecino en la escalera.

—Ahí va, machacando, usted sabe —respondía Ángel— Vaya por casa. Mamá le guardó unos pescados para los misifús.

El notario Ángel Montoya trabajaba en el bufete colectivo del municipio Cerro. Los jefes lo tenían por un empleado eficiente, preciso en la aplicación de las leyes, aunque procuraban no confiarle asuntos de alguna complejidad política. Algo en su personalidad lo hacía sospechoso para los funcionarios de la oficina. Ese algo se reflejaba en el caminar: el paso corto, nervioso, tumbado a la derecha; la cadera caída unos grados, en coordinación con el hombro. Hay que decir que Ángel Montoya era un hombre gris, remachado y regordete, de labios carnosos, manitas blandas y modales femeninos. Lo que en Cuba se llama una yegua.

—Buenas tardes, Ángel. ¿De paseo? Al ratico le llevo a doña Lola unos panqués.

Ángel Montoya había pospuesto sus proyectos de juventud por cuidar de Dolores. Le daba las medicinas temprano en la mañana. Al mediodía le preparaba la papilla de malanga y el puré de calabaza. Le leía en voz alta las noticias del periódico. A la tarde, todavía con el sol afuera, la bañaba con una estopa de jarcia y espuma de detergente. A la noche, después de ver la telenovela brasileña del canal seis, rezaban juntos el rosario, a pesar de que él no creía ni en el pipisigallo y de que Dolores ya ni hablaba y se pasaba la hora de los rezos escupiendo Ave Marías. Los sábados se sentaban en el parque. Los domingos iban a misa de diez. Lo que no sabía Ángel Montoya era que su madre se moriría a los noventa y siete años, dejándole por única herencia el sabor a tierra del tiempo perdido. Francisca Arnao lo acompañó al cementerio de Colón y dejó una rosa sobre la tumba de Dolores. La quería.

—Lo siento, Ángel.

—Así es la vida. Es redonda y viene en caja cuadrada.

—Hay que seguir. Sin Lola.

Hay que seguir. Sin Lola. Cuando Ángel Montoya regresó a la casa y se miró al espejo, se vio más feo e incomible que nunca, con una mirada de vaca vieja y unas nalgas tristes que a ningún hombre habrían de seducir por sí solas. Ahora que podía contar con su vida, la vida no contaba con él. No tenía amigos ni amantes, porque a todos los había perdido en alguna encrucijada del camino. Acababa de jubilarse con ciento veinte pesos de retiro. Su único entretenimiento consistía en ir al estadio del Cerro cuando se disputaba el campeonato provincial de béisbol, y las gradas estaban medio vacías, con la ilusión de pescar a algún camionero que le hiciera el amor a la carrera en el baño de varones, pero la mala suerte lo dejaba en el círculo de espera, cagado de miedo en el excusado, como un pajarito en el campanario de la iglesia de Los Pasionistas. Hay que seguir.

—Pase, Francisca. Le guardé unos huesos para los gatos.

Francisca Arnao convivía con ocho perros y seis gatos, cuatro hembras y dos machos, uno chiquitico y travieso, llamado Tigre. Una familia numerosa. Había enviudado joven. Nunca permitió animales en el departamento, hasta el día en que se despidió de su hija en el embarcadero de Camarioca y supo que no volvería a verla, carajo, que la mayor felicidad de su existencia estaría viva, pero muerta, a noventa millas de La Víbora, coño, y que ella también estaría muerta, pero de alguna manera viva, cocinándose el hígado, me cago en diez, porque irse del país no era un destierro: irse del país era un entierro. Camarioca fue el pequeño Mariel de los sesenta. El gobierno decidió habilitar el puerto de Camarioca, cercano a Varadero, para que los "gusanos de Miami" vinieran a buscar a sus familiares por vía marítima y medios propios. Se armó la de San Quintín. El suegro de su hija llegó en un yate de recreo, con velas y timonel. Francisca aseguraba a los vecinos que se había quedado en La Habana para cuidar del esqueleto de su amadísimo esposo, pero lo cierto es que no la habían invitado a subir a la embarcación. Nadie le dijo ven. Nadie le dio la mano. Se olvidaron de ella. Volvió a casa con tanto odio en las venas que fue a ver a Dios. Quería explicarle su rencor. A la puerta de la iglesia de Los Pasionistas un auto atropelló a un perrito callejero. Francisca Arnao lo llevó a la Escuela veterinaria, en Infanta y Carlos III. Hizo una promesa a San Lázaro y el santo escuchó su ruego: el cachorro se salvó, de milagro. Lo bautizó con la gracia de Porfín. Por fin tenía alguien a quien malcriar, consentir y querer. Luego ella le cumplió al santo: sería hija de Babalú Ayé. Recogió a Motica, que sufría de sarna, al cojo Campeón, a Pluto el tuerto y a la linda Laika, madre de La

China, Pelusa, Osito y Relámpago, nombre de caballo, malogrado al nacer. Los gatos fueron llegando de propia cuenta. Entraban y salían por la ventana, a cazar pajaritos en los campanarios de Los Pasionistas.

—Buenos noches, don Ángel. ¿Cómo anda la cosa?...

—Mal vecina, cómo cree. ¿Qué día es? ¡Oh!, no. Otra vez nos van a ponchar con las bases llenas. Hoy tocan doce horas de apagón.

—Se me va a echar a perder el pescado. ¿Alcanzó pan?

—De chiripa. Estuve un rato en el estadio, para entretenerme. Ganó Boyeros. No había mucha gente. Es que a la verdad las guaguas están de picha. Perdón... ¡Qué calor, mi madre!

—¿Lo dice o lo pregunta?... Este país es un infierno.

—Sioo, que pueden oírla.

—A mí qué me importa. Da igual.

—No quiero ni llegar. Tengo la casa llena de cucarachas.

—¿Quiere un gato, don Ángel? Para que lo acompañe. Son tremendos cazadores de bichos. Siempre es bueno tener un gato, sobre todo para gente como usted y yo, que estamos tan solos. Mire, le regalo mi Tigre.

—Mejor no.

—Si cambia de opinión, me avisa. Tigre promete. Se lo juro. Come hasta moscas. ¿No me oyó, don Ángel? ¿Qué le pasa?

—Perdón, perdón. Me quedé con el bate al hombro. ¿Qué hora es? ¡Imagínese! Yo no sé lo que piensa esta gente. ¡Ay, mamá!... Hasta cuándo va a durar el apagón.

—Hasta que nos muramos todos, don Ángel.

Voy a decirle a mi hija que me reclame. Es preferible ser cola de león que cabeza de ratón.

—Siooo, que pueden oírla.

—Mira quién lo dice.

—Buenas noches, Francisca...

—Buenas noches, Ángel...

Hay que seguir. Grillos. Doce horas de apagón. Un calor de los mil demonios. El teléfono descompuesto. Y sin agua para bañarse, porque sin electricidad no funciona el motor chino. A la luz de un mechero de luz brillante, Ángel Montoya se preparó de cenar un pan con nada, abrió la puerta principal, para que corriera un ciervo de brisa, y se sentó en el sillón del comedor, a abanicarse, con la esperanza de que sucediera algo que justificase un acto de violencia. Una venganza. Algo. Estaba recondenado. Rabioso. Grillos. Grillos. Grillos. Esa noche terminaba la telenovela brasileña. El galán de Río de Janeiro le recordaba a su primer toro bravo, un carpintero de Santa Clara que una bendita tarde de ciclón lo había trabado cuerpo a cuerpo en la letrina de la finca, resoplándole al oído los vahos calientes del deseo. Ángel tenía trece años; veinte el semental, y una sirena tatuada en el antebrazo, con los pechos redondos y dos marpacíficos en los pezones. Revivía detalles. Dolores y desprecios. La luz brillante se evaporó en el pomo y la casa se enterró en la noche, la larga noche del notario Ángel Montoya. Hay que seguir. Hay que seguir. Hay que. Hay. ¡Ay!

— ¡Qué calor, mi madre!

Grillos. Francisca también dejó abierta la puerta de entrada. No probó bocado. Los restos del almuerzo los repartió entre los animales. La única vela se la encendió a Babalú Ayé en el altarcito del dormitorio. Se tumbó en la cama, junto a Laika, que dormía a su lado desde el fallido parto de Relámpago. Grillos. Grillos. Un cojonal de grillos. Quería imaginar el desenlace de la novela brasileña. Un final feliz. Los de la televisión siempre encuentran un final feliz para las historias, por muy complicadas que sean. En el entresueño se vio a sí misma treinta años más joven, tomando sol en la cubierta del yate de velas, por Río de Janeiro, carnavales, samba en una sola nota, y logró sentir en el pellejo la mirada del apuesto timonel, que mordisqueaba la pipa, nadando en salivas, porque ella no le había dejado morder la boca —todavía, muñeco, todavía.

—¡Qué calor, mi hijita!

El grillo quizás tuvo la culpa. Tigre era juguetón. Tenía cuatro meses y ya cazaba cucarachas. Tigre cruzó de puerta a puerta y entró en el departamento de enfrente, donde Ángel Montoya estaba al borde del barranco, esperando por nadie, deseando un macho, dándose golpes secos en el muslo, impotente, porque el muchacho de la finca se había burlado de él cuando fue a verlo a la carpintería, con un ramito de flores en la mano. Los enamorados llevan flores para decir te quiero. Los enamorados son tiernos. Los enamorados son sensibles. Los enamorados son picúos. Cursis. Miel de abeja. Dulces como raspadura. Como Ángel. Ángel. Ángel estaba perdidamente enamorado. El hombre de su vida, su toro, le escupió en la cara: ¡Maricón! El gatico lo arañó con la pezuña. ¡Tigre! Santa Clara estalló en pedazos. Impulsado por el resorte de la desesperación, Ángel Montoya saltó del asiento, buscó un bate de béisbol y comenzó a dar de palazos al animalito. Una y otra vez, coño. Maricón. Su madre había vivido noventa y siete años, buenos para nada. Vete a tomar por el culo. Los de la notaría nunca confiaron en él. Maricón. Mariquita. Invertido. Pato. Cundango. Cherna. Yegua. Pargo. Pájaro. Loca. Puto. Afeminado. Putísimo. Loca bien. Pájaro de mierda. Parguito. Yegua vieja. Te dije cherna. Cundango y qué. Pato feo. Mariquita no: maricón. La vida es una reverenda porquería. ¡Quiero bañarme, carajo! ¡Bañarme! Tigre se arrinconó bajo el mueble del televisor y se anidó para morir sobre un periódico atrasado.

La escandalera despertó a Francisca. Abandonó el yate de sus sueños, donde el timonel de la telenovela estaba a un suspiro de besarla, corrió desde Río de Janeiro hasta la casa de la difunta Dolores, y a la luz de la vela que llevaba en la mano vio, alzada, la sombra de Ángel entre los movedizos espejismos de la noche. Ángel estaba petrificado en el centro de la sala, con el rostro escondido entre las manos, pero su sombra en la pared seguía golpeando con el bate el cuerpo del gatito, una y otra vez, una y otra vez, maricón, como si en nombre de su cuerpo fofo la sombra ciega del notario Ángel Montoya, maricón, quisiera vengar un chorro de años perdidos. El gatito estaba abierto en dos, despedazado. La vela de Babalú Ayé cayó al suelo, en un charco de parafina. A Francisca se le rompió el corazón y se desgajó en el hueco de la puerta, igual que un títere cuando le cortan los hilos. Al rato vino la luz.

—Yo no soy un asesino —me dijo Ángel en la funeraria municipal, donde se velaba el cuerpo de Francisca.

El notario llegó a las tres de la mañana, enfardado en una capa de agua y con el sombrerito de hule enterrado hasta las cejas:

—Mi casa está llena de bichos porque no puedo matar ni una cucaracha. Tú me conoces, Lichi. Por amor de Dios, no sé qué pasó, lo juro, pero no soy un asesino.

A los sesenta y cinco años de edad, Ángel Montoya se ahorcó con un alambre en el baño de su casa, el domingo 22 de mayo de 1994, después de asistir a misa en la iglesia de Los Pasionistas.

—Buenos días, Francisca...
—Buenos días, Ángel...

Hay que seguir. La Habana que Fidel y sus seguidores dejaban atrás en julio de 1953 para viajar hasta la ciudad de Santiago de Cuba y atacar por sorpresa el Cuartel Moncada, segunda fortaleza militar del país, era muy distinta a La Habana que pocos años después los recibía como héroes aquel jueves 8 de enero de 1959, cuando cientos de miles de compatriotas salieron a las calles para lanzar flores a los tanques donde llegaban los barbudos, y con ellos la promesa de una República constitucionalista, más verde que las palmas. Poco pudo haber visto el propio Fidel durante los cincuenta y tres días que estuvo en la capital, luego de abandonar el presidio de Isla de Pinos el lunes 16 de mayo de 1955, libre y sin cargos pendientes, gracias al decreto de amnistía firmado por el presidente Fulgencio Batista. La organización de la lucha revolucionaria ocupó todo su tiempo, según sus biógrafos oficiales. En sus ratos libres, vigilado día y noche por la policía y por la historia, nos cuentan que, además, se vio obligado a encarar litigios de divorcio, drástica decisión que había tomado en la soledad de la cárcel, para borrar hasta la menor mancha en su expediente político. Por tanto, el exilio resultó el escenario idóneo para ejecutar el proyecto de tomar el poder a tiro limpio, sin otros compromisos que no fuesen los de su conciencia. El 7 de julio de 1955 partió hacia México por el aeropuerto de Rancho Boyeros. El domingo 2 de diciembre de 1956 ya estaba de regreso en la isla, camino al Pico Turquino. La tarde que la paloma de la paz se le posó en su uniforme de campaña, allá en la fortaleza de Columbia, La Habana había cambiado de rostro, para bien o para mal. "Fidel, ésta es tu casa", fue el lema que muchas familias pegaron en las puertas de sus hogares, humildes o palaciegos, en agradecimiento que mucho dice de la idiosincrasia del cubano, tan confianzudo y dado a la cortesía y a la fraternidad. En sesenta y seis meses, La Habana se había puesto a la moda, en carrera contra reloj, según la estrategia del astuto Batista de priorizar la imagen de una capital moderna, aun en detrimento de las provincias, condenadas a vivir a destiempo, con clara arritmia social y económica. Nunca antes se había construido con tanta prisa, ni quizás con tanto desorden, en esta comisura del planeta que alguna vez fue llamada La Llave del Nuevo Mundo. Los hoteles Habana Hilton, Riviera, Capri, Vedado, Saint John, ofrecían la excelencia de casinos de juego, cabarets y recintos de convenciones. Poco después, Fidel abriría su primera oficina precisamente en una suite del Hilton, que se convirtió de hecho en uno de sus refugios durante aquel intenso 1959. En los años cincuenta se terminaron, además, importantes ejes viales para la comunicación terrestre, la Vía Monumental, la Vía Blanca, la Autopista de Occidente, el Circuito Sur, el Túnel de la Bahía, el Túnel del Malecón, y se remodeló el aeropuerto de Rancho Boyeros acorde a los requerimientos internacionales de la navegación aérea. Se planeó, y comenzó a ejecutarse, un desarrollo turístico al este del puerto, por todo el litoral y rumbo a las playas de Bacuranao, Tarará, Santa María, Guanabo y Brisas del Mar. La mancha urbana se expandió hacia la periferia de la ciudad, y crecieron núcleos poblacionales como el Reparto Eléctrico, Alamar, Altahabana, Aldabó, Fontanar, Celimar, Capri, Alkazar y Bilmore. Se inauguraron decenas de rascacielos integrales de vivienda, de uso empresarial y privado, como el emblemático Focsa. Hasta el novelista y cazador de leones Ernest Hemingway fue a ver el platillo volador que se posó en los campos de béisbol del nuevo Coliseo de la Ciudad Deportiva, la tarde del estreno del primer montuno de ciencia ficción que anunciaba en sus versos la noticia de que los marcianos habían llegado ya, y que llegaron bailando el ricachá: "así llaman en Marte al Chachachá". En los días en que se abrían frentes guerrilleros en la Sierra de Cristal, el centro de interés comercial se desplazaba hacia La Rampa, en el señorial Vedado, con la rutilante apertura del complejo Radio Centro, en el ombligo de esta animadísima zona roja, atolondrado por restaurantes chinos y polinesios, agencias de viajes, salones de belleza, librerías, boutiques, bares, galerías de arte, negocios, salas de teatro, un par de cines estupendos y la sede de los estudios de televisión más poderosos de América Latina. La programación de telenovelas, musicales, series de aventura, documentales, y dibujos animados debió haber seducido a los guerrilleros de sierra adentro que no habían tenido la posibilidad de saber lo que era un televisor.

Los muchos habaneros del Ejército Rebelde que bajaron de los tanques y recorrieron la ciudad durante esas noches de alegría vieron por primera vez las edificaciones de la Plaza Cívica. Para los que conocían el terreno, la sorpresa fue mayúscula, sin duda, porque en aquellos predios antes había un par de fincas en ruina donde pastaban vacas. El conjunto arquitectónico, de estilo fascistoide, fue construido en tiempo récord, como prueba de que el país, aun en guerra civil, era capaz de pensar en el futuro, según discurso de los políticos que, además, supieron sacar al proyecto jugosas tajadas de dinero. Los políticos siempre hablan del porvenir, pistola en mano y lágrimas en los ojos. Entre otros edificios, la Plaza albergaba (y alberga) la raspadura y el monumento a José Martí, la Biblioteca y el Teatro Nacional, así como dependencias ministeriales, donde hoy radican oficinas del Gobierno y del Estado, el Comité Central del PCC, y los Ministerios de Transporte, de la Construcción, del Interior y de las Fuerzas Armadas. "Todos a la Plaza" ha sido la consigna inamovible de estos años, porque la Plaza se convirtió en el sitio para un diálogo entre el pueblo y su máximo dirigente, escenario de consulta donde se proclamó a Cuba territorio libre de analfabetismo, polígono para desfiles militares y pedestal donde se dio a conocer la noticia de la muerte de Ernesto Guevara en Bolivia y se despidió el duelo de los pasajeros de un TU-144 de Cubana de Aviación, víctimas del sabotaje más repugnante del siglo xx cubano. Aquella tarde de octubre de 1976 había sol de plomo, y más de un millón de habaneros decíamos adiós a los muchachos del equipo juvenil de esgrima, perdidos en el fondo del mar, como tesoros. Fidel dijo que cuando un pueblo llora, la injusticia tiembla. Al término del acto, me fui a recorrer las calles de la capital. A ver la vida.

La vida siempre tiene veinte años. La Habana todavía era una ciudad caminable. Un sitio posible. Entonces pedíamos poco para ser felices, y por si fuese poco éramos muy felices. Los jóvenes de mi generación, nacidos en los cincuenta, nos sentíamos (nos creíamos) los protagonistas principales de la historia, por derecho soberano de la edad. Nos habían dicho que representábamos lo más puro de la Revolución, pues habíamos crecido sin las taras y los vicios de nuestros antecesores, en una sociedad socialista de intachable pureza, cielo abierto de la clase obrera, con las garantías de un futuro mejor. Así vivíamos. Una noche a la semana en El Gato Tuerto, otra en un parque cualquiera del Vedado, dos más en la Cinemateca de 12 y 23, la quinta madrugada estaba reservada para los deberes del Comité, o del Sindicato, o de la Federación, o de la milicia universitaria, para el sábado una reunión en casa de un amigo (decíamos reunión, nunca fiesta), con dos o tres botellas de ron Legendario, vodka vietnamita y un aguardiente fulminante llamado Coronilla, etiqueta verde. La mañana del domingo, en la playa de Santa María del Mar o en una cabañita de la piscina del Hotel Riviera, por doce pesos de alquiler y pan con croqueta de merienda. Entre col y col, la lechuga de un concierto de Silvio o de Pablo en la Casa de las Américas, una función de ballet en el Teatro García Lorca, con Rosario Suárez (Charín) en el programa, una visita a Lezama, una lectura de poetas jóvenes, una siesta, dos siestas. Algunas tardes a Coppelia, Rampa arriba y Rampa abajo; otras, a escuchar música prohibida. Celia Cruz, por ejemplo. En las vacaciones de verano, con suerte, una casa en Boca Ciega, con siete mil doscientas cucarachas, un calor de los mil demonios y cuatro o cinco camas vencidas para los doce o trece amigos aventureros que estaban dispuestos a desayunar y a almorzar y a comer carne rusa y huevos duros, huevos duros y carne rusa, huevos rusos y carne dura durante los diez días y nueve noches de nuestra excursión a la felicidad. Nos conformábamos. A gusto. No pedíamos demasiado. Tampoco menos que suficiente. Teníamos, vamos a ver, lo que teníamos que tener, al decir de Nicolás Guillén. Ni hoteles de lujo. Ni dólares. Ni turistas malcriados. Ni putas callejeras. Ni niños hambrientos de limosnas. Ni mendigos indefensos saqueando basureros —como tenemos ahora. Vivíamos en una nube, lo reconozco. Matar el tiempo era, es y será, a no dudarlo, una de las fechorías predilectas de los cubanos. Por cierto, en el invierno de 1991 un "cuadro ideológico" de la Juventud Comunista recomendó al jefe de redacción de un tabloide estudiantil que no publicara en la portada de la revista el poema "Tengo", de Guillén, pues podía prestarse a malentendidos. En el poema, casi un himno de la justicia revolucionaria, el entonces Poeta Nacional se decía feliz porque ya podía hospedarse en un cuarto de hotel, sin tener que decir *yes*. En 1991 a los cubanos nos prohibían el acceso a los hoteles de tres, cuatro o cinco estrellas, reservados íntegramente para los turistas con dólares en los bolsillos. El poema no se publicó. ¿Teníamos los funcionarios que teníamos que tener?

¿Quién se atreve a desmentirme? El último bastión de la gastronomía capitalina fue la cadena Ten Cents (Woolworth), nacionalizada bajo el nombre de Tiendas Variedades, con un diseño de servicio tan sólido que resultó un fémur demasiado duro de roer para la torpeza administrativa del país. Hasta la hecatombe del Periodo Especial, las trabajadoras de los Ten Cents vestían uniformes blancos, como de obstetras, con un ramillete de flores artificiales en el ojal de la blusa, y elaboraban emparedados de huevo y mayonesa casera, batida a mano, y refrescos de siropes extraños ahogados en gravilla de hielo. Nunca dejaron de sonreír al cliente, ni siquiera durante esos almuerzos en que sólo ofertaban a la carta un dado de arroz bañado con un espeso potaje de municiones, al que llamaban Puré Saint Germain para enmascarar la mala reputación del chícharo argentino.

¿Quién se atreve a desmentirme? Debe haber sido a finales de los años setenta cuando al alcalde de la ciudad de La Habana se le ocurrió emitir un decreto que prohibía a los nacionales transitar por las calles de la capital en *short* y camiseta, prendas consideradas inadecuadas por los asesores del gobierno provincial. Treinta grados de calor a la sombra, y otros diez más al sol, no eran suficientes para hacerse de la vista gorda ante la preocupante tendencia de la juventud a la encueradera. La estética era normada por la ética. Los jóvenes que se atrevían a desafiar el bando eran multados en el acto por cordiales agentes de la policía, quienes estaban obligados a vestir uniformes de mangas largas, como armaduras de poliéster. Moralistas que siempre sobran en la prensa se dieron a la tarea de explicar la medida con los sacramentos de la moral socialista. El Hombre Nuevo llevaba camisa y pantalón largo; la Mujer Nueva, saya y blusa. Tal vez escarpines.

Nunca, como en esos días de inconformidad colectiva, vi en las avenidas tantos muchachos y muchachas descamisados, con pantalones vaqueros cortados a punta de nalga, playeras abiertas hasta medio pecho y camisetas sin mangas. Nadie pagó la multa. La orden quedó sin efecto. Una mosca más en la sopa podía convertir el asunto en un problema político. La anécdota, curiosa, no debe extrañar demasiado a ningún lector. Por esos mismos veranos calientes los profesores de la Universidad recibieron, de manos de sus respectivos decanos, un memorándum firmado por el ministro de Educación Superior en el cual se describía la forma en que todos los maestros deberían borrar el pizarrón ante sus pupilos: de izquierda a derecha y de arriba a abajo; de esa manera los polvos de cal de la tiza caerían sobre la bandejita de madera donde se coloca el borrador. Sin comentarios.

En 1992 tuve el honor de presenciar la fundición y muerte del vetusto camioncito de Lavandería Cubana. Era un Ford de 1942, construido con metales de artillería. Echaba humo por las orejas de la carrocería, abierto de piernas, impotente ante la cuesta de la Calle E, y sangraba por las uñas de las juntas los aceites podridos del motor. Cuando expiró, los pistones saltaron hasta el cielo de la mecánica, santificados por medio siglo de laboriosidad. Don José, el tintorero, lloraba sin consuelo junto al camión, tirado a sufrir sobre el guardafangos, pateando las llantas y maldiciendo su suerte. Don José era chofer, custodio de ropas y hacedor de percheros. Había trabajado en Lavandería Cubana desde su inauguración, en marzo de 1947, y debió jubilarse en la primavera de 1988, a los sesenta y cinco años de edad, pero rogó al compañero administrador de la "Empresa Lavatin-Plaza" que le dejara seguir atendiendo al menos a los treinta escaparates más fieles de la Casa, sin otra recompensa que su pensión sindical. Mi padre era uno de esos clientes históricos que daban a lavar sus trapos sucios a la prestigiosa tintorería del Vedado. A cada rato venía don José por los trajes y los pantalones del poeta. Conversaba con mamá, y se bebía sorbo a sorbo una tacita de café, bien caliente y con dos cucharadas de azúcar. Era un hombre grande, con los pies chiquitos y cara de picapiedras. Volvía feliz a las siete u ocho semanas, a veces con los sacos sin botones (la caldera de vapor se rompió, doña Bella), o las camisas de hilo un poco quemadas en el cuello (perdón, don Eliseo), aunque invariablemente satisfecho por la hazaña de atendernos en las buenas o en las malas. El camioncito estuvo tirado en plena calle varios meses. Los niños del barrio y los gatos arrabaleros lo escogieron de campamento. Pronto la peste a orina se hizo insoportable, varios metros a la redonda. Los depredadores de autos lo canibalearon a gusto, hasta dejarlo en los huesos. Cuánto lo siento, don José.

La Habana aún permanecía en pie, prendida con alfileres y vigas de madera, derrumbes más o desastres menos. La ciudad tenía roña. Agallas. Ingenio. Aplomo. El habanero refistolero y la habanera pizpireta guardaban las mejores ropas para ocasiones señaladas. Todo estaba patas arriba. A contracorriente. En una ferretería del barrio de Cayo Hueso vendían por la libre tornillos de rosca, pero las tuercas estaban a veinte kilómetros de distancia, digamos en La Lisa, y por un cupón de la Libreta de Abastecimientos, vaya usted a saber por qué. Aprendimos el itinerario del absurdo, la tortuosa geografía del disparate nacional.

Un jueves cualquiera de 1988, mi fraterno Antonio Conte, poeta, invitó a cenar a un amigo nicaragüense a un restaurante árabe de La Habana Vieja. El nica acababa de darle una cálida recepción en Managua, durante un congreso de literatura y, en reciprocidad, a Conte le tocaba ahora corresponder tantas atenciones, al menos con una noche en algún buen rincón de la ciudad. El Árabe parecía un sitio ideal. Sin embargo, un contratiempo puso la noche al borde de la crisis. El capitán del restaurante reconoció al vuelo la presencia en la mesa de alguien que decía *pues* cada cinco segundos y les informó que, acorde a disposiciones oficiales, todo comensal extranjero debía pagar su comida en dólares. "Si quieren, les enseño el documento." Conte intentó aclarar el equívoco. Hay dos principios que el cubano aprende desde la cuna. El primero, se puede *estar* pobre sin dejar de *ser* decente. El segundo, los trapos sucios se lavan en casa. Conte le explicó al capitán que se trataba de una elemental cortesía, que el visitante era su invitado personal. Nada. El capitán no estaba autorizado para ceder: un extranjero, bueno, malo o peor, burgués o proletario, era en primer lugar un dólar habiente, y como tal tenía que considerarlo a la hora de servirle en Cuba Socialista un vaso de Cuba Libre. Conte fue perdiendo la paciencia, hasta que también perdió la razón y comenzó a vociferar sus derechos. "¡En qué país estamos viviendo!", gritó el poeta. Fue entonces que el nica llamó aparte a Conte y le dijo que no hay más vivo que el hambre. Los dos regresaron a la mesa, ya puestos de acuerdo, y ordenaron la cena. "Ni modo, compa, tendré que pagar en dólares", dijo el nica: "Lo que sucede es que con la discusión he perdido el apetito. A ver, pues. Primero: una ensalada de pepinos. ¡Hum!, delicioso. Segundo: unas rodajas de pepinos. De postre: un pepinillo... En Estelí la gente desayuna pepino. Sobre todo los jueves a la noche". El capitán desdibujó su sonrisa. Conte, por el contrario, encargó sin vacilación el siguiente banquete de goloso: *kepe*, tabule, un plato hondo de cus cus, crema de garbanzos, pollo almendrado, langosta agridulce, así como una botella de vino y seis cervezas frías. "Y un cafecito. Si violo alguna norma, ¿me podría enseñar el documento?"

No había mucho, pero si buscabas por aquí o por allá, había. Algo había. Algo. Había caramelos en el zoológico de 26. Galletas con queso crema en el Parque Almendares. Coctel de ostiones en San Lázaro e Infanta. Panetelas borrachas en el Ten Cent. Yoghourt de sabores en la cafetería de la Universidad. Refrescos de naranjitas en el Coliseo de la Ciudad Deportiva. Quesos azules en la calle Muralla. Chiviricos en La Pelota. Pizzas en La Piragua. Esponrus en La Ward de Santa Catalina. Chocolates (peters, decíamos) en el Parque Lenin. Croquetas al plato en la cafetería de 23 y F. Caldo de pollo en El Castillo de Jagua. Masarreales en la Escuela de Letras. Pan con tortilla en los merenderos de Santa María del Mar. Algodón de azúcar en la carpa del Circo Nacional. Discos Voladores en el SODAINIT de 21 y 12. Brazos gitanos en la dulcería de Los Andes. Dobos en Silvein. Sorbetos de vainilla en el SOLIMAR de Malecón. Gaceñiga en la Terminal de Ómnibus. Granizado de fresa en el Jardín Botánico. Spaghettis en la rotonda de la Fuente de Paulina. Marquesitas en La Gran Vía. Tartaletas de guayaba en los bajos del edificio Focsa. Refresco de malta, a veces, en las pipas de Guanabo. Pan con pasta en La Feria de la Juventud. Señoritas en los dos Carmelos. Haber, había.

 ¿Quién se acuerda de los bitoques de El Gato, las cremas de queso de Los Andes (en el pequeño salón iluminado por el frío de un aire raro), los bellomontes de Bellomonte, el olor a palmiche real de La Carreta (sus platos ovalados, los huevos fritos en manteca, el ajo en la madera de la pared), los canelones de hígado de El Volga (aquellas lámparas de penumbra, dónde asombran sus sombras, qué vino salpican sobre el mantel), las chernas de El Jardín (al azul de los altos vitrales y las mamparas de cedro), los cuernitos de la panadería de El Carmelo (Calzada y C), las mariposas del Yang Tse (los dragones de oro), la ciudad desde el mirador de La Torre, el piano de Felipe Dulzaides en El Elegante? ¡Felipe en el Cabaret! La vida siempre tiene veinte años. ¿Quién se acuerda de aquellos veranos de los setenta cuando, en época de carnaval, los rones, vodkas, licores y aguardientes bajaban a mitad de precio, para delicia de los bebedores de alto rendimiento que comenzaban a entrenar el hígado a las diez de la mañana, en los bares de esquina, mientras salaban el estómago con chicharrones de macarrón, fritos en aceites indigestos? ¿Y del zafarrancho que se armaba en el barrio cuando se oía de repente *La Polonesa* de Federico Chopin o *Para Elisa* del sordo Beethoven? A todos se nos disparaban las glándulas gustativas (¿a ti no, ahora, cubano?), ahogadas en borbotones de saliva, y salíamos a medio vestir, ansiosos, exploradores, desorientados, porque estaba cerca el carrito del helado. El asunto era guiarse por el organillo de la música; si no corrías, por Dios, se terminaban en tus mismísimas narices las paleticas de chocolate y las pintas de rizado de fresa. ¿Y quién se acuerda de la Vuelta a Cuba en dos semanas, en ómnibus con cubículo sanitario y aire acondicionado? ¿Y de los balatones en yates de vela, por los cayos de Varadero? ¿Y de los viajes de placer a la florida Sofía, la capital de Bulgaria y de las rosas? ¿Me creería un turista de los noventa si le dijera que, hasta principios de los ochenta, existía un eficiente servicio de taxi a domicilio, en moneda nacional? No. Qué va. No me creería.

La Habana que hoy fotografían los visitantes de paso es una ciudad rota, cañoneada por la ineficacia, maltratada por la incapacidad administrativa, abandonada, jodida, sitiada desde afuera y desde adentro, mordida por las ratas de la abulia; una vieja ciudad encuerada, en puros huesos, malvestida, fósil vivo que carga como puede sus fastidios y sus reclamos. Paisaje después de una batalla.

Todo se viene abajo. Todo. Nada se levanta. Nada. Ni el escombro. Cascajos. Maderas reventadas. Cristales. Polvos y cenizas. Cucarachas. Un ratón devora esta página con sus dientecillos. Se come mis verbos, mis palabras. La Habana se está cayendo a pedazos: con dignidad se desploma en cámara lenta, republicana, como ese abanderado de las viejas películas que al borde de la zanja enemiga le clavan una bayoneta en el pecho y se desenrosca por el asta del estandarte, hasta derrumbarse sobre el charco de su sangre —y el pabellón cubre el cadáver, mientras a lo lejos se apagan los estruendos de un Waterloo sin vencedores ni vencidos. Los habaneros y habaneras estamos sentados en la acera, aburridos, pasando rumores de boca en boca, acalorados, desconfiados, esquivos, bombeando sangre por las arterias del alma. Dice Juan que dice Pedro que los del gobierno están negociando con los de afuera por debajo de la mesa. A lo cortico. Aquí no hay arreglo. Los que tienen hambre sólo hablan de comida. Llegó el pan. No llegó el pan. ¿Llegó el pan? No, no llegó el pan. Cuatro ancianos juegan dominó a la luz de un farol de luz brillante. Juan, pareja de Pedro. Beben agua con azúcar en latas de cerveza Hatuey. De pronto, ladran los perros de la noche. Se acerca la jauría. Los perros lamen la noche. Se acabó el dominó, Juan. Se acabó. No hay comida, Tribilín. Las calles huelen a mierda, como la tristeza, que huele a mierda, no me jodan, caballero. Las fachadas se derrumban con las lluvias de mayo, los ladrillos se ablandan con los vahos del salitre. La memoria cede. "Hay que estar en la Búsqueda, Lichi", me dice Juan, ¿o fue Pedro?: "Cómo te explico... La Búsqueda es el Invento, ¿entiendes?, candela viva. Si no te pones para las cosas, hermano, si no estás al hilo, te vas a pique, con una mano delante y otra detrás. El que no resuelve, perece en la lucha. Te tiran para la tonga." Metafísica de la escasez. Categorema de la pobreza. Filosofía del náufrago. Albur preciso: la cosa es buscar, ponerse para las cosas. Avivarse. Estar al hilo. Buscar para resolver el

Invento. Resolver, palabra clave. Resuelve la búsqueda del Invento. Si no, pereces en la lucha. Vas a pique. Vencer el día de hoy. Tirarlo para la tonga, Juan. Mañana veremos, Pedro. Mañana veremos pasado. Pasado mañana veremos mañana. Mañana. Ojalá se invente pronto la salida de este laberinto. Que flote la isla de corcho. Que se busque. Y se resuelva. Pero agosto se prolonga. Agosto se hace insoportable. Agosto es una bomba. Agosto arde. Agosto explota. Agosto agota. Calzada de Bejucal, entre Mangos y Pinar, donde yo vivía, Calle Paula, Trocadero, Calle 11, Calle C, Calle 51, Calle 100, Amargura, Soledad, Tenienterrey, Oficio, Mercaderes, Plaza Vieja, San Lázaro, Obrapía, Prado y Neptuno, Monte, Ánimas, Lealtad, Dragones, Manríquez, Rancho Boyeros, Reina, Muralla, Compostela, Arcos de Belén, Juan Delgado, Zapata, Calzada, Parque de Calzada, 12 y 23, Puentes Grandes, Paso de Agua Dulce, Jesús María, Niño Jesús, Loma del Ángel, Peña Pobre, Avenida de los Presidentes, Manzana de Gómez, Galeano y San Rafael, Capdevila, Poey, Reina, Infanta, Monserrat, Avenida del Puerto, Virgen del Camino, Vía Blanca, Águila y Virtudes, Zulueta, Parque Mariana Grajales, Santa Catalina, Avenida de Acosta, Figueroa, Calle 17, Calle 31, Calle Luz, Belascoaín, Zanja, Esquina de Tejas, Carlos III, Parque de la Fraternidad, Cuatro Caminos, Cruce de La Palma, Calzada de Jesús del Monte donde testaron las huellas de mi padre, Calle E donde aún yo vivo, venas de mi cuerpo, sucias, botadas, oscuras, tupidas por los colesteroles del olvido, venas mías, calles mías: no me dejen mentir.

LAS SIETE, OCHO O NUEVE MARAVILLAS DE LA HABANA (SÓLO PARA CUBANOS)

Nos hizo falta un poco de frivolidad, como un potaje de los frijoles negros lleva una cucharadita de azúcar, para que cuaje, y el ajiaco sólo espesa con un par de trozos de calabaza. A lo largo y ancho de estos treinta y tantos años de rigores y fervores nos tomamos demasiado en serio la vida. Toda la realidad no cabe en una trinchera. En las buenas y en las malas, el cubano se las arregló para irla pasando lo mejor posible. Esta encuesta entre comillas no pretende ser una investigación rigurosa, sino apenas una invitación para andar de nuevo por los escenarios de la memoria, como en aquella canción de César Portillo de la Luz: "quiero recorrer las calles, de los días felices que vivimos ayer, y volverme a sentar en los parques donde te besé, y recordar, y recordar, las horas viejas de nuestro ayer".

NACIDOS EN LOS CUARENTA...

Antonio Conte. Periodista y poeta. El Estadio Latinoamericano. La heladería Coppelia. El Paseo del Prado. La casa del poeta Lezama Lima. El malecón de La Habana. El Cementerio de Colón. La posada de 11 y 24. El edificio de la *Revista Cuba*, en Reina y Lealtad. La biblioteca del noveno piso del ICAIC. *Minerva Salado. Poeta.* La lanchita de Regla. El bar El Elegante del Hotel Riviera. La pizzería del Parque de los Cabezones en la Universidad. La esquina de 12 y 23 con el Caballero de París. El Carmelo de Calzada. El Teatro Amadeo Roldán. El restaurante Monseñor con Bola de Nieve al piano. *Lorenzo Urbistondo. Diseñador.* La Rampa. Las playas de Marianao. El Teatro García Lorca. El Carmelo de Calzada. La Playita de 16. La heladería Coppelia. El Parque Lenin. La Cinemateca de 12 y 23. *Marta Eugenia Rodríguez. Profesora universitaria.* La lanchita de Casa Blanca. El Parque de los Cabezones de la Universidad. El Parque Máximo Gómez. El bar El Gato Tuerto. El bar El Coctel. La Casa de Beneficencia. El banco de madera de la Escuela de Letras. El Malecón. La casa del poeta Eliseo Diego. La glorieta a José Miguel Gómez. *A. L. M.*

Diplomático. El cabaret Tropicana. La Bodeguita del Medio. El gimnasio del Parque Martí. El Turquino del Hotel Habana Libre. El Salón Rojo del Hotel Capri. El Teatro Amadeo Roldán. Teatro Estudio. *Gabriel Hierrezuelo. Periodista*. El club La Red, cuando tocaba Felipe Dulzaides. El bar El Gato Tuerto. El cine La Rampa. La casa del poeta Félix Contreras. El Carmelo de Calzada. El bar El Colmao. El bar del restaurante La Torre, al atardecer. El club Sherezada. El bar Bellomonte, en Guanabo. *Norberto Carrillo. Percusionista*. El cabaret Tropicana. El bar Pigale. El bar La Gruta. El bar El Escondite de Hernando. El bar El Gato Tuerto. El bar El Colmao. El bar Las Vegas. El bar Las Catacumbas. *Ernesto Gómez Trujillo. Desempleado*. El bar del Hotel Lafayete. Los paragüitas del Prado. La Plaza de la Catedral, con artesanos. La posada de La Monumental. La Plaza Cadenas de la Universidad. La Piragua. La heladería Coppelia. El cabaret Las Vegas. El bar del restaurante 1830. Los jardines de La Tropical. *Marcos Álvarez Rubio. Pediatra*. El restaurante El Mandarín, de madrugada. La Escuela de Medicina. Las costas de Cojímar. El bar del Hotel Inglaterra. La casa del pintor Raúl Martínez. El restaurante Montecatini. El parque de H y 21. El bar Sherezada. El cine Alameda. La casa de Iván Cañas, en La Víbora. *Constante Diego (Rapi). Dibujante y cineasta*. El bar El Gato Tuerto. La Cinemateca de 12 y 23. El bar La Tromponera de 23 y 8. El club La Red. El restaurante El Volga. El bar del restaurante El Conejito. El bar El Elegante del Hotel Riviera. El restaurante El Polinesio. El bar del restaurante 1830. El Parque de El Carmelo de Calzada.

NACIDOS EN LOS CINCUENTA...

Josefina de Diego (Fefé). Escritora. La Mariposa de la Ciudad Deportiva. El bar El Gato Tuerto. El Carmelo de 23. El Carmelo de Calzada. El tabloncillo de basket de la

Universidad. La playa Santa María del Mar. La quinta Villa Berta. La Cinemateca de 12 y 23. El bar El Elegante del Hotel Riviera. *Pedro Luis Rodríguez Cabrera (Peyi). Dibujante y diseñador.* Los parques de San Mariano, en La Víbora. El Bosque de La Habana. Los laureles de la calle G. El apartamento de mi hermana Elsa. La casona de la revista *El Caimán Barbudo.* Alcalde O'Farrill 110. La loma de Chaple. El Parque del Pescado. *Eliseo Alberto (Lichi). Periodista.* El Carmelo de 23. La cafetería del Pre de La Víbora. El bar El Gato Tuerto. El Carmelo de Calzada. El bar Elegante del Hotel Riviera. El restaurante La Carreta. La casa de los Dalton. El Teatro García Lorca. El Club Capablanca, en Infanta. El departamento de Charín. La quinta Villa Berta. El Malecón. *Hubert Barrero. Cineasta y profesor.* La Cinemateca de 12 y 23. El club El Truff. La Rampa. La posada de 11 y 24. El bar El Gato Tuerto. El bar del restaurante La Torre, al atardecer. El Bosque de La Habana. La Playita de 16. El Parque de H y 21. El Parque Lenin. El Malecón. *G. V. Músico.* La cafetería La Tarralla. El Solmar del Malecón. La Casa de la Cultura de Plaza. El restaurante Sulaica. El Pío Pío de la calle L. El restaurante El Mandarín. El portal de la revista *El Caimán Barbudo.* La pizzería de La Copa. La Ostionera de San Lázaro. *José García. Músico.* El bar del restaurante El Emperador. El Teatro del Museo de Bellas Artes. El Bosque de La Habana. El bar del restaurante El Conejito. El cine Santa Catalina. El Parque de San Mariano. El bar El Elegante del Hotel Riviera. El bar El Gato Tuerto. *Rosario Suárez. Primera bailarina.* El bar El Gato Tuerto. La terraza del restaurate El Jardín. La Cinemateca de 12 y 23. La Playita de 16. El restaurante El Centro Vasco. El Teatro García Lorca. El Castillo del Morro. La playa de Celimar. El Carmelo de Calzada. El Teatro Amadeo Roldán. *María Eugenia Centeno (Mae). Cuentera.* El Cine Irene, en Los Pinos. La mesita que había entre las dos puertas del restaurante El Gato

Tuerto. Los elevados de Tallapiedra (no sé por qué). El Cristo de La Habana visto desde el Paseo del Puerto. La librería de libros viejos de la calle Reina, casi esquina con Lealtad. El parque de Maceo, un día con Norte. La casa de Manuel Pereira en La Habana Vieja. La cafetería de la Biblioteca Nacional cuando vendían pan con mantequilla. La calle de comercios en el pueblito de Regla. El parque de diversiones del Zoológico de 26. *Alejandro González Acosta. Escritor.* La Rampa. La Plaza de Armas. La Catedral. El Carmelo de Calzada. El Malecón. La Playa de Concha. El río y la playa Boca Ciega. La casa de Dulce María Loynaz. La Finca Santa Barbara. El Cinecito. La heladería Coppelia. *Ignacio León Cancio. Maestro.* El bar de la planta baja del Hotel Capri. Los cubículos de la biblioteca de la Universidad de La Habana. El patio del restaurante El Patio. El cine Yara. El restaurante Potin. La playa de Brisas del Mar. El Parque Lenin. El Zoológico de 26. El bar del restaurante El Polinesio. El cementerio Chino. *Aniv D'erev. Poeta repentista.* (Los 7, 8 o 9 horrores de La Habana) La cafetería La Arcada. La Embajada de la Unión Soviética en la Quinta Avenida. La Fuente de la Juventud. La Feria de la Juventud. El Círculo Social Patricio Lubumba. La Casa de la Cultura Checa. Alamar. El restaurante Moscú. La estatua de Lenin en el Parque Lenin. La raspadura de la Plaza de la Revolución. La Casa de los Matrimonios de Prado. La fuente Coreana en la Villa Panamericana.

NACIDOS EN LOS SESENTA...

Elina Vilá Da Costa-Caleiro, Lili. Restauradora. La Playita de 16. La Cinemateca de 12 y 23. La Rampa. La cafetería de El Bodegón de Teodoro. La casa de los Rojas. El bar del Saint John. El bar El Gato Tuerto. El cine Riviera. El bar del restaurante El Emperador. La heladería Coppelia. *Jorge Dalton. Cineasta.* El Malecón. El bar del restaurante El Floridita. La Cinemateca de 12 y 23. La Playita de 16. La Cocinita, en Paseo. La Ostionera de San Lázaro. El bar Las Cañitas del Hotel Habana Libre. El bar del restaurante El Emperador. La azotea de mi casa. El Morro. *Yamidres Arcona. Bailarina de cabaret.* La Escuela de Ballet de la ENA. El coliseo de la Ciudad Deportiva. Una suite con balcón del Hotel Riviera (cualquiera). La Bodeguita del Medio. El club Karachi. El restaurante La Cecilia. La Maison. El restaurante El Conejito. Los cubículos de la biblioteca de la Universidad de La Habana. *Daína Chaviano. Escritora.* Las puestas de sol desde el restaurante La Torre. Los pepillos (adolescentes) que se pasean por L y 23 (esquina incluida). La brisa irrepetible que corre por las calles de la capital, hasta en los veranos más calurosos. Los pepillos divinos, y a menudo gays, que asisten a los festivales de ballet en el Lorca (teatro incluido). El castillo de caracoles y corales, al fondo del restaurante 1830. Los pepillos de la Cinemateca (cine incluido). La excitación casi orgásmica que flota en la Plaza de la Catedral, cuando se llena de gente los sábados. Los pepillos de La Rampa (Rampa incluida). El embate interminable e hipnótico de las olas contra el Malecón, durante los frentes fríos. Los pepillos de mi Habana, ay, los pepillos trigueños y almibarados y achinados y calientes y amulatados y dulces y pelirrojos y amelcochados y negros y desenfrenados y rubios y acaramelados y... *Juan Pin Vilar. Realizador de televisión.* El Malecón. El Café Cantante del Teatro Nacional. La Rampa. La Cinemateca de 12 y 23. La Playita de 16. El restaurante El Mandarín. El bar Las Cañitas del Hotel Habana Libre. El bar del restaurante La Roca. *Jorge Trinchet. Actor.* El balcón de mi casa. La casa de los Dalton. El club El Turff. El Malecón. La Cinemateca de 12 y 23. El restaurante El Árabe. La cafetería de la funeraria de Calzada y K. La playa Santa María del Mar. La piscina del Hotel Nacional. *Irene Estéves. Diseñadora.* La Playita de 16. Malecón. La Piragua. La heladería Coppelia.

La cafetería de el Bodegón de Teodoro. El Café Cantante del Teatro Nacional. El cabaret El Turquino. La azotea de mi casa. *Eduardo Corzo. Músico*. El Malecón. El Bosque de La Habana. El Café Cantante del Teatro Nacional. La cafetería de el Bodegón de Teodoro. La Cinemateca de 12 y 23. La Playita de 16. La piscina del Hotel Riviera. *Marcos Rivera. Actor*. El pueblo de Regla. El Castillo del Morro. El Zoo de la calle 26. El cine 23 y 12. La cafetería de la terminal de Ómnibus, aunque no me crean. La sala teatro El Sótano. El muro del Malecón frente a la Oficina de Intereses de los Estados Unidos en La Habana. El Parque de Calzada cuando cruza por él Vicente Revuelta. El televisor Caribe de mi cuarto cuando termina el Noticiero Nacional y comienza la telenovela brasileña. *Susana Díaz. Modelo*. El bar del restaurante El Emperador. El Monseñor. El Cementerio de Colón. La Cinemateca de 12 y 23. La piscina del Hotel Habana Libre. El Café Cantante del Teatro Nacional. La Rampa. La cama de mi cuarto. El cine Acapulco. El parque frente al cine Acapulco. *Pablo Brower. Diseñador y fotógrafo*. El Salón Internacional del Hotel Riviera. El Hormiguero, sótano de la ESBEC Héroes de Varsovia. Mi cuarto con Thais. El estudio de música de mi padre, Leo Brower. La piscina del Hotel Sierra Maestra. La Cinemateca de 12 y 23. El restaurante 1830. *Aurelio Sánchez-Urquiza. Historiador de Bejucal*. (Los 7, 8 o 9 horrores de La Habana). El puesto de café de 12 y 23, también llamado Las Moscas. El Parque de los Estudiantes en San Lázaro e Infanta. El supermercado Quinta y 42. Marina Hemingway. La Embajada de la Unión Soviética en Quinta Avenida. El Museo del Pueblo Combatiente. La Bolera de la Feria de la Juventud. El Pabellón Cuba. *"Una paloma azul". Actriz*. El Café Cantante del Teatro Nacional. La casa de Mike Pourcel. El Bosque de La Habana. El Parque de H y 21. Jalisco Park. La Cinemateca de 12 y 23. El Estudio de TV del Focsa. Los jardines del Hotel Nacional. El Malecón. Una callecita de La Víbora que no sé cómo se llama. La casa de mi madre, cuando vivíamos en J. *Ernesto Fundora. Cineasta.* El Malecón. La Cinemateca de 12 y 23. El bar de Las Cibeles. Los jardines de la Escuela de Circo del ISA. La casa de Santiago Feliú. La Casa del Joven Creador. El Palacio de la Salsa. El Paladar de Carlos Téllez. *María Elena Alvarodíaz. Ama de Casa.* El restaurante Rancho Luna de El Cano. La cafetería de El Orbe. El puentecito de madera de la playa Santa María. El Parque Río Cristal. La pizzería Los Pinos Nuevos. El Parque Lenin. La Playita de 16. *José Luis Llanes. Director de televisión.* El restaurante El Saluchín, en La Salud. La casa de los Dalton. La cervecería de Infanta y San Lázaro. El bar Sirena del Hotel Nacional. La posada de 11 y 24. El Malecón. La Cinemateca de 12 y 23. El Teatro Hubert de Blanck. *Rafael Rojas. Historiador.* El Malecón. La Cinemateca de 12 y 23. La Playita de 16. La Escuela Lenin. El Bodegón de Teodoro. La Rampa. El Bosque de La Habana. El aeropuerto José Martí. *María Teresa Peñalver. Arquitecta.* La Piragua. El Mirador Bellomonte, en Guanabo. El Parque Río Cristal. El Zoológico de 26. La Finca de Los Monos. El Bosque de La Habana. La Biblioteca Nacional. El Salón Rojo del Hotel Capri. Las cabañitas de la piscina del Hotel Riviera. *José Radillo de Armas. Pintor.* La Loma del Ángel. El Castillo de El Morro al atardecer. La tumba de mi madre. El bar de El Conejito. El parque de quince y ocho. El cine Trianón. El Jardín Botánico de 26 y Boyeros. El Cacahual. *María del Carmen Alvarodíaz. Editora de televisión.* El Parque Río Cristal. El patio de mi casa en el hogar del poeta Eliseo Diego. El Parque Lenin. El Malecón. El Parque del Saúl Delgado. El bar Las Cañitas del Hotel Habana Libre, al mediodía. El bar del restaurante La Torre. La Cinemateca de 12 y 23. La Casa de la FEU.

VI

¿Cómo se muere en el momento
en que la bala se funde con la risa?
VIRGILIO PIÑERA

...parece ser que el lugar de nosotros es la vida.
SONIA DÍAZ CORRALES

El escritor Julio Antonio Casanovas, alias El Suave, llevaba una barba rasputina, según propia definición. Las barbas rasputinas crecen en vicio hasta la clavícula, desparramadas, y sus horquetas no deben ser cortadas con tijera porque se pierde el efecto, la magia que debe caracterizar a "los poetas de la indiferencia", como él decía. Se dejó la primera barbita a los dieciséis años, cuando subió y bajó subió y bajó subió y bajó subió y bajó subió y bajó cinco veces el Pico Turquino de la Sierra Maestra, durante la campaña de fortalecimiento ideológico que organizó la Unión de Jóvenes Rebeldes a principios de la década del sesenta. Volvió a dejársela en la zafra de los 10 millones, porque una rasputina de las buenas era evidencia de los ocho meses que había estado cortando caña en un central de la provincia Las Villas. Allí nos conocimos. La tercera barba ya le salió canosa, en 1976. Acababa de casarse con una diseñadora llamada Lulú y quería construirse su casa. Desde su primer divorcio vivía en el barrio de Pajarito, en el pequeño departamento de su madre, una habanera quisquillosa que no simpatizaba mucho con "la tal Lulú". Conversamos largo y tendido sobre el asunto. Me dijo que era hora de sentar cabeza y levantar las cuatro paredes y el techo de su propio gabinete. "Un gabinete con cagadero", exclamó. Siempre utilizaba la palabra gabinete para decir casa, y prefería el cubanísimo cagadero al sustantivo inodoro. La única posibilidad de lograrlo era integrándose al Movimiento de Microbrigadas. Cada centro de trabajo podía conformar un contingente de constructores para satisfacer la demanda de vivienda del colectivo laboral, siempre y cuando se garantizaran, con horas extras, las metas de producción. "¿Qué te parece? ¿Por qué no? Todavía soy joven para disfrutar la paz del hogar", me dijo. "Quien por su gusto muere, la muerte le sabe a gloria", le comenté, medio en serio y medio en broma. Julio Antonio dio el paso al frente y por veinte meses estuvo de albañil a pie de obra, en el reparto San Agustín, hasta que en noviembre de 1978 recibió una citación del Comité Militar del municipio Centro Habana.

Tres años antes, en diciembre de 1975, los redactores y fotógrafos de la revista donde trabajábamos nos habíamos presentado en las oficinas de reclutamiento para expresar nuestra disposición de combatir por la joven República Popular de Angola. El director del mensuario, un mulato simpático y mujeriego, veterano del Ejército Rebelde, comandaba a los once decididos voluntarios que marchábamos por las calle de La Habana en conga marcial, resueltos a comernos un león crudo si fuese necesario. En el trayecto se nos fueron sumando otros tantos espontáneos. Nadie nos obligó. Salvo el corazón, que suele tomar locas decisiones. Quien no estuvo inmerso en aquellos episodios pensará que manipulo la verdad al repetir las versiones oficiales de los hechos. Se equivoca. Fue cierto. No sólo cierto: emocionante. La confusión también puede resultar muy emotiva. Por las calles de La Habana pasaban y pasaban carros con altoparlantes que amplificaban marchas e himnos de batalla. Los universitarios pedían armas para escribir la historia con el tizón de la pólvora; entretanto se amotinaban en la escalinata, bajo la sombra del Alma Máter, y cantaban canciones de amor y de guerra, al ritmo del Grupo Moncada. Los acontecimientos se sucedían a una velocidad histórica. Tropas élites del Ministerio del Interior ya combatían en los límites de Luanda, y las noticias del frente llegaban con ribetes de leyenda: un puñado de soldados había detenido el avance enemigo a las puertas de la ciudad. Miles de cubanos querían cumplir con lo que pensaban era un elemental deber de internacionalismo proletario. Para muchos jóvenes de la isla, patriotas, fanáticos o ingenuos, aquel pleito distante y ajeno significaba la posibilidad de imitar el coraje de nuestros padres, a quienes debíamos la dicha plena de vivir en libertad. El ejemplo de Ernesto Guevara había calado hondo, y ahora se tenía la ocasión de vengar su muerte, al menos con las nuestras.

El teniente de la reserva Julio Antonio Casanovas fue a cumplir misión internacionalista en Angola, como jefe de escuadra en un pelotón de infantería. Lulú le prometió que le escribiría cartas de amor todos los días de todas las semanas de todos los meses de todos los años que pasara en campaña. "Cuando regreses, celebraremos la victoria en tu departamento, y con cerveza fría", le dijo el secretario del núcleo del Partido en la fiesta de despedida que le organizamos sus compañeros de trabajo en el cascarón del edificio.

—La cerveza fría se la toma cualquiera: el asunto está en tomársela caliente —sentenció El Suave.

—Así hablan mis muchachos —dijo el mulato simpático y aseguró que pronto se le uniría en Angola. Por supuesto que incumplió su promesa. Años después supe que se había ido del país en una balsa, en compañía de su quinta mujer y los tres hijos de sus cuatro matrimonios anteriores.

El edificio se demoró más de lo planificado y recién se terminó en saludo al Día del Periodista, en el mes de septiembre de 1980. Cuarenta y seis familias trabajadoras aspiraban habitar uno de los veinticinco departamentos del inmueble. En la asamblea sindical se habían repartido dos docenas de llaves, luego de dramáticas disputas, cuando el secretario del núcleo recordó el caso del compañero Julito, que seguía soltando el bofe en el frente sur, ahora contra el ejército sudafricano. El secretario del núcleo, astuto "perico" del Partido Socialista Popular, hizo el elogio más salvaje que ser humano haya merecido nunca en la isla, y evocó con lágrimas en los ojos las jornadas de albañilería en las cuales El Suave había participado con el entusiasmo de los auténticos revolucionarios. "Es un gigante, compañeros, uno que no se raja, que no se rinde; un comunista íntegro, de intachable moral y probada valentía. Sin duda, el mejor de nosotros". En el panegírico hizo que el cortador de caña Julio Antonio Casanovas subiera y bajara subiera y bajara subiera y bajara subiera y bajara subiera y bajara otras cinco veces el Turquino, y declamó un soneto del poeta ausente. Equivocó los versos del último terceto, pero el recurso bastó para conmover a la concurrencia, en especial a la platea femenina. Ninguno de los amigos dudábamos de que el último departamento del pastel sería otorgado a Julio Antonio Casanovas, cuando el secretario decidió dar un golpe bajo, directo a los testículos.

—Compañeros y compañeras, representantes de la Provincia, El Suave es un hombre de principios, y para nadie resulta un secreto lo que está pasando. Es doloroso, pero un guerrero como él sabrá enfrentar la adversidad con el mismo valor que ha encarado al enemigo en tierras de Angola: compañeros y compañeras, Lulú le pega los tarros.

La información nos dejó mudos. Se podía oír volar una mosca. Hasta el director de la revista tuvo a bien esconder la cara entre las manos, abrumado por la perfidia del secretario. "De tranca", le escuché decir en voz baja. Nos sentíamos en cueros en medio de un circo. Conocíamos de las calenturas de Lulú, pero la canallada de aquel abogado del diablo nos dejó sin capacidad de defensa. Amo del auditorio, se puso en pie y concluyó con cuatro puñetazos al aire: "Tarrúo es Ronald Reagan. Tarrúo es Henry Kissinger. Tarrúo es Savimbi... A los revolucionarios no nos crecen los cuernos". El secretario dijo querer a El Suave como a un hijo y que ponía las manos en el fuego, seguro de su entereza moral y de su hombría. "Puedo adelantarles que cuando regrese, victorioso, habrá de cortar por lo sano y se divorciará de Lulú. Así actúan los hombres. Así actuará Julito. Y una vez divorciado, separado de esa ingrata, ingrata no, puta traidora que no supo estar a la altura de las circunstancias, El Suave podrá volver, libre de compromisos, al hogar donde nació y se forjó como se templa el acero, a la casa de su madre, compañeros, una Mariana Grajales del siglo xx, pues no tendrá urgencia de vivienda. Veamos el próximo caso." Las llaves del vigésimo quinto departamento fueron entregadas a una joven redactora, recién graduada de la Universidad, quien pocos meses después contrajo matrimonio con un sobrino político del secretario del núcleo.

Julio Antonio Casanovas se dejó crecer la última barba rasputina durante la travesía marítima entre el puerto de Luanda y el de La Habana. La guerra acabó con él. Llegó triste. Era otro. Había estado a punto de morir. Había visto morir. Había matado. Lulú le pidió el divorcio. El Suave enterró a su madre en el invierno de 1989. Hoy vive en Lima, la Horrible. Renta un departamento.

El Arroyo Naranjo que mis hermanos y yo conocimos de niños ya no existe. Entonces era uno de esos pueblos extraños de los que habla papá en su poesía, largo y estrecho, a mitad de camino entre la ciudad y el campo. Sólo contaba con tres puertas de entrada: la Calzada de Bejucal, prolongación de la de Jesús del Monte, un puente de hierro casi centenario nombrado Cambó, y una línea de ferrocarril, con dos apeaderos y una estación de trenes pintada de azul y de amarillo. Estas únicas vías de acceso delimitaban un rectángulo de tierra fértil donde cabían sin estorbarse tres amplias propiedades de familia. Nosotros vivíamos en Villa Berta, la quinta del medio, en la casa que había construido a su antojo Constante de Diego, el abuelo asturiano que tantísimo sabía de árboles frutales y de maderas preciosas. A principios de la década del cincuenta, mamá convenció a papá de regresar a Arroyo Naranjo, donde sus tres hijos podríamos disfrutar a gusto del paraíso de sus jardines. Allí hicimos la primera comunión, aprendimos a leer y a escribir, vencimos, tomados de las manos, el pantano de la adolescencia y fuimos, sin lugar a dudas, más que felices. Sobre todo los domingos. No había aún amanecido cuando la abuela Josefina, cascabelera, entraba en la casa y nos despertaba con una valenciana, bien tocada en el desdentado piano de la sala; al rato llegaban los tíos Cintio, Fina, Sergio, Felipe, Agustín, y con ellos venían los primos Sergito, José María, Cuchi, Chelita, y ya no había para cuándo acabar. A la tarde aparecían, entre los árboles, Octavio Smith, José Lezama Lima, Roberto Fernández Retamar, René Portocarrero, Julián Orbón, y la fiesta de la amistad y del amor iba en grande. Está por escribirse la importancia de Arroyo Naranjo en la poesía cubana del siglo xx, pero no tengo la menor duda de que sin esos domingos, en Villa Berta, la historia sería, por lo pronto, distinta —y probablemente peor. El libro de mi hermana revive esos días irrepetibles. Nadie mejor que Fefé podía intentar la reanimación de las cosas, la resurrección de las criaturas y el rescate de la memoria: ella no sólo es la mejor de nosotros, sino, además, la más inteligente. El libro de mi hermana nos comprende y nos perdona. Porque hay que decirlo de una vez: un mal día de 1968 aquella felicidad terminó de golpe, y de un porrazo despertamos con las maletas hechas, los muebles sobre la cama de un camión, los cuadros descolgados de las paredes y las lagartijas mirándonos fijo a los ojos, pues no podían creer lo que estaba sucediendo. Por razones demasiado tristes de contar, tuvimos que huir, más que mudarnos, para la gran ciudad. Fue inevitable. Los camaleones nos dijeron adiós con los rojos pañuelos de sus gargantas. El pozo se desfondó. Los pinos se dejaron secar. Las palomas, desesperadas, batiendo sus alas con furia, se perdieron en las trampas del cielo. Dejamos la casa a su suerte. Cerramos las puertas. Le dimos la espalda. La traicionamos. Desde aquella tarde, la última de nuestra infancia, hemos cargado con esa culpa enorme. Arroyo quedó atrás. Allí quedamos también los niños que fuimos Rapi, Fefé y yo, con las caritas apretadas contra los barrotes de la cerca, sin entender por qué diablos los habíamos abandonados. El libro, dije, nos comprende y nos perdona. Es cierto: el Arroyo Naranjo que mis hermanos y yo conocimos de niños ya no existe. Entonces tenía exactamente lo necesario para hacer felices a sus habitantes: una iglesia con campanario y organillo de pedales, una escuela con puntal alto y un cementerio. Un pequeño cementerio que apenas mordía el ángulo derecho de una manzana de las afueras, con treinta tumbas sembradas en la tierra, unas pocas cruces de hierro y un par de ángeles de yeso posados como pajaritos sobre pedestales de cemento. No sé por qué recuerdo con tanta precisión ese santo camposanto, si a fin de cuentas estaba bastante lejos de Villa Berta. Rara vez entramos en el cementerio, y cuando por fin nos atrevíamos a vencer su puerta de miedo, en puntitas de pie, lo hacíamos seducidos por los misterios reales de la vida antes que por los dolores reales de la muerte. Porque la muerte nos importaba tan poco que, por esos años, no sabíamos siquiera que vivía. Mi hermana

Fefé menciona el cementerio en alguna página de su libro. Pasa, al paso, el jardín de los difuntos; lo veo con el rabillo del ojo. Allí me quedo. Hoy ninguna tumba presume flores. Los angelitos han perdido las alas. Las cruces anclan entre la hierba húmeda, como restos de un naufragio. Los muertos están más muertos que nunca, enterrados en el fondo sin fondo del olvido. Entonces emprendo el regreso por el único camino posible, el del abuelo Constante, el de Fefé, y vuelvo a andar por el mapa de ese libro, página a página, bien despacio, y vuelvo a recorrer las callecitas de letras precisas, y me detengo ante los portales de las casas, reconstruidas palabra a palabra por mi hermana. En su libro estoy a salvo; en el pueblo, perdido. Nadie me reconoce. Dejo el cementerio atrás. La iglesia está en ruinas. Sin embargo, doblan y doblan las campanas. La escuela está en ruinas. Pero escucho a mis amigos jugando en el recreo. La estación de trenes está en ruinas. Aunque sobre los moños de los árboles se elevan, en espiral, los humos de una locomotora imposible. Por fin llego a Villa Berta. Todo está igual. Dos niños esperan. Son Rapi y Fefé. Tienen las caritas trabadas entre los barrotes. Falto yo —pero si falto yo, ¿entonces por qué escucho que me llaman? Comienza a abrirse, despacio, la reja de la entrada. A ras del suelo, una lagartija la va empujando trabajosamente con la cabeza.

El perfume de la piña puede detener a un pájaro. El primer recuerdo que guardo de Virgilio Piñera se remonta a una tarde de diluvio, a finales de los años cincuenta o a principios de los sesenta. Ahora que lo pienso, creo que siempre lo vi bajo la lluvia —aun cuando no lloviera. Mi padre me había llevado de la mano a una diminuta librería, más bien un puesto de revistas y libros de bolsillo, que existía en una entrada lateral del Carmelo de Calzada. Llovía, lo que se dice, a mares, en ráfagas duras y oblicuas. Tremendo aguacero. Ríos por las calles. Saltos de agua. Un barquito de papel. Yo leía un muñequito de Superman. De pronto, vi entrar a un hombre envuelto en un relámpago. Parecía un pollo. Un pollo mojado. Era tan flaco que por un momento temí que fuera a rajarse en dos, como una palma fulminada por un rayo. El agua le había ensopado la delgada camisa de hilo, blanca supongo, y traía el pelo chorreado, efecto de peluquería que evidenciaba los claros del cabello, lacio e insuficiente. Se sacudió la ropa con coquetería. Por saludo, mi padre le ofreció un pañuelo y dijo:

—Virgilio, ¿quién desdeña ahogarse en la indefinible llamarada del flamboyán?

Virgilio sonrió, feliz porque mi padre había recordado unos versos de *La Isla en Peso*:

—Ay, Eliseo, cómo llueve, viejito, no hay derecho —respondió el recién llegado, y completó su poema con voz de falsete: —Ahora no pasa un tigre sino su descripción.

—A ver cuándo rayos vas por casa.

—En cuanto salga de este laberinto, Eliseo.

Luego me lo tropecé muchas veces en mi juventud, y alguna que otra me escondí, lo confieso, porque le tenía miedo a él, y me tenía miedo a mí. No sabía entonces que era un perseguido. Un acosado que guardaba sus manuscritos en un pañuelo de cabeza, allá en un chiforrover de su casa en Guanabo. De seguro algún chismoso mediocre (¿o habrá sido un amante despechado?) "elevó" un informe a las autoridades pertinentes y llamó la atención sobre este aguilucho descamisado y pervertidor de la palabra que caminaba descalzo por la playa a la hora de la puesta del sol, sin dejar huellas en la arena (tan poco pesaba) y diciendo versos de un extranjero llamado Paul Valéry, cifrados en francés, idioma capitalista si lo hay; lo cierto es que por rutina o por aburrimiento comenzaron a seguirle los pasos hasta encerrarlo en una pajarera de la policía y arrancarle así la terrible confesión de su homosexualidad, tan evidente y natural en él como el perfume en el pistilo de una rosa. A partir de ese "primer aviso de la función", Virgilio comenzó a secarse de miedo.

La última vez que me lo encontré, por pura casualidad, fue en el Teatro García Lorca, una noche de *Giselle* y Alicia Alonso, y todas las locas de San Cristóbal de La Habana se habían dado cita en la platea para estirarles a ambas el pellejo, criolla manera de llamar entre cubanos a la crítica artística. A Virgilio lo acompañaban dos adolescentes, seguramente discípulos, y uno de ellos, muy lanzado, se atrevía a repetir en el vestíbulo los giros más alicialonsos de la danza; Virgilio, muerto de risa, trataba de apagar la carcajada tras el abanico de huesos de sus manos. "Burra, no jeringues más con tu brincadera, que es a mí a quien van a meter preso, sin comerla ni beberla", le oí decir entre dientes.

"Qué va, macho, ni te le acerques", pensé y me hice el bobo. Soy bueno para hacerme el bobo. A los pocos días de aquel encuentro vernáculo supe de su muerte. Lo sentí mucho. Me acordé del pañuelo de mi padre y del frío aguacero de mi infancia. Virgilio había encontrado por fin una rendija para salir del laberinto. "Mientras moría imaginé mi imagen/ de turbios ojos y erizado pelo,/ contemplando el supremo desconsuelo:/ la muerte disfrazada con mi imagen", dice Virgilio en la segunda cuarteta de un soneto muy Piñera, pero sólo para darnos entonces una sorpresa tremenda en el siguiente terceto: "Así me iba muriendo, con hartazgo/ de flores y gusanos. Expirando/ encima de mi boca desbocada."

Como el tigre de su poema, Virgilio era una descripción de sí mismo. Una boca desbocada. No se parecía a nadie. A nada se debía. Salvo a la lluvia, al agua entera que lo perseguía, o lo completaba —Dios sabrá por qué lo hacía, por qué demonios mandaba tras él tantos relámpagos y truenos. Virgilio nos dijo: "Esta noche he llorado al conocer a una anciana/ que ha vivido ciento ocho años rodeada de aguas por todas partes. Hay que morder/ hay que gritar/ hay que arañar/ He dado las últimas instrucciones./ El perfume de la piña puede detener a un pájaro." Virgilio es raíz, no rama, de la cultura cubana. Nadie, antes que él, había visto el tacón jorobado en los pies de Flora ni una tormenta en el lomo de un caballo ni esos muertos de la patria en el negro penacho de una palma. Nadie hasta Virgilio había vomitado su propia imagen funeraria ni se había atrevido a pedir, para sí, un poco más, otro poco más, de escarnio.

Virgilio, el nuestro, es un clásico americano de pies a cabeza, porque su vida (complicada y pública, apasionante y secreta) funda para nosotros una tradición, nutre un nuevo árbol: el árbol magnífico de un ahorcado. Si la literatura del siglo xx cubano fuera un cuerpo, si tal licencia anatómica fuera permitida, creo que una autopsia literaria nos permitiría apreciar algunas intimidades significativas. Lezama Lima y Alejo Carpentier serían, para mí, los dos prodigiosos hemisferios del cerebro. Lezama, el círculo de la imaginación, la cantidad hechizada y las rebeliones sucesivas de la palabra; Alejo la esfera de la memoria histórica o de la historia recordada, los equívocos de toda precisión, centro planetario de las habilidades intelectuales; Eliseo Diego la mirada, más que el ojo o la niña del ojo, la búsqueda antes que el encuentro, la realidad de lo imposible, el oscuro esplendor que otros desdeñan; Nicolás Guillén el músculo, el movimiento, el salto, la risa, también el golpe; Fina García Marruz, claro, el corazón abierto, purificador y valiente; Cintio Vitier los pulmones, limpios de humos, las vocaciones de la clarificación inteligente de lo confuso; Emilio Ballagas la piel, la sensibilidad del miedo, el terror de lo sentido en carne viva, la llaga bajo la tela, abierta, secreta herida; Dulce María Loynaz la fuga interior, la sombra de ese cuerpo pegada a los talones de una estirpe terminal, irrepetible, ilusión de moribundo, un poco de noche, de suficiente noche, perpendicular al hueso de la vida; Virgilio el intestino nervioso, colon violado, hígado oculto tras el ombligo, nocturno riñón golpeado, indigesto, censurado o maltratado por los alcoholes y las envidias de los otros cuerpos políticos de la patria. Pero Virgilio ya está a salvo. De todos y de todo, menos de su propia descripción, de su literatura. Él nos dijo: "Todavía puede esta gente salvarse del cielo, pues al compás de los himnos las doncellas agitan diestramente los falos de los hombres".

La Cuba de 1959 no era una tierra sin genio y figura, como han querido demostrar algunos historiadores habilidosos, afanados en atribuir al socialismo los méritos de la nación. Una de las mentiras menos sutiles de estos años ha sido la afirmación de que los cubanos "nacimos" el primero de enero y que a esa fecha, sin duda importante, debemos nuestras alegrías fundamentales. Cuando triunfa la Revolución, aún estaban en la isla Fernando Ortiz, Rita Montaner, Emilio Roig de Luchering, Ernesto Lecuona, Jorge Mañach, Medardo Vitier, Beny Moré, Víctor Manuel, Fidelio Ponce de León, Bola de Nieve, Gonzalo Roig, Acosta León, Amelia Peláez, Carlos Montemayor, Lino Novás Calvo, y no pocos de ellos celebraron la victoria de la rebelión popular, antes de morir en la patria o en el exilio. Lo que no puede negarse es que, a finales de los sesenta y principios de los setenta la cultura cubana llegó a alcanzar una vitalidad nunca antes conseguida en setenta años de vida republicana. La campaña de alfabetización, el surgimiento de las escuelas de arte, el auge de la industria editorial, el vigor del cine cubano y la dignificación del trabajo artístico crearon "el ambiente mejor" que reclamaba un viejo sonero para decir sus boleros.

El conflicto ardía en altas esferas. La cultura se vio sometida a una doble subordinación, por obra y gracia de una estrategia ideológica que a duras penas se soportaba sobre la economía de una isla al garete. Existía una subordinación natural, histórica, a la cultura hispanoamericana, defendida por dirigentes con visión y voluntad continentales que estaban al frente de organismos de importancia, al menos para la capital del país: Haydeé Santamaría en la Casa de las Américas, Alfredo Guevara en la presidencia del Instituto Cubano del Arte y la Industria Cinematográficos, la intocable Alicia Alonso en el Ballet Nacional de Cuba y la patriota María Teresa Freyre de Andrade en Biblioteca José Martí. El Partido, a cuenta y riesgo, impuso a artistas y espectadores una nueva subordinación: Cuba no sólo era parte de América Latina sino, además, del campo socialista. La cabeza visible de esta línea dura fue Antonio Pérez Herrero, quien desde la secretaría ideológica del Comité Central se las ingenió para encepar en un mismo saco a cooperantes incondicionales de muy diversas procedencias. Muchos de ellos eran egresados de escuelas militares o partidistas en la Unión Soviética, donde habían aprendido el valor de la intolerancia, y recomendaron a la jefatura algo muy parecido a una castración del pensamiento contemporáneo, al estilo de una revolución cultural a la criolla, justo es reconocerlo, lo cual no quiere decir que resultase mejor o peor que la china, sino diferente. Pronto se subieron a ese carro viejos politiqueros del Partido Socialista Popular, capacitados conspiradores en los tejemanejes de la intriga y la censura que vinieron a echarle más leña al fuego de la incomprensión. El poder de este grupo no tenía límite. Llegaron a controlar los órganos de prensa escrita, radial y televisiva, los aparatos propagandísticos de todos los ministerios, instituciones y organizaciones de masa, el sistema nacional de educación, incluidas las universidades y las escuelas de artes, el llamado Departamento de Orientación Revolucionaria, los gobiernos provinciales, la Unión de Escritores y Artistas, los centros de investigación científica y técnica, los puestos diplomáticos y el nefasto Consejo Nacional de Cultura. El Partido logró reconquistar la Biblioteca José Martí y mandar a retiro a la doctora Freyre de Andrade, mientras Alfredo Guevara, Haydeé Santamaría y Alicia Alonso evadían con grandes piruetas las embestidas de "los compañeros". Detrás de bambalinas se escondían los ideólogos de los ministerios armados, verdaderos estrategas en este polígono de ideas que más parecía un campo de tiro al blanco que un campo de batalla, pues ellos controlaban las alturas claves del combate. La obsesión antimperialista, la fiebre del diversionismo y el virus de la pureza hacían ver fantasmas a diestra y siniestra, y trajo por consecuencia una suspicacia tan desmedida por la libre circulación de las ideas que acabó por gravar la torpe política del avestruz: la cabeza al hoyo y el resto al aire. El pueblo no debía, no podía, saber más de lo estrictamente imprescindible. El concepto de verdad fue manipulado a conveniencia, con el pretexto de que así se preservaban las conquistas de la Revolución. Si nuestra economía, y con ella su superestructura, estaba encadenada a las ceremonias de Europa Oriental hasta el fin de los días, tenía lógica poner el parche antes de que saliera el hueco y acostumbrarnos lo antes posible a las nuevas circunstancias. Moscú significaba el ombligo del mundo. El cielo prometido. La nueva Meca. Casi Nueva York. Los adoradores de la comunidad socialista llegaron a extremos ridículos, como aquel sonado equívoco de asegurar que José Martí tenía un retrato de Carlos Marx en su despacho, cuando en verdad se trataba del poeta Walt Whitman. Los programas de enseñanza fueron copias al carbón de proyectos pedagógicos de la República Popular Alemana (RDA), así que no sé por qué se extrañó mi hermano Rapi el día que descubrió que su hijo sabía más de Rosa Luxemburgo que de Antonio Maceo. Por aquellos años, la Unión de Jóvenes Comunistas recomendó a sus militantes que iban a contraer matrimonio el hábito de depositar puchas de flores al pie de los monumentos patrios, rito eslavo o zarista, vaya usted a saber, que nada tenía en común con nuestras conductas casamenteras, mucho menos solemnes. La creación del Ministerio de Cultura, en 1976, aplacó de alguna manera las pasiones. Sin embargo, lo que vino a poner punto y aparte al pleito fue, sin duda, la desaparición en bloque de la comunidad socialista, una triste sorpresa que no se previó a tiempo ni en los centros espirituales. Los defensores de esta segunda subordinación de la cultura cubana se encontraron sin modelos.

Que algunos burócratas de la cultura hayan sido unos incapaces no significa que los intelectuales cubanos se rindieran ante la incapacidad. En la plástica, coexisten en el lienzo tres generaciones clave: la de Víctor Manuel, Portocarrero, Milián, Feijoó y Mariano; la de Servando Cabrera Moreno, Raúl Martínez, Antonia Eiriz, Muñoz Bach, Posada y los malogrados Masiquez y Acosta León; y primera horneada de lo que sería una nueva mirada sobre la realidad cubana, entre quienes recuerdo a Roberto Fabelo, Chocolate, Tomás Sánchez, Armando Patterson, Manuel López Oliva, Luis Miguel Valdés, Nelson Domínguez y Juan Padrón, los fotógrafos Iván Cañas y José Alberto Figueroa. La Escuela Nacional de Arte (ENA) gradúa a los primeros grupos de bailarines clásicos, y figuras como Rosario Suárez (Charín), Jorge Esquivel, Ofelia González, Lázaro Carreño, Caridad Martínez y Amparo Brito vienen a reforzar el elenco del Ballet Nacional, bajo la batuta de una Alicia Alonso todavía en activo, aunque ya poseída por los caprichos de la vanidad. Son los años de Leo Brower, Marta Valdés, Los Meme, Josefina Méndez, Silvio Rodríguez, Cecilio y Evelio Tieles, el Pilón de Pacho Alonso, Marta Strada, Loipa Araujo, Juanito Márquez, Pello el Afrocán, Mirta Plá, Pablo Milanés, Juan Blanco, Los Zafiros, Aurora Bosch, Carlos Fariñas, Federico Smith y el grupo de Experimentación Sonora, la Orquesta de Música Moderna de Chucho Valdés y Paquito D'Rivera, y los inolvidables conciertos, en el Teatro Amadeo Roldán, de Bola de Nieve, el quinteto de Frank Emilio y la Orquesta Sinfónica Nacional. Son los años del Tomás Gutiérrez Alea de *Memorias del subdesarrollo*, el Humberto Solás de *Lucía*, el Manuel Octavio de *La primera carga al machete*, el Santiago Álvarez de los noticieros semanales, y los documentales de Nicolás Guillén Landrián, Bernabé Hernández y Sara Gómez. En el teatro se aplaude a Abelardo Estorino, Roberto Blanco, Nicolás y Nelson Dorr, José Antonio Rodríguez, Sergio Corrieri, Eugenio Hernández, los hermanos Vicente y Raquel Revuelta, quienes desde los escenarios del Mella, el Grupo Guiñol, Teatro Estudio y las montañas del Escambray hacen propuestas de vanguardia. En el campo del libro surgen editoriales y colecciones inolvidables: Dragón, a juicio de Oscar Hurtado, Cocuyo, Huracán, Tertulia de Fayad Jamís, Majuari, Arte y Literatura, Letras Cubanas y Literatura Latinoamericana, en la Casa de las Américas. José Rodríguez Feo, Rogelio Llópis, Graciela Pogolotti y Ambrosio Fornet asumen la tarea de preparar, valga la redundancia, antológicas antologías de prosa y poesía contemporáneas, y escritores de puntería se encargan de escribir prólogos brillantes para libros también brillantes. Los premios literarios mantienen su frescura, en especial el nacional de la UNEAC y el David, para escritores inéditos. Desde mediados de la década del sesenta la narrativa cubana había logrado establecer sus cuatro puntos cardinales: al norte, *Paradiso*, de Lezama, la gran catedral; al este, *Condenados de Condado*, de Norberto Fuentes, el gran cuartel; al sur, *Celestino antes del alba*, de Reinaldo Arenas, el gran bohío; y al oeste *Tres tristes tigres*, de Guillermo Cabrera Infante, el gran cabaret. Catedral, cuartel, bohío y cabaret marcarían los rumbos temáticos de nuestra literatura, como ejes rectores de una rosa náutica donde sobresalían otros títulos, entre ellos: *Pasión de Urbino*, de Lisandro Otero; *El ingenio*, de Manuel Moreno Fraginals; *El cimarrón*, de Miguel Barnet; *Gestos* y *De dónde son los cantantes*, de Severo Sarduy; *Los años duros*, de Jesús Díaz; *Tute de Reyes*, de Antonio Benítez Rojo; *Rebelión en la octava casa*, de Jaime Saruski; *La guerra tuvo seis nombres*, de Eduardo Heras León; *La vida en dos*, de Luis Agüero; *Adire o el tiempo roto*, de Manuel Granados; *Para matar al lobo*, de Julio Travieso; *La Odilea*, de Francisco Chofre; *La casa*, de José Cid; *Vivir en Candonga*, de Ezequiel Vieta; *Noche de fósforo*, de Rafael Soler y, claro, las obras completas y precursoras de Onelio Jorge Cardoso y de Alejo Carpentier. La brújula en poesía es más complicada. Por esas fechas, se publican libros imprescindibles: *Historia antigua*, de Roberto Fernández Retamar; *El gran Zoo* y *Diario que a diario*, de Nicolás Guillén; *El oscuro esplendor* y *Muestrario del mundo o libro de las maravillas de Boloña*, de Eliseo Diego; *Richard trajo su flauta y otros argumentos*, de Nancy Morejón; *La sagrada familia*, de Miguel Barnet; *Visitaciones*, de Fina García Marruz; *Poemas del hombre común*, de Domingo Alfonso; *Gentes y cosas*, de Georgina Herrera; *Vivir es eso*, de Manuel Díaz Martínez; *Estos barrios*, de Octavio Smith, *El justo tiempo humano* y *Fuera del juego*, de Heberto Padilla; *Testimonios*, de Cintio Vitier, *Poemas y canciones*, de Mirta Aguirre, y editan sus primeros libros Luis Rogelio Nogueras (*Cabeza de za-

nahoria), Raúl Rivero (*Papel de hombre*), Félix Contreras (*El fulano tiempo*), Guillermo Rodríguez Rivera (*Cambio de impresiones*), Lina de Feria (*Casa que no existía*), Antonio Conte (*Afiche rojo*) y José Yánez (*Permiso para hablar*), con lo cual queda establecida la presencia de una generación de poetas que, castigada en los años setenta, daría después muchísimo de qué hablar en la recta final de nuestro siglo xx.

La historia del primer *Caimán Barbudo* puso punto y aparte a una tradición literaria con profundas raíces en la cultura cubana. Hasta ese momento nuestra literatura respondía primero al impulso grupal del cariño que a los mandatos generacionales de la edad. Creo que es preferible hablar de grupos literarios antes que de generaciones literarias, porque la levadura aglutinadora era en principio la de la amistad. Así sucedió a los Minoristas, a los poetas de Orígenes, a los entusiastas de Nuestro Tiempo, a los iracundos de Ciclón, a los escritores de Lunes, a los fundadores de El Caimán. El segundo elemento necesario para la química de un determinado grupo era, sin dudas, contar con un espacio público o una publicación propia. Al prohibirse esta posibilidad a principios de los setenta, al negarse este derecho, a veces inconveniente, se cortó una tradición que resultaba cuerpo mismo de nuestro pensamiento crítico, nuestro tablado artístico y nuestra historia literaria. No es hasta los años ochenta cuando aparece con fuerza el término generación, motivado quizás por la urgencia de estudiar la obra de los escritores jóvenes que, sin tribuna aprobada por el Estado y probada además por la amistad, convivían dispersos en un mar editorial cada vez más revuelto por tormentas ideológicas y escaseces materiales. Leonardo Padura y Víctor Rodríguez Núñez, desde las páginas de la séptima (¿o era la octava?, tal vez la novena) encarnación de El Caimán son los abogados defensores de esa generación inédita, y basaron su alegato en el ataque feroz de los setenta, en especial en la primera mitad de esa década. Tenían razón, al precio de ser a ratos injustos. A pesar de los pesares, repito, varios y muy buenos títulos vienen a enriquecer la literatura nacional. Mencionaré algunos episodios fundamentales de esos años, al parecer vacíos: José Soler Puig edita su novela *El pan dormido*; Cintio Vitier sorprende a los lectores de Latinoamérica con *Ese sol de mundo moral*, una historia de la eticidad cubana negada veinte años por los censores de la isla, y el ciclo de novelas *De Peña Pobre*; Fina García Marruz maravilla con *Visitaciones* y *Hablar de poesía*, una colección de ensayos lúcidos y hermosos, como jamás se han leído en Cuba; al tiempo que Alejo Carpentier completa su obra narrativa con un póker de novelas y merece el Premio Cervantes, en la primera convocatoria. Eliseo Diego entrega *Versiones* y *Los días de tu vida*. Guillén publica *Por el mar de las Antillas anda un barco de papel*. Lisandro Otero, *General a caballo*. Dos escritores hasta entonces prácticamente desconocidos por la crítica, Francisco de Oraá y Miguel Collazo, publican cuadernos claves de poesía y de narrativa. Entretanto, Raúl Rivero, Jesús Díaz, Luis Rogelio Nogueras, Víctor Casaus, Lina de Feria, Delfín Prats, Eduardo Heras León y Guillermo Rodríguez Rivera son readmitidos públicamente, y encuentran resquicios en concursos literarios, gracias a lo cual sus manuscritos reconquistan sitios de honor en las librerías del país. Manuel Pereira entra en escena con un par de novelas, *El Comandante Veneno* y *El ruso*, que se llevan elogios de la crítica internacional. Senel Paz gana el concurso de cuentos del Premio David con "El niño aquel". Dos poetas piden la palabra: Reina María Rodríguez y Raúl Hernández Novás. Sus cuadernos anuncian el triunfo de una poesía humana, valiente y conmovedora. En la isla, el arte y la literatura cubana habían vencido el reto. Hoy nadie recuerda los nombres de los funcionarios. Se hizo justicia. Los condenó el olvido.

(Carta de una amiga desde Cuba,
La Habana, 6 de julio de 1990. Fragmento.)

Estoy cansada de los éxitos incuestionables, de las teorías inamovibles, de los reveses convertidos en victoria y de las victorias que acaban siendo reveses. Estoy cansada de los mentiras repetidas, de las verdades a medias machacadas, de las consignas iguales, de las manipulaciones burdas, de las pancartas optimistas, de los titulares exaltados de la prensa, de los increíbles planes económicos. Estoy cansada del maltrato diario, por gusto, de la grosería espontánea, de la vulgaridad oficial. Estoy cansada del "no hay", del "se acabó", del "no te toca". Estoy harta de las guaguas fantasmas, de las colas por todo, de las tiendas sucias y vacías, de la extenuada ciudad que se desploma. Estoy cansada de que me digan quiénes son los buenos y quiénes son los malos. De los principios que no se venden pero que después sí se venden, por soberbia, por orgullo o porque sí. Estoy muy cansada del culto a la personalidad, de la infalibilidad de los dirigentes, de la autosuficiencia, la corrupción y la arrogancia de los que gobiernan. Estoy cansada, cansadísima, de los CDR, el PCC, el MINFAR, el MININT, la FMC, la UJC, la CTC, la UPC, la ANIR y la ECOA 7. Estoy cansada del imperialismo, del capitalismo, del colonialismo, de la lucha de clases, del socialismo y del comunismo. (Por suerte no han logrado cansarme del fascismo ni del estalinismo.)

Estoy cansada de repetir —porque no me lo acaban de creer— que no me gustan las invasiones extranjeras, que la opulencia de este mundo es inmoral, que la avaricia y la codicia están condenadas al infierno y que esta civilización moderna es una estafa si no se elimina la muerte por hambre y el suicidio por desesperación. Estoy cansada de no poder decir lo que pienso, de no poder decidir lo que leo, oigo o veo, de no poder hacer planes para el futuro, de no poderme ilusionar con un viaje, de creer en menos cosas cada día. Estoy cansada, muy cansada, cansadísima, de no poder escoger ni siquiera mi propia infelicidad.

FG

VII

...de un lado a otro el tiempo se divide,
y el péndulo no alcanza, en lo que mide,
ni el antes ni el después de lo alcanzado.

Mariano Brull

Yo pensaba que las casas sólo se perdían en la guerra
y que en la paz se salvaba todo a tiempo,
pero no, la paz también tiene sus mártires.

Alberto Rodríguez Tosca

La entrevista se trasmitió en vivo, en horario estelar de una emisora anticastrista, y media Cuba la escuchó por radio de onda corta. Un pescador de Batabanó acababa de pedir asilo político en una aduana de Islas Canarias, al regreso de una temporada de captura al sur de Nigeria. El periodista resultó ser un exiliado cubano que veraneaba con su familia en Las Palmas. La conversación marchaba sobre ruedas, cuando de pronto pareció empantanarse al abordar temas referidos a la educación y a la salud pública en Cuba. El pescador de Batabanó se negó a tapar el sol con un dedo, y terco como una mula reconoció los logros de la Revolución en esos campos. Tenía pruebas. Su hijo menor se acababa de diplomar como ingeniero civil en la Universidad de La Habana, y a su nietecito del alma le habían salvado la vida en un hospital pediátrico, en operación que él no hubiera podido costear en España. El periodista, que veía cómo el pez se escapaba de sus manos, trató de acorralarlo entre la espada y la pared, y esgrimió una pregunta de dos filos:

—Pero chico, si la educación está asegurada y la medicina es de Primer Mundo, ¿por qué diablos abandonaste el país?

Luego de unos segundos de estática, se escuchó la pausada voz del pescador de Batabanó:

—Mire usted, compañero, lo que sucede es que uno no siempre está enfermo ni estudiando. ¿Me explico? Se explica. En algún momento de la década del setenta la Revolución cubana por poco se va a bolina, pero la noticia no se comentó en los periódicos ni en los espacios informativos de la radio y de la TV. Otras emociones ocuparon la atención nacional. Leonid Brezhnev visitó la isla en 1973 y en acto público selló el pacto que subordinaba la propuesta cubana al convoy del campo socialista. Ese tren, sin embargo, no pasaba por La Habana. Lo descarrilaron para forzar la ruta. Las esferas partidistas, ideológicas, económicas y militares decidieron calcar modelos soviéticos, tal vez por desesperación, o falta de imaginación, o quizás por resignación, no lo niego. La Historia con mayúscula juzgará los hechos y los deshechos de la historia con minúscula. Lo que yo sé, porque fui protagonista y testigo, es que el ambiente comenzó a enrarecerse a principio mismo de los setenta. De la noche a la mañana las estrellas solitarias de los comandantes rebeldes se multiplicaron en constelaciones de generales y coroneles, a imagen y semejanza de los soldados del Pacto de Varsovia. Al grito de ¡Hurra! el ejército cubano desfiló ante ese José Martí de mármol tan feo que no puedo ver sin llorar. El Segundo Congreso del Partido anunció la institucionalización del país y la apertura de una asamblea nacional de los órganos de Poder Popular, resoluciones que fulguraron como espejismos de democracia en el desierto de la vida pública del país. El aparato burocrático creció en vicio, entre ministerios, comités estatales e institutos sin fin. Trescientos mil compatriotas participaron en misiones internacionalistas en África, Asia y América Latina, y sólo en Angola murieron más de dos mil reservistas y oficiales, enlutando la campaña más larga y sin sentido en quinientos años de historia insular. En 1978, el gobierno revolucionario, seguro de su fortaleza ideológica y del eterno apoyo del campo socialista, y "muy especialmente de la Unión Soviética", se dispuso a entrar en un ruedo peligroso y se atrevió a tomar por los cuernos el toro sin frenos de la reunificación familiar.

La comunidad cubana en el exterior visitó la isla con seis o siete sombreros por cabeza, tres o cuatro pantalones vaqueros a la cintura y unas ganas enormes de encontrarse con sus seres queridos. Los cubanos de aquí y de allá volvieron a abrazarse, como si sólo hubiera pasado un día y no muchos años de separación obligada, para descubrir conmovidos que todos los enemigos no eran enemigos, y que vivir en otra parte no era necesaria-mente una traición ni seguir en la isla una cobardía. Los gusanos les rezaban a las mismas vírgenes mulatas que adoraban en silencio los miembros de la policía. En uno y otro lado del campo de batalla, cañonazos van y cañonazos vienen, los hombres y mujeres de nuestro pueblo se contaban entre ellos los mismos chistes sobre el Papa, el presidente Carter, el camarada Brezhnev, el rey Juan Carlos, el travieso Pepito y el comandante en jefe Fidel Castro Ruz. Las casas de Cuba se llenaron de venti-ladores japoneses, fotos polaroid y rones de exportación. En un salón del Hotel Riviera, apenas a unos metros de las noventa millas de mar que separaban las dos posiciones antagónicas, representantes del gobierno y del exilio se sentaron a discutir cara a cara sus respectivos puntos de vista. Nunca, hasta entonces, los globos de los discursos oficiales estuvieron tan a punto de desinflarse en el horizonte que aleja a la isla de Cuba de la península de La Florida, rotos por una inesperada armonía entre gusanos y caimanes. Desde las calles del Vedado hasta las autopis-tas de Cayo Hueso, los cubanos sin adjetivos iban tendiendo un puente por el cual era posible caminar despacio pero sin odios, entre abrazos, sollozos y risas. Dirigentes de la Revolución y del exilio se pegaron por primera vez el mismo susto. ¿Será el momento oportuno?, ¿no le estaremos haciendo el juego al enemigo?, se preguntaron lo mismo en La Habana que en Washington. Todos en el exilio no eran sabandijas. Todos en la isla no éramos esclavos.

El fanatismo, sal primera de los razonamientos extremos, perdió sustancia, y las riendas de la política escaparon de las manos. El capítulo Comunidad estalló como una bomba. Una gota de sangre colmó la copa cuando un grupo de habaneros, en acto irresponsable, entró por la fuerza en la antes Embajada de Perú, en la Quinta Avenida del reparto Miramar. En la acción murió un combatiente del Ministerio del Interior. El gobierno de la isla respondió con el retiro de los custodios. El camino de la debacle quedó despejado. En menos de lo que demora contarlo, diez mil cubanos invadieron los jardines de la representación diplomática. Las autoridades de la isla sabían que quien da primero da dos veces, y anunciaron que se había establecido una puerta de mar para que todo el que quiera, y pueda, viniera a buscar a sus familiares. Una ola con más de cien mil cubanos se avalanzó desde tierra adentro sobre el puerto de Mariel, donde anclaban decenas de yates con matrículas de La Florida. Los especialistas de la Casa Blanca también se equivocaron en sus apreciaciones y recomendaron aceptar el desafío. Ambos gobiernos se pegaron por segunda vez el mismo susto. Se escribe entonces la página más gris de la historia de la Revolución, cuando se ordenaron los llamados actos de repudio, salvaje carnicería política que nos avergüenza. Se trataba de jugar en serio al gato y al ratón, de apedrear el ejemplo de los que pretendían abandonar el país, escupirles la cara, abochornar a sus hijos, apalearlos calle arriba y calle abajo, acosarlos como bestias rabiosas en las madrigueras de sus casas y cortarles las tuberías de agua, las líneas de teléfono y los cables de la luz. Había que parar en seco con barricadas de pueblo una fuga de compatriotas que parecían haber perdido el miedo al qué dirán y, también, a los tiburones del estrecho de La Florida. Entretanto, se abrieron las cárceles y los manicomios para que cientos (¿miles?) de asesinos, ladrones y pobres locos sin suerte pudieran alistarse en la legión de prófugos que esperaba turno para huir cuanto antes del primer territorio libre en América Latina. Los homosexuales, maricones pasivos y lesbianas preferiblemente marimachas, tenían vía libre, siempre y cuando aceptaran por escrito ser escoria viva de la sociedad socialista. Por cada vendepatria se impuso una cuota de diez polizontes. En esos días conocí a un barbero de Cienfuegos, entonces concesionario de una gasolinera en Orlando, Florida. Había venido por cinco sobrinos, hijos de una hermana, y para podérselos llevar de vuelta tuvo que requintar su embarcación con treinta desconocidos, muchos de ellos peligrosos delincuentes y dementes incurables. Dos de sus sobrinos no pudieron abordar, pues eran universitarios y antes debían cubrir con trabajos forzados la educación que habían recibido, de gratis, en los centros de enseñanza superior. De cualquier forma, el cienfueguero navegó con suerte. El yate no sirvió ni de chatarra, pero llegaron vivos.

La guerra es la guerra. La situación se tornó desesperante. La tormenta no escampaba. El presidente James Carter, principal promotor de la lucha por los derechos humanos, quedó entre la espada de las proas que se le venían encima sobre las olas y la pared de un congreso que cuestionaba su habilidad para campear el temporal. Fidel acababa de celebrar el faraónico Festival Mundial de la Juventud y los Estudiantes y pretendía concluir sin mancha la presidencia del Movimiento de Países no Alineados, por lo que se le hacía dificilísima la tarea de explicar el hecho de que cien mil doscientos cubanos abandonaran la isla, con lo que traían puesto, en menos de treinta días. Cuba y Estados Unidos cerraron las puertas, con dos vueltas de llave. El episodio lo remató la inauguración del Museo del Pueblo Combatiente en la mansión de la Quinta Avenida donde estuvo la Embajada del Perú.

Pero nadie lo visita.

La crónica de nuestras emociones tiene fechas marcadas como cicatrices en la memoria. La última esperanza de un socialismo con rostro humano fue prohibida durante la primavera de 1968, la noche en que tropas del ejército soviético tomaron por asalto la ciudad de Praga, en nombre de los postulados del comunismo internacional y acorde a los procedimientos del Pacto de Varsovia. La clase obrera checoeslovaca, que defendía las banderas de una democracia compleja pero posible, fue tiroteada por las balas trasadoras del internacionalismo proletario. Intelectuales, periodistas, científicos, profesores, académicos, filósofos, artistas, fueron acusados de vendepatrias y desterrados de la historia oficial. Las tropas de ocupación impusieron a sangre y fuego el garrote vil de una nueva colonización de izquierda, para indignación del mundo entero. Fidel, en apresurada comparecencia televisiva, trató de justificar la invasión como una triste pero necesaria medida de fuerza que garantizaba la victoria de la paloma de la paz sobre el águila imperialista.

La última ilusión de la izquierda moderada en nuestra América terminó a cañonazos contra La Moneda el martes 11 de septiembre de 1973, cuando Salvador Allende se voló la tapa de los sesos en defensa de la constitución burguesa que lo había llevado al poder. Unos cuantos amigos, chilenos y cubanos, lo acompañaban en esa pesadilla. Respetaron su decisión. Lo encontraron muerto en el despacho, y antes de rendir la plaza le colocaron en el pecho la banda presidencial.

El último tiro de gracia nos lo dieron a todos en la frente de Roque Dalton la tarde en que un tribunal de comandantes guerrilleros, hijos de mala entraña, lo sentenció a morir ante un pelotón de fusilamiento integrado por muchachos que, como no sabían leer, se habían aprendido sus versos de memoria. El cuerpo delgadito del gran poeta salvadoreño fue sepultado en un rincón de la selva, bajo dos pulgadas de tierra húmeda. Sus asesinos reconocen ahora que fue un error. Que no hubo tiempo para hundirlo más en el planeta. Que por esos días llovió mucho y que las aguas se llevaron a flote su cadáver, pendiente abajo. Que se lo comieron las fieras. O tal vez las hormigas. Que qué le vamos a hacer. Que lo sienten mucho. Pobres comandantes que no murieron en campaña porque el fantasma travieso de Roque Dalton les hará la vida imposible, hasta que se sequen de viejos, despreciados por sus hijos. Como dijo mi padre de los que mataron a Federico García Lorca: Dios los perdone, yo no puedo.

El último cubo de agua fría cayó en Granada, octubre de 1983, cuando oficiales cubanos de recias trayectorias combativas, supuestos descendientes de la estirpe de los Maceo, incumplieron la orden de pelear hasta la última gota de sangre y prefirieron echar a correr que enfrentarse a las tropas élites norteamericanas que acababan de invadir la pequeña isla del Caribe por los huevos de su armada. El coronel Tortoló fue degradado en juicio militar, después de que lo recibieran como a un héroe en el aeropuerto internacional José Martí. Por castigo de cobardía lo enviaron como simple soldado a la primera línea del frente de batalla, en la frontera entre la República Popular de Angola y Namibia, a la misma "trinchera del honor" donde decenas de oficiales y de reservistas cubanos suponían que estaban cumpliendo las misiones más dignas de sus vidas.

El último ridículo lo sufrimos la noche que el presidente etíope Mengistu Haile Mariam ahuecó el ala en un avión de combate, dicen que a Tel Aviv, acompañado por las meretrices preferidas de su harem, unos compinches que sabían más de la cuenta y una barbaridad de maletas recargadas con lingotes de oro. Cientos de combatientes cubanos habían defendido el régimen que representaba el huidizo dictador, seguros de que se jugaban la vida por una causa cabal. Los vencedores de la batalla de Addis Abeba descubrieron bajo la silla de mandamás de Mengistu, en un nicho secreto, el cadáver de Haile Selassie, el último emperador abisinio, pisoteado entre huesos de santería, fotos de *Play Boy* y cenizas de marihuana.

La última piñata de la fiesta revolucionaria se rompió en Nicaragua cuando el Colegio Electoral anunció la derrota popular de los comandantes sandinistas, en breve convertidos en los empresarios, hacendados y publicistas más poderosos de Centroamérica. En la prensa se comentó el caso de un ministro del FSLN que robó con tal desenfreno que cuando acabó de cargar los bolsillos con las ofrendas de la capitulación tenía una finca apenas siete u ocho hectáreas más pequeña que El Salvador. Los mejores combatientes renunciaron a la militancia del Frente y se retiraron abochornados por la rapacidad de sus antiguos jefes. Los peores hoy se piden las cabezas unos a otros, se insultan en la prensa y se consumen en los vinagres de la envidia. "Asipués", acabaron odiándose pero ricos hasta morir, como Somoza.

El último buche amargo se tragó en seco en Lisboa, la tarde que el presidente angolano José Eduardo Dos Santos y el jefe guerrillero Johanas Savimbi firmaron la paz que ponía fin a una guerra de quince años donde habían muerto dos mil doscientos ochenta y nueve muchachos de mi isla, según datos oficiales, y sólo un cubano fue invitado a la ceremonia protocolar: el millonario Jorge Mas Canosa, líder del exilio político en Miami, quien presumió en los brindis de la fiesta una corbata azul, blanca y roja, como la bandera de Cuba.

La última decepción nos enfrió el alma en la plaza de Tienanmen, en el centro de Pekín, cuando decenas de tanques del ejército chino abrieron fuego rasante contra miles de muchachos y muchachas que pedían pacíficamente una apertura democrática. Las imágenes de la masacre dieron varias veces la vuelta al planeta, pero no se transmitieron en Cuba. Se negaron a conciencia porque nuestros ideólogos temieron que la noticia de la carnicería confundiera a los jóvenes de la isla con el ejemplo negativo de una juventud ilusionada. Hasta que meses después el propio Fidel se vio obligado a hablar del asunto en una entrevista con una corresponsal extranjera y dijo que la matanza se explicaba por la inexperiencia de los generales de la artillería china a la hora de disolver una manifestación pública. Como se dijo lo digo: en medio siglo de justicia socialista, los pipiolos soldados pekineses no habían aprendido a lanzar gases lacrimógenos.

La última bofetada en pleno rostro fue dada en Moscú cuando la invencible Unión Soviética desapareció del mapa y no hubo ni un solo bolchevique ni un solo comunista ni un solo camarada ni un solo veterano de la gran guerra patria ni un solo bailarín del Bolshoi ni un solo héroe del trabajo ni un solo diplomático ni un solo koljosiano ni un solo estudiante universitario ni un solo general de mil estrellas ni un solo genio del ajedrez ni un solo albañil del proletariado ni un solo francotirador ni un solo malabarista del Gran Circo Ruso ni un solo cirujano ni un solo pedagogo ni un solo centinela de la Siberia ni un solo almirante de la armada ni un solo campeón olímpico ni un solo científico ni un solo levantador de pesas ni un solo artista emérito del pueblo ni un solo piloto de cazabombarderos ni un solo comisario ni un solo catedrático ni un solo politólogo ni un solo konsomol ni un solo miliciano ni un solo cosmonauta ni un solo leninista ni un solo estalinista ni un solo espía de la kagebé ni un solo guardia rojo ¡ni un solo loco! que defendiera con una hoz o con un martillo las conquistas de la Revolución de Octubre.

Lo que emocionaba al pueblo dejó de emocionar a los dirigentes del Partido. Lo que emocionaba a los dirigentes ya no emocionaba al pueblo. En el complejo teatro de América Latina, de izquierda a derecha, un sector del movimiento revolucionario perdió la conciencia y, al igual que la paloma de Rafael Alberti, creyó que el norte era el sur: tendencias extremistas, como el grupo Sendero Luminoso o un sector de la guerrilla colombiana, por ejemplo, escogieron la salvajada del terror, el sabotaje urbano o la alianza con los narcotraficantes para alcanzar sus objetivos. El trigo no era agua: el trigo era sangre. En Europa, Leonid Brezhnev fue sepultado con honores de héroe caído en defensa de la humanidad y poco después resucitó del camposanto de la historia a la fuerza, alzado por los huesos, maldecido, para colocarle la etiqueta de traidor en el pecho de las medallas. Acusado de faltas inimaginables, resultó el muerto perfecto sobre quien echar las últimas culpas del fracaso más grande del siglo xx: la sociedad comunista. El futuro se desplomó en un abrir y cerrar de ojos. Una docena de mandarrias fue más que suficiente para unificar a las dos Alemanias. El jueves 9 de noviembre de 1989 el Muro de Berlín cayó derribado en la primera plana de los principales diarios del planeta, menos en el órgano oficial del Partido Comunista Cubano que prefirió encabezar sus titulares con la noticia de una cosecha de plátanos machos en tierras de Güira de Melena. A Erich Honecker lo salvó de la cadena perpetua el cangrejo del cáncer, y murió en Chile después de penosa peregrinación. El general Jaruzelsky rindió sus tanques al sindicato Solidaridad de Lech Walesa, y al menos tuvo la sabiduría de no mandar a los soldados que dispararan a mansalva, porque ninguno de ellos habría cumplido la orden de matar a un hermano armado con una rosa. El húngaro Janos Kadar dijo que Dios lo había visitado en la cárcel y antes de morir reveló sus pecados a un sacerdote católico, que estuvo llorando siete días sin consuelo, atormentado por los ecos de aquellas terribles confesiones. Theodor Jhikov expiró meses después de la derrota, como muere un perro en una callejuela cualquiera de Sofía, y los búlgaros hicieron con sus libros hogueras del tamaño de un rascacielo. Nicolás Ceausescu resultó un maniaco sexual, además de un tirano sin alma. Tenía una tentadora colección de películas pornográficas. Lo cosieron a balazos junto a su mujer, una noche de invierno, en una Rumania sin calefacción y sin alimentos. Todos ellos, por cierto, merecieron en vida la Orden Nacional José Martí. Y se llevaron las medallitas a la tumba, prendido el alfiler en la solapa de algún viejo traje con corte inglés.

Emocionante resultó descubrir que el castillo de naipes sucios de la Europa del este se vino abajo cuando se echaron afuera los ladridos amargos del miedo. En Cuba, en los dos periódicos de circulación nacional y en el polígono de la Plaza, se dijo que el socialismo había sido sido traicionado por una camarilla de vendepatrias, debilitado por la fuerza y la propaganda del enemigo imperialista. Que le clavaron una daga por la espalda. Que fue un complot. Mijail Gorbachov cargó con la culpa de Judas. A principios de 1990, ante el Congreso de los Trabajadores, Fidel tiró las cartas sobre la mesa para que nadie se hiciera ilusiones pasajeras: "Reformas de qué, si la Revolución es la más grande y extraordinaria reforma de la historia." El Partido Comunista Cubano no haría la menor concesión, y si esa postura podía considerarse rígida, pues entonces "¡que viva la rigidez!". Hasta que un buen día (tal vez sería mejor decir un mal día) los hombres y las mujeres de la isla nos despertamos con la increíble noticia de que ahora "sí íbamos a construir el socialismo", un cuarto de siglo después de que el propio Comandante en Jefe anunciara el carácter socialista de la Revolución, una mañana de luto de 1961, en la víspera del desembarco por Playa Girón. ¿Qué habíamos estado haciendo durante tanto tiempo?

Sabe Dios.

El gobierno revolucionario decidió rectificar errores, curioso término con sujeto omitido que no siempre señaló a los que habían errado. El 4 de agosto de 1989 el Partido suspendió la venta de las poquísimas revistas y publicaciones extranjeras, "muy especialmente" las de la Unión Soviética, intoxicadas por textos perestroikos que ofrecen "puntos de vista vergonzosos y nihilistas". El silencio, manifestación pura del miedo, pasó del pueblo a las tribunas. La verdad podía ser subversiva. El hijo de un amigo, estudiante de diecisiete años, me dijo cuando supo la noticia: "no se vale, monstruo, nos enseñaron a leer para luego decirnos que no podíamos leerlo todo, nos enseñaron a pensar para luego decirnos que no podíamos tener criterio propio, no se vale, yo mejor me voy echando, como Juan que se mata". Las revistas *Sputnik*, *Tiempos nuevos* y *Novedades de Moscú* reproducían entrevistas y reportajes indeseables sobre el pasado, el presente y el futuro del socialismo real. Los únicos que sacaron provecho de la censura fueron los locutores de la emisora Radio Martí, en Washington, pues cosecharon cifras récord de audiencia: sus novelas, horóscopos y noticieros eran comentados sin cubrebocas en los cuerpos de guardias de los hospitales de la isla y en las colas del pan. La solución fue, una vez más, tapar el sol con un dedo. El cubano decía: "botaron el sofá por la ventana", en referencia a un chiste popular que contaba el caso de un marido cornudo que sorprende a su mujer haciendo el amor con un extraño en el sofá de la sala, y para impedir que el engaño vuelva a repetirse, se deshace del sofá y no de la adúltera.

Los dirigentes prefirieron finalizar sus discursos con la consigna suicida de socialismo o muerte. El pueblo abajo, en la plaza medio vacía, murmuraba: venceremos. Lo que no hicimos fue poner las barbas en remojo, tranquilos con nuestra conciencia, seguros de que éramos los depositarios de las banderas dejadas caer tras las cortinas de hierro, a pesar de que en la recta final del siglo xx las barbas ardían por todas partes, en gigantesco incendio, como fogatas de esperanza en medio de la noche y de la historia.

En el verano del 93, mientras arreglaba un elevador de servicio del Hotel Capri, el ingeniero Juan David Corrales conoció por casualidad a la berlinesa Ruth Weichert, que iba a tomar un baño de sol en la piscina de la terraza. Conversaron escaleras arriba, dentro de la alberca, en la barra del bar, bajo las estrellas de esa irrepetible noche de julio, y sólo vinieron a callarse la boca en la cama del cuarto 704, cuando se pasaron de labios a labios tantos besos que se quedaron sin palabras para expresar aquello que suponían era el amor pero resultó ser la amistad. Al día siguiente, Juan David perdió el empleo y la hamburguesa del almuerzo que llevaba a su hijo Ernesto Camilo, con quien vivía en un edificio de microbrigada del reparto Altahabana. "Sin autorización, no se vale tener relaciones carnales con las turistas extranjeras, aunque a las europeas les encanten el mantecado de los negros y a los negros les fascinen los ojos azules de las rubias. El relajito es con orden... Si no nos hubiéramos enterado, sería otro cantar, pero el hotel completo supo de los sucesos de ayer", dijo el responsable de mantenimiento en un mitin de repudio. "Ok. Lo que pasa, conviene", se dijo Juan David y recogió sus herramientas: "Para abajo, los santos ayudan."

Lo que pasa en verdad conviene. Porque a partir de ese fracaso se consolidó un bonito contubernio entre Ruth y Juan David, una complicidad que, luego de seguir transitando un rato por las alcobas del sexo, trancazos van y trancazos vienen, dio una vuelta en redondo y volvió al punto de partida, para que ambos pudieran resolver el acertijo de sus dudas con un acuerdo salomónico: no serían amantes de medio turno sino amigos de tiempo completo.

Ruth había vivido de niña en el edificio Focsa de La Habana, cuando su padre fue nombrado asesor de una fábrica de cemento donada a la isla por el gobierno de la República Democrática Alemana (RDA); a la caída del Muro de Berlín tuvo suerte, y pudo integrarse a la nueva realidad con relativa fortuna, pues logró abrir una compañía de viajes en la antigua casa de sus abuelos capitalistas. La agencia se llamaba El Palmar, y pronto comenzó a correr sobre ruedas, tanto que Ruth tuvo que contratar a dos emigrantes yugoslavos para poder darse el gusto de visitar la Indochina francesa, los rascacielos de Nueva York y el Caribe angloparlante, hasta que la nostalgia tiró de su brazo y la trajo de regreso a los malecones de su infancia. Quería ver con sus ojos opalinos cómo soplaban en la isla los vientos devastadores de la perestroika. Conocer al ingeniero Corrales le dio a la licenciada Ruth Weichert la oportunidad de tirarle un cabo a un camarada en apuros.

Juan David andaba de mal en peor. La apertura económica de la isla, la dolarización de la vida cotidiana y las vicisitudes del Periodo Especial lo habían sorprendido con una mano delante y otra detrás. De poco servía el diploma de Ingeniero Mecánico CUJAE-1973, colgado en la pared del baño. Mucho menos la medalla de maestro internacionalista en Nicaragua, donde enseñó a leer a varios indígenas misquitos. A los quince años, su hijo Ernesto Camilo estaba pagando con necesidades las consecuencias de un error que ninguno de los dos había cometido. Juan David había entrado en un callejón sin salida. No quería abandonar el país en una balsa de madera, como sus dos hermanos mayores, que a Dios gracias habían dejado de contarle chambelonas sobre la Pequeña Habana de Miami, la Fundación Cubano-Americana y los Hermanos Al Rescate. El mismo día que lo expulsaron de la brigada dijo por teléfono la mentira más rompecorazones de su primeros cuarenta años de existencia: "Ya tengo el boniato, hermanos: hoy me dieron el carnet del Partido." Remedio santo. Desde ese preciso momento, los tres hermanos jamás hablaron de política, lo cual estuvo bien porque así disponían de seis minutos del satélite para hablar cáscara de los hijos, los amigos y los amores.

Un sábado de gloria, mientras conversaban en los bancos de arena de la playa Santa María del Mar, Ruth propuso a Juan David un negocio a cuatro manos: ofertar desde Berlín un viaje turístico a Cuba, de carácter educativo y justificado por la promesa de perfeccionar la conversación en idioma español y enriquecer el vocabulario de la lengua de Cervantes. El verdadero anzuelo sería la carnada de conocer la realidad de la isla desde el interior de una casa habanera, sin los falsos trucos del turismo tradicional. Juan David aceptó las reglas del juego. Recibiría una comisión, depositada en un banco europeo, además de unos doscientos dólares para garantizar la estancia de los huéspedes en La Habana; a cambio debía alojar en su departamento a los turistas solitarios que desearan embarcarse en semejante aventura, y hablarles como un perico las ocho horas de charla inteligente convenidas en el contrato con la agencia. Locos nunca faltan en este mundo de locos. El primero que cayó en la trampa dijo llamarse Walter W.

Walter W. resultó ser un filólogo miope que viajó desde Francfort a La Habana con dos maletas llenas de papel higiénico, aspirinas efervescentes y leche de búfala en polvo, pues padecía de trastornos estomacales. Ernesto Camilo lo bautizó con el sobrenombre de Búho Triste. Juan David le organizó un plan magnífico que incluía una alternante visión de los dos hemisferios de la realidad. Cara: visita a la bodega de la esquina para sacar los mandados, es decir la cuota establecida por la Libreta de Abastecimientos. Cruz: compras en un diplomercado. Cara: almuerzo en un paladar (fonda entonces clandestina) de Marianao. Cruz: cena en La Bodeguita del Medio, con mojitos de hierbabuena y chicharrones de puerco. Cara: participación en una "actividad cultural" de la Juventud Comunista, en el malecón habanero, con paseo en bicicleta y refrescos de sirope. Cruz: bailable en El Palacio de la Salsa, cueva predilecta de los capos del mercado negro insular y puerto seguro de los turistas más ramplones del planeta.

Walter W. quedó encantado. Recorrió la ciudad en bicicleta, desde las discotecas de Marina Hemingway hasta las favelas del Castillo de Atarés, y de paso le sanaron las tripas con su nueva afición al aguardiente de caña. Además, enriqueció su vocabulario con ciento cuatro nuevas malas palabras, según contó en su agenda electrónica, y aprendió frases como "mariconá con el cocodrilo", "ir en pira", "alante con los tambores que el Afrocán viene atrás", "masa cárnica", "le zumba el mango", "la madre de los tomates", "de tranca el Almendares", "le ronca el clarinete", y "mira quien viene", una posición erótica que le enseñó, en caliente, Rosa la Cabaretera, vecina de Juan David.

Rosa había abandonado los escenarios de los cabarets cuatro años atrás, pero cuando le apretó el cinturón tuvo que regresar al ring de la vida para ganarse el pan de cada día en combates cuerpo a cuerpo con turistas españoles o italianos, fanáticos de las mulatas caribeñas. Rosa tenía las piernas flacas y estaba algo pasada de peso. No parecía una rival de importancia para competir en igualdad de condiciones con las jóvenes de dieciocho abriles que dominaban el mercado de la prostitución por la Quinta Avenida de Miramar; sin embargo, ella suplía sus carencias físicas con un conocimiento, un dominio y un tacto para complacer antojos de varón que bien podían valerle un doctorado en cualquier universidad de la calle, que es donde se gradúan los valientes. Walter W. le duró en la cama menos que un merengue en la puerta de un colegio.

Juan David, Ernesto Camilo y Rosa la Cabaretera lo acompañaron hasta el aeropuerto. Búho Triste juró por su madre que volvería a La Habana el año entrante, y dos amables oficiales lo subieron en hombros al avión, más borracho que una uva. "¡Viva Cuba, coño!", gritó desde la escalerilla.

Juan David hizo malabares para evitar contratiempos: no todos los vecinos vieron con buenos ojos la presencia de extranjeros en el edificio. Entre los malabares, visitó a Pablo Arce, el presidente del Comité de Defensa de la Revolución, y le ofreció empleo: por diez dólares, Pablo Arce haría las veces de "responsable de transporte", al poner a la disposición de la "empresa" su viejo Lada 1500. El vecino, que era economista de carrera, sacó cuentas a la velocidad de un cohete y dijo: "Cuenta conmigo, Juan, yo seré tu copiloto. Te garantizo que no hay lío. Palabra. Donde hay hombre no hay fantasmas. Déjamelo a mí. Trato hecho".

El segundo huésped fue Marina W., una hispanista y traductora que venía desde Hamburgo. Esta vez

Juan David mejoró la agenda con una visita al Museo Hemingway, una sesión de santería africana, un recorrido por el Cementerio de Colón y una noche de ballet en el García Lorca. Rosa se vio sin participación carnal, por lo cual ofreció a doña Luisa, su madre, para que lavara los trapos de la extranjera, por sólo cuatro dólares, ciento treinta pesos cubanos al cambio de la bolsa negra, dos veces más de lo que pagaban a la señora por el retiro de su difunto esposo, estibador del puerto.

El círculo de colaboradores se fue ensanchando hasta abarcar el edificio entero. Orlando, el de Comercio Exterior, cedió una extensión de su línea telefónica para garantizar las comunicaciones "así en la guerra como en la paz". La doctora Laura Méndez, pediatra vecina, se hizo cargo del chequeo médico de los visitantes, y cada tres días venía a tomarles la presión, el pulso sanguíneo y dos dólares por la consulta a domicilio. Marina Téllez, la del primer piso, se sumó como experta cocinera de arroz congris, yuca con mojo y frituritas de malanga, e hizo las delicias de la huésped. Pepe el Loco, hijo de la doctora Méndez y portero de un equipo de polo acuático, resultó el amante ideal de Marina W., quien aprendió durante su estancia en Cuba las trescientas maneras distintas de llamar a los dos huevos de los caballeros.

Walter W. regresó a La Habana en noviembre de 1994, en el mismo vuelo que Ruth Weichert. Invitado a un Congreso Internacional de Lingüística y Retórica Aplicada, el filólogo trajo desde Francfort dos maletas llenas de preservativos, chocolates para Ernesto Camilo, bujías para Pablo Arce y ropas interiores, talla extra, para Rosa la Cabaretera de su corazón. Juan David le explicó que el negocio estaba en evidente quiebra, y no por mal manejo de las relaciones públicas, sino porque Rosa se había mudado con su madre para la mansión de un empresario suizo, en pleno Miramar, y Pablo ya nunca tenía tiempo para atender a los hispanistas, ocupado como estaba en su propio negocio de Renta-Car. "Me cago en la madre de los tomates", exclamó Walter y se sirvió su primer trago de aguardiente. Ruth daba paseitos cortos de punta a punta de la sala. Ernesto Camilo, entretanto, devoraba los chocolates sin que, a juzgar por su ansiedad, le interesase otra cosa en la vida que no fuera destruir su estómago a bombonazos. "Me han traicionado, profesor. Me han hecho maniguiti. Cría cuervos y te sacarán los ojos."

La pediatra Laura Méndez trabajaba de recepcionista en la residencia de un diplomático que tenía unos mellizos recién nacidos. Pepe el Loco se había convertido de la noche a la mañana en un *gigoló* profesional, experto en consolar viudas de Noruega. Orlando había rentado su departamento por seis meses a dos estudiantes mexicanos y ahora vivía con su suegra en un solar de Centro Habana. A Marina le habían permitido abrir su propio paladar, y con la devaluación del dólar en el mercado negro los precios estaban por las nubes. "Le ronca el clarinete, la Marina nos salió una bicha", dijo Walter W. y se terminó la botella. Fue entonces que Ernesto Camilo decidió intervenir en la conversación y les demostró que así debía ser, que su padre se había equivocado al querer centralizar la planificación de la actividad económica en el edificio, con un diseño de mando vertical, autócrata y a veces paternalista, sin darse cuenta que lo correcto, lo justo, lo que realmente favorecía el auge de la comunidad era el libre juego de la oferta y la demanda.

—¿Y a usted quién le dio vela en este entierro? Los niños hablan cuando las gallinas mean —dijo Juan David, pero la demócrata Ruth Weichert lo paró en seco con este comentario:

—El derecho a la libre expresión es sagrado, caballo.

Ernesto Camilo pospuso la muerte del último bombón y dijo, mirando a los ojos de Juan David:

—Yo sé que la verdad duele, papá, mas no porque duela deja de ser verdad. Tú te partiste el lomo estudiando una ingeniería que no te gustaba. Y te costó caro: acabaste arreglando elevadores de uso cuando pudiste haberlos construido. Fuiste a alfabetizar a Nicaragua. Eres un tipo del carajo, viejo, pero estás aferrado a una idea que ya no funciona en este mundo. Estoy muy orgulloso de ti, pero no de acuerdo contigo.

Y le explicó la urgencia de que los propietarios y la fuerza de trabajo de la pequeña y mediana empresa intervinieran de manera creadora y mancomunada, con eficiencia, exigencia personal y resultados comprobables, en auténtica competencia de mercado, y lograr de esa forma que la rotación de la inversión primaria no se desgastara en un capital pasivo, de puro valor cambiario, sino activo, generador de riquezas, y, en consecuencia, propiciar el necesario crecimiento de las finanzas en proporción directa al incremento sostenido del producto social. "Ni son cuervos ni pretenden sacarte los ojos. Quieren vivir, papá. Vivir. Yo apoyo a Pablo, a Marina, y también a la doctora. Tú les abriste una puerta. No te la cierres a ti mismo, caballo: abre otra", dijo y se embutió el último chocolate. Walter W. se puso en pie y dijo en perfecto cubano: "De tranca el Almendares, compadre, alante con los tambores que el Afrocán viene atrás."

Los grandes amigos Ruth Weichert y Juan David Corrales pactaron un matrimonio por conveniencia a principios de 1995 y hoy esperan el permiso de emigración para que Ernesto Camilo pueda salir del país, y entonces irse los tres a Europa, al menos una temporada, hasta que se les encienda el bombillo y encuentren cómo demonios romper en los muros de La Habana un nuevo portón a la esperanza.

(Carta a un amigo de Gibara.
Desierto de los Leones, México y 1996)

Juan: No me sorprende recibir noticias tuyas desde Holguín; es más, me alegro muchísimo: no
sólo regresaste a la isla sino que, después de dar
tumbos por medio mundo, fuiste hasta el fondo
de tus nostalgias: el amable puerto de Gibara.
Te imagino entre las barcazas de los pescadores,
diciendo en voz alta un parlamento de Carlos
Felipe o de Sófocles, tus favoritos, mientras bus-
cas caracolillos en la costa para eslabonar cadenas
de artesanía. "Aquí he armado mi campamento,
con bandera a media asta. Prefiero el insilio al
exilio", confiesas: "Estoy dispuesto a cagar pelos
de foca con tal de vivir en Cuba: vendo collares
marinos, en moneda libremente convertible." La
última vez que nos encontramos en el Mamá Rumba brindé por tu próximo viaje a Venezuela, donde ibas a probar suerte como actor, luego de cuatro
años de fracasos en México. "Por Caracas, que
está cerca del mar", dijiste al levantar el vaso de
ron. Te habían ofrecido un papel en una telenovela: serías, si mal no recuerdo, el hermano
menor del amante rico de la tía mala de la protagonista buena, y estaba escrito en el quinto libre-
to del programa que morirías el primer final de
viernes de la serie, camino a Maracaibo en un
coche deportivo, despedazado entre un montón
de hierros torcidos. "Eso ha sido mi vida, Lichi:
una larga sucesión de accidentes de tránsito", dijiste y viraste los ojos en blanco. ¡Ah!, los trágicos
criollos decimos cada cosa. Desde Gibara, "con la
bahía por testigo", me pides dos favores que, por

supuesto, cumplo: que borre tu nombre de la incompleta y quizás arbitraria lista de conocidos que aparece en el último capítulo de mi libro y que, en consecuencia, no publique la carta que me enviaste desde Caracas, donde era evidente que estabas pasando por un mal momento. O tal vez sería mejor decir "un buen momento", porque esa crisis te llevó a tomar una decisión que entiendo, aplaudo y envidio: volver al nido. (...) Dicen por ahí que fue Arturo Cuenca quien acuñó (con su ingenio siempre contestatario) el término de "exilio de terciopelo o de baja intensidad" para aplicarlo al fenómeno insólito que comenzó a observarse desde finales de la década de los ochenta en el estrecho puente de posibilidades migratorias cubanas, y que, resumiéndolo mal y rápido, permitió a decenas de artistas y escritores del patio la salida temporal de la isla, con tres destinos principales: México, España y Venezuela. Un amigo de paso, comediante del Teatro Martí, me dijo un día en los Estudios Churubusco, donde filmaba una película: "¿Tú sabes qué son ustedes, los que viven en México y van de paseo a Cuba, sin problemas?" No me dio chance para descifrar el acertijo. "Gusañeros, porque no llegan ni a gusanos ni a compañeros." Asumo el gracioso epíteto. Nuestro exilio post-revolucionario había sido sentenciado desde el mismísimo 59 al desgarramiento familiar, pues el refugio de miles de connacionales en fuga fue, de preferencia, la península de La Florida, en particular la ciudad de Miami, por entonces un balneario de calles arboladas y hotelitos coquetos, tan cerca de la isla que muchos tenían la ilusión de poderla tocar con la mano. El sitio elegido resultaba propicio para una escala que se suponía breve (Fidel no dura tres meses, se decía), porque además el gobierno de Estados Unidos los recibió con ventajas excepcionales; sin embargo, la elección trajo apareado un inconveniente: la tierra prometida quedaba en franco territorio enemigo, y la guerra no tendría para cuando acabar. Ahí se trabó el paraguas. Como bien sabes, los acontecimientos se sucedieron con tal agrura que los cubanos quedaron incomunicados entre sí cuatro décadas: por razones supuestamente políticas, los dos millones de afuera fueron desterrados de su país, su pueblo y su casa; los diez de adentro, entrampados en la casa, el pueblo y el país. Durante un tercio de siglo (se escribe fácil) los de la isla sólo tuvimos derecho a pensar en un viaje al extranjero (de carácter personal) al cumplir, los hombres, sesenta y cinco años, y las mujeres cincuenta y cinco. ¡Aún me faltarían veinte! Las tres esperanzas para cruzar el charco eran integrar una delegación oficial, subirse a una balsa o ser pariente de un preso político. Tranquilo, Juan. No pretendo contarte la historia del tabaco, pero sí rebatir algunos argumentos que repites en tu carta, al citar tesis de politólogos optimistas, en mi opinión insuficientes. Por ejemplo: igualar la vorágine del exilio cubano al drama fronterizo de México, y equiparar las ansias de unos y de otros por vivir en Estados Unidos, me parece una valoración estrecha: los cientos de miles de mexicanos que cruzan cada año el Río Bravo para buscar al norte una oferta de vida más rentable no pierden sus casas, propiedades y condición ciudadana al jugarse el pellejo en el intento; te digo más, en los pasos aduanales, al sur de la frontera, hay módulos de recepción que dicen con los brazos abiertos: Bienvenido, paisano. El aporte de los emigrantes a la economía mexicana, a través de la ayuda monetaria, significa según datos recientes un torrente de diez mil millones de dólares al año, una cifra superior a la que, de manera absurda, propone la Casa Blanca para democratizar "La llave de América", sin los hermanos Castro. Los miles de cubanos que se lanzaron al patio de la Embajada de Perú y a las barcas de Mariel, los miles que subieron a las balsas en agosto de 1994, los decenas de miles que aspiran a salir premiados en las rifas que ahora organiza la Sección de Intereses de Estados Unidos en La Habana para cumplimentar las cuotas pactadas entre los dos gobiernos, sabían y saben que no hay regreso posible, salvo como turista ocasional, y que la decisión de establecerse en la orilla distante significa renunciar al pasado y al futuro en la isla que muchos amamos, casi con lujuria. Al mismo tiempo, los mexicanos y centroamericanos que entran de "espaldas mojadas" son perseguidos y cazados sin clemencia por expertos de la policía; los cubanos, por el contrario, al año y un día de estar en territorio norteamericano recibimos los papeles que legalizan nuestra estancia en el país. Igualar ambas tragedias sería algo así como confundir la magnesia con la gimnasia o comparar la paella con el arroz con mango. En tu carta haces una apología de la necesidad, casi obligatoriedad, de vivir en la isla, donde sin duda están sucediendo cosas interesantes que anuncian un cambio, una conquista ciudadana de espacios para el debate y la confrontación ideológica. Estoy de acuerdo contigo, siempre y cuando no generalices la experiencia y demueles, a mandarriazos, otros posibles bajareques de residencia, algunos defendidos por ti mismo en tu largo exilio de terciopelo. Alejo Carpentier, Nicolás Guillén y Wifredo Lam, por mencionar tres ejemplos de indiscutible cubanía y lealtad a la causa revolucionaria, vivieron largas temporadas lejos de los casquitos de guayaba, y también de los suyos, y al paso doble de la melancolía escribieron y pintaron una realidad entrañable. José Lezama Lima, el pintor Milián y Dulce María Loynaz se refugiaron en exilios interiores (hoy llamado insilio) y desde los parapetos de sus soledades nos construyeron los palacios de sus obras maestras. Eugenio Florit, Gastón Baquero o Lydia Cabrera, ¿han dejado de ser cubanos por el simple hecho de pertenecer al viejo exilio? ¿Y Severo Sarduy, Antonio Benítez Rojo, Manuel Moreno Fraginals, Carlos Victoria? Claro que entiendo tu punto de vista. A pocas personas he querido y admirado más que a Tomás Gutiérrez Alea, "un revolucionario incómodo", como lo definió Alfredo Guevara en las conmovedoras palabras con que despidió su entierro en el Cementerio de Colón, tantas veces filmado por Titón con su mirada irónica e inteligente. Titón es un ejemplo de consecuencia artística; vida y obra se hacen una y la misma fortuna. Las puertas de su departamento en La Puntilla siempre estuvieron abiertas para la discusión y el análisis de nuestros defectos y virtudes. En aquel recinto espacioso, donde alumbraban como lámparas retratos de familia y óleos de amigos, sentados en blancos butacones de mimbre, algunos ya mordidos por el comején, muchos jóvenes de mi generación tuvimos la suerte irrepetible de conocer a un hombre en el sentido cabal de la palabra. Mirta Ibarra, hermosa y franca, ofrecía el consuelo de un café endulzado con las mieles de una pasión por la amistad a prueba de desilusiones. Titón era un hombre con unos cojones del tamaño del Capitolio. Después de su muerte, que lloré en México dándole de patadas a los muebles de mi sala, converso con él noche tras noche. Claro que te entiendo, Juan, porque en este momento me acuerdo de Pedro Luis Ferrer, cantando con su voz potente y republicana las guarachas más templadas, audaces y críticas del cancionero nacional, mambisa actitud ante la vida que en varias ocasiones lo llevó a visitar las cárceles de La Habana, ciudad que adora lo mismo desde la celda que desde un portal de La Víbora. Pedro Luis es de los que regresa. Un valiente. Guardo en mi escritorio el tesoro de una grabación casera de un concierto suyo en la Sala Avellaneda —y en mi corazón su aguerrida estampa de trovador: un cono de luz recorta su figura en el centro del escenario, y del cabello, ensortijado y rebelde, le saltan chispas de oro. Cómo voy a cuestionarte, Juan, si esta noche daría lo que no tengo por tomarme un trago de aguardiente de caña con el gordo Raúl Rivero, en la barbacoa de su cueva en Centro Habana. Raúl, un poeta fundamental de la literatura cubana, se ha sublevado contra las furias que considera negativas para la patria, y desde el techo de las sábanas colgantes, entre conejeras, destrozos y antenas de televisor hechas con bandejas de aluminio, lanza al cielo palomas mensajeras con noticias, buenas y malas, de la jornada anterior, avisos del día siguiente, dudas de hoy, a ver quién caza sus verdades detrás de ese horizonte que él no quiere cruzar, ni a palos. En Cuba vive y escribe Senel Paz, el gran talento de mi generación, a quien aprendí a querer hace treinta años en las aulas de una universidad más compleja que un coliseo romano; si de algo me arrepiento, al recordar las lecciones de la vida que ambos aprendimos juntos, es de no haberlo defendido con las uñas cuando, en tiempos de *Fresa y chocolate*, los lobos lo acosaron en el bosque de la envidia o de la intolerancia, y con sus cuentos bajo el brazo fue a dar al remoto Camagüey, donde se las ingenió para novelar, sin gota de odio, la historia de un rey sin corona en el jardín de la infancia; su literatura es un banquete para calmar mi hambre por nuestra amistad. (...) Mucha suerte, Juan, en nuestra tierra. Te acabo de ver en la novela venezolana, que en México trasmiten a las dos de la tarde por un canal de baja audiencia. Te dirigías a Maracaibo en un coche deportivo, cuando de pronto algo pasó y te saliste de la carretera. No quise ver el final. Salté de la silla y apagué el control remoto del televisor, con la urgencia de quien dispara el gatillo de una pistola. ¡Híjole!, exclamé a lo mexicano. ¿Qué pasa, papá?, preguntó mi hija. Nada, le dije, que le quiero hablar a un amigo por teléfono. Y descubrí que no tenía tu número en Gibara. Tampoco la dirección de tu casa. Por eso, te respondo en mi libro, justo desde las páginas donde estuvo tu carta de Caracas. (...) Qué tal, actorazo, si remato esta misiva con un parlamento del viejo Sófocles, en su tragedia *Ayante*, esa pieza extraña en la que, dice el prologuista de la edición que tengo a tiro, "Ulises sorprende a todos cuando viene en son de paz y, recomendando moderación y benignidad, convence a Agamenón y da respiro al Coro, que admirado de tanta e inesperada cordura exclama: ¡vivir para ver!" Repítelo en Gibara: "Basta. Mucho tiempo hemos dejado pasar; los unos abrid con premura la honda fosa; otros disponed el elevado trípode cercado de fuego, y

preparadlo para las abluciones rituales; un grupo
vaya a la tienda y traígase las armas que el escudo
cubre." ¿Cuánto valen tus collares?

Lichi

VIII

Olas de sueño golpean a mi puerta.
No te conozco, araña. No te conozco.
FAYAD JAMIS

Sal mi querido amanecer
esta vieja molesta es la memoria
RAMÓN FERNÁNDEZ-LARREA

Pocas semanas antes de ahorcarse con un alambre de perchero en el baño de su casa, el notario Ángel Montoya me comentó que el béisbol era el pasatiempo nacional de los cubanos porque cada situación del deporte acababa teniendo una clara semejanza con algunas circunstancias de la vida, en especial con esas encrucijadas que nos tiende el destino y que a la larga terminan por colocarnos en tres y dos, es decir, al filo tajante del abismo. Y conste: cosa rara, estábamos hablando de política. "Vecino, la Revolución es una serie de Grandes Ligas entre los Yanquis y los Industriales, y el duelo decisivo se ha ido a extra-inning", me dijo mirándome a los ojos con aquella, tan suya, expresión de vaca triste: "Un simple error, una mala decisión, una maniobra maestra y te aseguro que cualquiera de los dos equipos puede quedar al campo, ante el estadio vacío". Ángel era un ángel sabio. ¿A quién no lo han sorprendido movido en una base? ¡Para qué contarte! ¿Te has ponchado con las almohadillas llenas?... ¡Confiésalo, no fastidies! ¿El lanzador no te ha escondido la bola con el fin de partirte la madre? ¿Estás seguro? Dime, ¿nunca has dado un toque de bola para sorprender a tu rival y salir así de un apuro? ¿Tu mejor amigo no te ha dado una base intencional para evitar que triunfes en buena lid? ¿Cuántas veces te han sacado injustamente del terreno en el mejor momento del partido para colocar en tu lugar a un corredor emergente, acaso menos capacitado que tú pero, a juicio del jefe, más rápido o tramposo a la hora de tomar decisiones? A ver, compay, ¿te han cogido robando una base, a mitad de camino entre tu mujer y tu amante? ¿No te han propinado un pelotazo, adrede, por los santos cojones de tu rival? Piensa, haz memoria, que no te dé pena, ¿jamás has bateado para doble *play*? ¿Un *foul* a las mallas? ¡Que tire la primera piedra aquel cuarto bate que no se haya quedado con la carabina al hombro, bajo una lluvia de chiflidos! Para demostrarme con su ejemplo las poéticas y beisboleras contradicciones de este mundo, el difunto Ángel Montoya me hizo una confesión: "Yo acabé siendo gusano, como bien sabes... Desde hace más de treinta años estoy en el banco, vestido con el uniforme reglamentario y mi número trece a la espalda, en el juego pero sin jugar, y no porque haya dejado de asistir a los entrenamientos. Soy un hombre que cae pesado, así de trágica es mi maricona suerte. Sé bien lo que te digo: el futuro es redondo y viene en caja cuadrada, como la pelota de polín". Pronto tuve la oportunidad de comprobar que el notario estaba en lo cierto al decir que, en la Revolución como en el béisbol, de poco valía hacer pronósticos, pues los azares de la dialéctica eran como jugadores invisibles que pueden alterar los resultados. Por esos días, sin duda, comenzaron a cambiar las ordenanzas del juego. Las reglas del "Partido". Recuerdo que una roquera de La Habana había puesto en boca de la juventud un tema que decía en alguna estrofa: Ese hombre está loco. Durante un tiempo se permitió el *hit*, sin problemas, hasta que una noche, precisamente en el estadio de béisbol del Cerro, el árbitro de *home* decretó *out* en discutida apreciación y cuarenta mil fanáticos se pusieron a tararear ese hombre está loco... Ese hombre está loco. El notario Ángel Montoya me contó el episodio. El juego había terminado, y tres horas después muchos seguían cantando por las calles y parques cercanos: Ese hombre está loco.

"El juego era el duro y sin guantes. Yo me fui corriendo para mi casa, Lichi, para que no me sorprendieran fuera de base." Hasta ahí llegó la guarachita electrónica. El aún poderoso Carlos Aldana recomendó por esa fecha prudencia, firmeza y cautela, porque estaba convencido de que otro *out* mal cantado en un estadio de béisbol podía desatar la tragedia nacional.

Ese *out* dramático estuvo a punto de ser decretado en uno de los campos de pelota del Círculo Social Obrero José Antonio Echevarría, antiguo Vedado Tenis Club, cuando el domingo 24 de septiembre de 1989 se enfrentaron cara a cara dos insólitos equipos de béisbol, Los Plásticos y Los Roqueros, ante una fanaticada de cinco mil espectadores que venían a apoyar el derecho a la libre expresión y a divertirse un rato, después del encuentro deportivo, con el anunciado concierto de música alternativa. "Asiste al Desafío", rezaba en los citatorios que propagandistas voluntarios pegaron en las paradas de los autobuses y a las entradas de los colegios capitalinos. Los jóvenes pintores, alumnos y maestros de las escuelas de arte, y los inclaudicables amantes del rock representaban por esos años de perestroika los movimientos más críticos de la realidad nacional. Aquellos muchachos desobedientes provocaban, entre otros males menores, fuertes dolores de cabeza a los dirigentes de la cultura, porque no pedían villas ni castillas para expresar públicamente sus ideas, conflictivas o apasionadas. En las aceras, pintaban con cal o carbones imágenes contestatarias (un Ernesto Che Guevara con unas maracas en las manos, por ejemplo); por puro placer, y sin pedir permiso a nadie, tocaban rock en cualquier lugar de la ciudad, para disgusto de algunos ideólogos ortodoxos que antes les habían prohibido un espacio en galerías o teatros de concierto. Un joven dirigente propuso organizar una tarde de "sano esparcimiento", para despejar dudas sobre la integridad revolucionaria de los artistas, y los líderes de ambos movimientos estuvieron de acuerdo en celebrar el Desafío (juego y concierto) en uno de los campos de pelota del Vedado Tenis Club, sin saber que ese mismo día, y a la misma hora, dos equipos del Ministerio del Interior habían previsto realizar prácticas de bateo en el diamante vecino.

Yo estuve en las gradas, apoyando a la porra de los discípulos de Amelia Peláez. Todavía recuerdo el batazo que el dibujante Alejandro López, miembro activo de Arte Calle, le pegó a la recta de algodón que le lanzó el tecladista Mario Dali, director musical de Monte y Espuma: la pelota voló en claro al trompeta José Francisco Carbonell, alias Papaíto, y fue a dar al fondo del territorio del jardín central. Hubiera sido triple, fácil. Lástima que Alejandro López se puso tan feliz con el trancazo que inició el corrido de bases por la almohadilla de tercera, en sentido contrario a las manecillas del reloj, y el crítico de arte Gerardo Mosquera, árbitro en *home*, se vio obligado a declarar de inmediato el *out* por regla. El Desafío fue suspendido a la altura del quinto episodio, con cerrada pizarra de veintisiete carreras a veinticuatro, en favor de la novena de los músicos, y ya nos disponíamos a escuchar el recital de rock cubano cuando de boca en boca se supo que, curiosamente, se había ido la electricidad en el estadio. Los más jóvenes comenzaron a corear, a capela, Ese hombre está loco. Ese hombre está loco. Los más viejos cantábamos: Muchas veces te dije que antes de hacerlo había que pensarlo muy bien. Los ánimos se caldeaban en la sopa de aquel tenso atardecer, justo cuando la bola del sol se hundía en el horizonte. Los peloteros del Ministerio del Interior se fueron agrupando en las fronteras de los jardines. La noche pintaba color de mierda. Una chispa y se desataba la furia. La multitud se dividió entre los que pedíamos cautela y los que exigían "fuego a la lata, mulata".

Es decir, rock o guerra. Si no se llegó a un conflicto de mayor envergadura fue porque los organizadores del Desafío pactaron una nueva "actividad" para el próximo fin de semana: un Maratón Masivo que debía recorrer a paso doble los mil doscientos metros que separan el Castillo de la Fuerza del Museo de Arte Moderno, en el corazón de la ciudad. "Nos vemos, amiguitos, en la próxima caricatura", dijo a voz en cuello el pintor Arturo Cuenca, estratega del estado mayor de Los Plásticos. Nos fuimos del Círculo Social. El Maratón nunca se celebró, por supuesto. La excusa que se dio a conocer de manera oficial vale lo que pesa en oro una rinoceronte nigeriana con quintillizos en la panza: ese fin de semana, los miembros y suplentes del equipo nacional de Karate habían convocado a un Plan de la Calle para enseñar a los niños del municipio Centro Habana los primeros auxilios de la defensa personal, y se temía que esta coincidencia pudiera afectar la paz de la carrera. Una recta de humo en la esquinita de afuera: no la vimos pasar. ¡Árbitro: manigüero! Nos quedamos con el bate al hombro. El juego se suspendió por lluvia. Ángel tenía razón: ¡adiós, Lolita de mi vida!

La primera vez que me contaron este chiste, en 1984, Verónica y Valentina eran dos perritas rusas que paseaban por los Campos Elíseos cuando tres dálmatas parisinas las invitaron a compartir un hueso bajo los toldos de un café al aire libre. Así empezaba el capítulo soviético de la fábula. Luego, en versiones sucesivas de los hechos las protagonistas fueron cambiando de nacionalidad y eran perritas chinas en un supermercado de Manila, búlgaras en un restaurante de Londres, rumanas en un teatro de Roma, checoeslovacas en una cantina de Cajamarca, mongolas en un gimnasio de Tokio, albanesas en un hotel de El Cairo, alemanas orientales en una salchichonería de Berlín Occidental, húngaras en un parque de Viena, coreanas del norte en una estética de Seul, polacas a la entrada de un circo en Atenas, yugoeslavas en una sastrería de Estocolmo y vietnamitas en una discoteca de Nueva York, hasta que, por esos vértigos del mundo moderno, la última vez que me contaron el chiste, diez años después, las perritas se llamaban Lassie y Laika, venían de La Habana y acababan de pedir asilo político en España, cuando se les acercaron dos galgos madrileños muy caballerosos, quienes les propusieron ir a caminar un rato por la ciudad de Ramón Gómez de la Serna y conocer, de paso, las galerías del Museo Del Prado. Al saber que Lassie y Laika estaban recién salidas de la isla, los galgos quisieron confirmar si eran verdad los rumores que circulaban sobre las carencias de la vida en el proceso revolucionario cubano. El interrogatorio fue al fondo de los problemas: ¿es cierto que en Cuba no hay veterinarios? ¿Es cierto que los huesos para canes son de fibra de soya? ¿Es cierto que no venden ropas para animales? Las perritas habaneras desmintieron tales exageraciones de la realidad, sin caer en debates ideológicos. La situación en la mayor de Las Antillas era compleja, reconoció Lassie, pero en tres décadas de lucha contra el subdesarrollo, a ellas nunca les había faltado veterinario ni vacunas antirrábicas ni huesos con médula a la hora de la cena, "al menos, alas de pollo", afirmó Laika, al tiempo que movía la colita en rápido abanico: "No hay champú antisarna, pero si te bañan a menudo la higiene reduce al mínimo los riesgos de infección". Ellas habían decidido quedarse en España por los mismos motivos que tuvieron las rusas Verónica y Valentina para residir en París a principios de los ochenta: "Para ladrar", ladraron Lassie y Laika y echaron a correr escaleras arriba, jugueteando entre las piernas de los turistas que esa mañana hacían fila para visitar el Museo del Prado.

Una noche de 1989 me vi obligado por circunstancias familiares a repasar lecciones de geografía a mi sobrino Ismael, dos días antes de un examen semestral de sexto grado. Recuerdo uno de los temas de la guía de estudios: ¿Qué es Cuba? La respuesta se caía de la mata: Cuba era, es y será un archipiélago integrado por una isla mayor llamada Cuba, una isla menor que antes era De Pinos y ahora es De La Juventud, y no me acuerdo cuántos cayos e islotes adyacentes, etcétera, etcétera, hasta llenar unas siete u ocho líneas de etcéteras ecuatoriales. A mi distraído sobrino le resultaba una tarea de gigante memorizar la información, así que le propuse un juego de niños: pintar el mapa en una hoja de libreta, de manera que pudiera ir asimilando la respuesta a través del dibujo. La isla mayor. La isla menor. Las etcéteras. Mi sobrino me explicó que, por supuesto, sabía lo que era Cuba, pero debía recitar de carretilla las siete u ocho líneas establecidas en el guión del examen, si quería aprobar la materia. Lo importante, a juzgar por la angustia de mi sobrino, no era el conocimiento geográfico de Cuba sino recordar la fórmula establecida para responder con exactitud a la pregunta de qué carajos es Cuba en una prueba semestral de sexto grado. Las oraciones, punto por punto y coma por coma, resultaban más importantes que las ínsulas. El principio pedagógico tenía su modelo en los programas de estudio de los países socialistas. Este mecanismo de razonamiento, más que de aprendizaje, pone el dedo sobre la llaga de un problema que, pienso, fortaleció en muchos de nosotros una increíble capacidad de simulación. Aparentar se convirtió en un verbo útil. De alguna manera podíamos salir a flote si éramos capaces de dar la respuesta esperada ante cada situación embarazosa. Si había que levantar la mano en una asamblea del colectivo, la levantábamos a la par de los demás. Luego se veía cómo escapar al compromiso, aun cumpliéndolo, en el peor de los casos. Si había que decir que sí en público decíamos en público que sí, claro que sí, aunque en privado pensáramos que no, no digo yo. Mi sobrino Ismael aprobó el examen de geografía. El que hace la ley, hace la trampa: antes de entrar en el aula de sexto grado, escribió la definición de Cuba en el tobillo.

Lo sucedido en Europa Oriental se pudiera analizar desde el tangencial punto de vista de la simulación. La lección no la aprendimos a tiempo porque las respuestas nunca se formularon en ningún manual de filosofía marxista, ni siquiera en el del socorrido Nikitín, y no estábamos capacitados para vencer el examen de la historia con notas aprovechables. Por ejemplo, ¿cómo responder a la interrogante de por qué más de cuatro millones de militantes comunistas alemanes no movieron un dedo en defensa de sus banderas cuando la marea de la democracia los barrió de un escobazo, justo al conmemorar el cuarenta aniversario de la RDA con todos los pitos y las matracas del planeta? Porque cuatro millones de personas simulaban ser comunistas, diría yo. En la construcción de la sociedad comunista, el socialismo cometió un error garrafal: demoró apenas doce años en entrar en su propio medioevo. En 1917 se toma el cielo por asalto y en 1929 ya se vivía en un infierno. Entre una fecha y otra los inquisidores desarrollaron habilidades con mucho más vigor que los soñadores. En algún libro leí que, en el siglo XII, los niños que se acercaban a la iglesia católica debían aprender cien mandamientos, noventa más de los que había grabado Moisés en su Tabla. Las autoridades eclesiásticas necesitaron mil doscientos años para inventar nueve decenas de prohibiciones y así asegurarse en el poder. El socialismo consiguió el mismo absurdo cien veces más rápido, con el agravante de que nunca definió una tabla de mandamientos precisos. En Cuba, vender mangos a la orilla de una carretera fue considerado una falta grave, por tres décadas: una clara muestra de la explotación del hombre por el hombre. Mantener correspondencia con un pariente en el extranjero significaba un pecado imperdonable, durante mucho tiempo, hasta que un buen día se levantó la sanción, siempre y cuando ese familiar aportara divisas a la economía nacional. También era mal visto, y perseguido, ejercer como carpintero o plomero por cuenta propia, hasta que por fin se permitió la libre contratación de algunos oficios. Los pecados más graves eran y son, sin duda, los ideológicos. A cambio de la unidad nacional, nos pidieron lo más caro del hombre: el silencio. Para decirlo con versos de Heberto Padilla, nos dijeron que "toda donación sería inútil/ sin entregar la lengua,/ porque en tiempos difíciles/ nada es tan útil para atajar el odio o la mentira". En octubre de 1994 un economista cubano de reconocida fama dijo en un coloquio en Alemania que "*nosotros* cometimos en estos treinta y cinco años muchos y costosos errores, cegados por las luces artificiales de un socialismo europeo en decadencia; por esas equivocaciones, *nosotros* llevamos al país a tocar fondo, en una bancarrota productiva de la cual únicamente podremos salir a flote con una estrategia de supervivencia muy austera. Lo malo pasó. Nada peor puede sucedernos". Un compatriota, presente en el salón plenario, pidió la palabra y preguntó con puntual precisión: "¿Y qué castigo merecieron *ustedes*, que tantos y tan costosos errores reconocen haber cometido? ¿Qué sanción les fue impuesta a *ustedes* por semejantes equivocaciones, quién de *ustedes* pagó los platos rotos en estos treinta y cinco años, en cuál cárcel están presos *ustedes*, los principales responsables de la bancarrota? Acaso, ¿nada mejor puede sucedernos a *nosotros*?".

—Usted me ha faltado el respeto, compañero —dijo el funcionario— No puedo permitirlo. Su comentario hace el juego al enemigo.

Los estudiosos empezaron a mencionar con insistencia "la década perdida", aunque una vez más no dijeron quién la había dejado escapar de las manos. Se jugaron los últimos naipes de la baraja. La Asamblea Nacional aprobó el derecho de estado de sitio. Las fuerzas armadas se hicieron cargo de la agricultura, pues las movilizaciones masivas ya no tenían el efecto político ni económico de los primeros años. Se puso en venta la mitad del país. Españoles, canadienses, mexicanos y hasta príncipes árabes se partieron el pastel con las corporaciones nacionales que florecían como marabú desde el cabo San Antonio hasta la punta de Maisí. En diciembre de 1995 se autorizaron nuevamente las celebraciones navideñas, al menos en centros turísticos y oficinas que tuviesen relación de trabajo con empresarios capitalistas. Para mortificación de muchos, el cubano común aún recordaba las letras de los villancicos y guardaba, de puro milagro, unas cuantas bolas para decorar arbolitos de Navidad. Unos Santa Claus delgaduchos se colocaron como porteros a las entradas de los restaurantes en dólares. El 24 de diciembre, las fondas particulares ofertaron de cenar lechón asado, arroz blanco, frijoles negros, plátanos a puñetazos, ensalada de lechuga y turrones de maní. Se prohibieron, sin embargo, alusiones a la fecha en escuelas y en hospitales. La salud y la educación, al parecer, seguían siendo los bastiones de la ideología socialista. Digo, es un decir.

La prensa internacional destacó en titulares de primera plana unos consejos que Fidel dio, no sin ironía, a los posibles inversionistas norteamericanos: apúrense a levantar el bloqueo porque si no, cuando vengan no van a encontrar un solo metro de costa sin dueño. Se flexibilizaron los trámites de emigración para que artistas, escritores e intelectuales supuestamente contestatarios, o al menos mortificantes, pudieran irse lejos una temporada. La táctica más segura fue sacrificar un pedazo de territorio y un poquito de dignidad en la edificación veloz y desordenada de una Cuba con cola y coca capitalistas injertada en el cuerpo insular de aquella otra Cuba de aguas con azúcar y panes de boniato. El movimiento sindical integró contingentes de obreros que a cambio de buena comida y salarios desmedidos debían trabajar dieciséis horas por jornada y conformar la punta de lanza de las tristemente célebres brigadas de acción rápida. Estas agrupaciones entrarían en operaciones más pronto de lo esperado, y participaron activamente en los sucesos que precedieron el capítulo de los balseros, cuando se enfrentaron a una multitud de capitalinos inconformes que por primera vez en la historia de la Revolución decidieron manifestar su oposición al hambre por las calles de La Habana. Se legalizó la libre circulación del dólar, lo cual alborotó el avispero: de la mano de la necesidad, surgieron nuevos chulos y nuevas rameras, por cierto más sanas que las monjas. El proyecto más ambicioso del socialismo estaba a un paso de fracasar porque sólo entonces se evidenció el principal error de aquel anhelo: la tarea de construir un hombre nuevo, superior, había sido encargada a hombres mediocres. Al paquete de medidas se bautizó con el nombre de Periodo Especial en Tiempos de Paz, antesala de un epílogo que se llamaría, a rajatablas, la Opción Cero. Los cubilotes de Antillana de Acero comenzaron a fundir las cacerolas que deberían salcochar la comida de la población, en merenderos de ollas populares, distribuidos por barrios o circunscripciones del Poder Popular. Los pueblos del interior sustituyeron sus coches fúnebres por carretones de tiro, pintados de negro con ribetes de oro viejo: los flacos caballos llevaban en la frente un pompón rojiblanco. En cada municipio se destinaron terrenos baldíos para, llegado el momento, levantar hornos de carbón, sustituto de combustibles tradicionales. Un periódico publicó a media página un reportaje sencillamente maravilloso. Un joven profesor de arquitectura de la Universidad de Las Villas, iluminado por un rayo de inspiración, acababa de inventar la fórmula para "subir las escaleras sin cansarse". No es broma: era un éxito. Los elevadores consumían una carga de electricidad insoportable para las reservas energéticas del país. El joven profesor le metió el hombro al asunto. Si se atacaban los escalones con un ángulo de sesenta grados y una fuerza idónea (calculada por el peso del caminante, multiplicado por su edad y dividido entre los datos de presión arterial, si mal no recuerdo), este Newton aseguraba el ligero ascenso de diecisiete pisos, y concedía al marchante la posibilidad de sujetarse o no del pasamanos. En ese mismo periódico se dijo, bajo el titular de "Hablar por lo claro I", que estudios recientes habían demostrado que la tracción animal (el buey) era mucho más productiva que la tracción mecánica (el tractor), porque las bestias iban ablandando el terreno con sus cascos, paso a paso, al tiempo que abonaban el campo con sus plastas de mierda. Sin embargo, en "Hablar por lo claro II", publicado semanas después, se reconocía que la tracción animal tenía un inconveniente: las quinientas mil yuntas de bueyes necesarias para arar los sembradíos del país requerían para su alimentación un amazonas de hierba, por lo cual, visto el caso y comprobado el hecho, se sugería la tracción humana como una posibilidad real. Ilustraba el texto una foto de tres columnas donde seis (¿o eran ocho?) muchachones sonrientes tiraban de un arado de palo de guayaba. Al pie, un texto de antología: "Jóvenes matanceros preparan campo de papas felices". La idea no progresó, afortunadamente.

Un amigo muy querido por poco se nos muere de tristeza en esos días. Vivía con sus padres, un hermano menor, su esposa y su hija en un bonito departamento del Vedado, piso ocho, con terraza al malecón habanero. Un mirador santificado por el amor y bendecido por los rones y los dones del cariño. Su situación era desesperante. Actor de reconocida valía, director de cine, teatrólogo con título universitario, acababa de ser declarado "interrupto", término con el cual las administraciones de cada centro laboral calificaban a los trabajadores que se habían quedado sin nada qué hacer y eran enviados a sus casas con un sesenta por ciento de salario, en espera de reubicación (agricultor, sepulturero o albañil). Mi amigo consumía mañanas, tardes y noches emboscado en la terraza del departamento, con la vista fija en el horizonte, viendo pasar los barcos. Uno a uno. En una libreta apuntaba datos con precisión de farero. La hora de aparición del buque. La bandera del asta. De ser legible, el nombre del mercante. Antecedentes. Las coordenadas (según registros geográficos muy personales: al este del Hotel Nacional, al oeste del restaurante 1830, a la altura de la Oficina de Intereses de Estados Unidos en La Habana). El rumbo posible. El real. La basificación. Si era petrolero o no. Si traía mercancía visible. La presencia de los remolcadores cubanos. Las maniobras navieras. Los silbatos de arribo o de salida. El tiempo de estancia en puerto. El vuelo de las gaviotas. Qué sé yo. Lo cierto es que su mujer comenzó a inquietarse. No era para menos. Lo que había surgido como simple pasatiempo se iba convirtiendo en una ofuscación. Mi amigo llegó a levantarse de madrugada para comprobar el comportamiento del tráfico marítimo y actualizar sus croquis. La esposa decidió conversar con los socios. Debíamos ayudarlo a salir de una crisis depresiva que amenazaba con hundirlo en el pozo de la melancolía. "Acaba de vender sus mejores pantalones para comprar un catalejo. A este paso, se me va a convertir en un náufrago." Ya lo era. Lo éramos. Con o sin catalejos. Al principio nos pareció una exageración. A unos les da por adquirir sellos; a otros, por llevar las estadísticas del béisbol. Para gustos se han hecho los colores. Hasta que un día recibí una inesperada visita de mi amigo. Estaba preocupadísimo. Según sus cálculos, el país tenía reservas de petróleo para garantizar el consumo de unas dos semanas, porque el último carguero del Mar Negro había entrado en puerto treinta días atrás. "Desde el Almirante Petrov, no llega nada a la capital, hermano. Estamos solos. La frecuencia disminuye de hoy para mañana. Guarda gasolina. Vienen tiempo difíciles. No es juego", me advirtió. Me leyó sus observaciones. Un barco con matrícula griega había traído madera sobre cubierta, pero se regresó vacío a Europa, según evidenciaba la alta línea de flotación. Dijo contar con cuadros comparativos, notas de prensa, estudios precisos, cuatro cuadernos de cifras contables. Para demostrarme la exactitud de su pesquisa me invitó a caminar un rato por la Avenida del Puerto. Acepté. Fue una experiencia inquietante. En efecto, algo pasaba en la bahía, aunque yo no fuese capaz de precisar las razones de mi extrañeza. Mi amigo dejó que mi olfato buscara la explicación. ¿Se cayó un edificio? Frío. ¿Ampliaron la calzada? Frío. ¿Cortaron los árboles del parque? Frío. No pude: me rendí. Desde la orilla del malecón, nunca habíamos visto el abanico del puerto en su esplendor (Casa Blanca, Regla, los diques de reparación, la termoeléctrica de Tallapiedras, la zona industrial, el Castillo de Atarés). Me develó el misterio: la mirada se abría sin obstáculos hasta abarcar por completo la bahía porque esa tarde no había ni un barco fondeado en los muelles. Volví a casa y compré gasolina de contrabando.

Dime, tú dime, ¿quién ganó en esta guerra?, me dice una amiga, y no sé qué responderle. Sería más fácil si la pregunta fuera al revés, quién diablos la perdió. ¿Quién? ¿Quién perdió? Todos y cada uno, en distintos niveles. Como en esta carrera no existía una meta, una cinta que romper a golpe de pecho, el maratón se convirtió en una espiral sin fin, en una pesadilla de la cual resultó muy difícil despertar. O en un sueño. Y el tiempo iba pasando. A veces un contendiente se saltaba a la punta, con el extra propio de los campeones de fondo, a ratos su rival era quien se adelantaba, a paso doble, resoplando. Y el tiempo iba pasando y algunos comenzaron a cansarse. Parecería que ya estaban a una nariz de triunfar, la liebre o la tortuga, porque se oían aplausos desde las gradas, y algunas voces anticipaban la victoria con aullidos histéricos, mientras cada gladiador respondía a las aclamaciones de la fanaticada con una sonrisa ecuánime, casi encantadora. Pero el espejismo se desvanecía de repente, se esfumaba ante la carencia, o más bien la imposibilidad, de un final. Un simple estambre. Y el tiempo iba pasando y algunos comenzaron a cansarse porque la carrera no tenía fin. Corríamos en un callejón sin salida, y no porque la senda acabase en una tapia de cuatro metros, sino porque el laberinto de la política no termina nunca en un estambre. Ni la Comandancia de La Plata pudo demoler desde el Pico Turquino la Casa Blanca, ni la Estatua de la Libertad pudo imponerse desde Nueva York a la raspadura de la Plaza de la Revolución. Y el tiempo iba pasando. Y el tiempo iba. Y el tiempo. Y el. Y. Y al cubano no le gusta perder. Siempre encuentra una justificación para la derrota. Una excusa ante el error, porque cualquier equívoco puede interpretarse como sinónimo de fracaso. Hay que desacreditar moralmente al contrario. Negarle mérito hasta que pierda credibilidad. El árbitro estaba vendi-

do. Si no. El rival pegó por la espalda, a traición. Si no.
Si no hubiera pasado el ciclón tendríamos plátanos. Los
jueces estaban vendidos. Si no. Si no hubiera sequía
tendríamos plátanos. El enemigo dio un golpe bajo. No,
sí. Si no hubiera bloqueo tendríamos plátanos. El lanzador estaba vendido. Si no seríamos la primera agricultura exportadora de plátanos. Todos los críticos del
socialismo pegan por la espalda. No, sí. Todos los opositores dieron golpes bajos. Por supuesto. Todos los
que dicen no estar de acuerdo con alguna medida de la
Revolución están vendidos al imperialismo yanqui, o
serán comprados por él pasado mañana, al bajo costo
de un soplón anexionista. Como no sabemos perder
tampoco sabemos ganar. Lo importante, lo esencial, no
es el hecho en sí mismo, el suceso sino el sujeto; lograr,
por cualquier medio, que sea uno, y no el otro, el que
cuente primero el relato, el que lo reescriba, porque al
rehacer la historia podemos corregir en el discurso lo
que no fuimos capaces de conseguir en la acción. El
que da primero da dos veces. Desde lejos, y sin
testigos, señalamos al árbitro del juego de béisbol con
el dedo acusador: vendido. Lo compraron. Con el
hacha de la palabra le arrancamos la cabeza al vecino
que nos quiso decir una verdad que tal vez cuestionaba la nuestra: vendido. Se pasó al otro bando. Al otro
barrio. En la foto del equipo de pelota, cortamos cuidadosa-
mente el rostro del jardinero derecho que cometió el
error más costoso del encuentro: vendido. Era agente de
la CIA. Qué caro nos ha costado la orden de convertir cada
revés en una victoria. Sobre ruinas nos mandan a levantar
monumentos. Cada pequeña victoria representa, por lo
mínimo, un triunfo de la Humanidad. Playa Girón no fue
una rápida victoria militar, decisiva para el destino de la
joven Revolución que acababa de anunciar su vocación
socialista en el entierro de sus muertos, sino la Primera
Gran Derrota del Imperialismo en América. Cada cuatro

años, el Congreso del Partido no sólo es el principal evento de la organización que agrupa a los comunistas cubanos sino el Acontecimiento Más Importante de la Historia, desde la hoguera de Hatuey hasta el centenario de la muerte de Martí en Dos Ríos. El delirio de grandeza es la más pequeña de las glorias.

Un ejemplo. Cuando un sencillo y risueño negro guantanamero, mulato más bien, padre de familia, secreto devoto de la Virgen de la Caridad y teniente coronel de la fuerza aérea revolucionaria, tiene los conocimientos suficientes como para graduarse de piloto-cosmonauta en una academia de la Unión Soviética, e integrar una tripulación internacional al cosmos, lo cual representaba sin duda la oportunidad de llegar muy alto, los propagandistas oficiales le otorgan de inmediato un título de arrogante pretensión terrícola, y sutil matiz colonizador: Arnaldo Tamayo Méndez, El Primer Cosmonauta Cubano-Latino-Africano, con lo cual lo dejaron sin paraguas para resistir una lluvia de chistes racistas, tan crueles que terminaron por ablandar injustamente un prestigio ganado sin gravedad en las alturas.

Si por ejemplo una vaca loca, perdida en un potrero de garrapatas de la Isla de Pinos, se deja ordeñar ciento siete litros de leche al día, decimos que es un éxito de la ganadería y de la genética socialistas. Tan seguros estaban en el Consejo de Ministros de que no se trataba de un capricho de la naturaleza, que solicitaron a la Oficina del Historiador de la Ciudad de La Habana abrir cuanto antes una cafetería en los alrededores de la Plaza de Armas, a un costado del Palacio de los Capitanes Generales, para servir bajo los toldos de la terraza las cuatrocientas veintiocho o cuatrocientas veintinueve tazas de café con leche que producían a diario las pechugas de la pobre desquiciada. Ubre Blanca, tal era el nombre de la vaca, no resistió el peso de la fama y murió a los pocos meses de que comenzaran a exprimirle las tetas hasta mamarle las últimas gotas de leche, asediada por intratables trastornos hormonales. La prensa había dado a conocer con anterioridad el monárquico nombre de su madre: Reina Margarita. Del toro padre se cree que respondía al apodo de Cuco, porque así estaba escrito con lápiz en los frascos de inseminación artificial, aunque nunca estuvo claro si el tal Cuco fue la bestia donante de la esperma o el técnico inseminador, de guardia aquella tarde cualquiera, de amores sin amor, en que comenzó a nacer esta historia en la punta de una enorme jeringa de cristal. Una escultora de reconocido prestigio alcanzó a realizarle a Ubre Blanca la estatua de bronce macizo, a tamaño natural, que hoy puede apreciarse en los jardines de Expo-Cuba, el gran centro de exposiciones donde se muestra a los visitantes los éxitos económicos, científicos y sociales del país. Tal vez lo más sano hubiera sido entregarla a una feria de rarezas para que pasara el resto de su existencia junto a la gallina con escamas de mojarra que pone huevos de plastilina o cerca del corral donde hace de las suyas el simpático cochinito de dos cabezas, una de perro y otra de rata.

(Carta de un amigo desde Cuba,
La Víbora, 11 de mayo de 1996. Fragmentos.)

Leí tu amargo *Informe* con la curiosidad de siempre (redoblada por la nostalgia de no verte ya casi nunca en el portal de mi casa), pero debo confesarte que página a página me fue invadiendo una mortificante sensación de malestar que acabó siendo sencillamente insoportable. Me dio pena: por ti y por mí, te lo juro. Por nosotros. Por Rolando, por tus hermanos, por DL, por Charín, tus primos, María del Carmen, tu padre, mi adorado poeta, que en paz descanse. Una pena incómoda porque, de pronto, me pareció inmerecida esa pena. ¿Pena ajena? De contra que uno pasa tanto trabajo en este país, ¿además hay que cargar con tanto recuerdo (espejo) roto? ¿Por qué lo has escrito así, crudo y descojonante? Te van a pasar la cuenta en Cuba y en Miami. No sirve ni a la Revolución ni a la Gusanera. Nadie te citará. Si te va bien, se harán los bobos. Se lavarán las manos, después de limpiarse el culo con ellas. No olvides que en este mundo de mierda hay más Poncios Pilatos que apóstoles Pedro. Para mí está claro. Lo que pasa es que en ciudad de México te falta un poco de mar, de seguro. O una negra retinta. O un Domingo Rojo. O tu Arroyo Naranjo. O un Círculo de Estudios, como antes. Eso te propongo: un Círculo de Estudios con secretario de acta. Pido la palabra. Creo que los años que has pasado fuera de la isla te han provocado una visión distorsionada de los hechos, a pesar de que en muchos de ellos reconozco parte de nuestras complicadas vidas. Digo distorsionada, no malintencionada. ¿Será cierto lo que le escribió Sanguily al mayor Agramonte: la ausencia es la prueba definitiva del amor?... En tu caso no estoy tan seguro. Al prestarme el manuscrito, me dijiste que no querías contar la historia de estos años sin descanso sino refrescar la memoria emotiva de una generación protagónica, la nuestra, que por tener menos de diez años en enero de 1959 le tocó en suerte el privilegio de vivir el arco del proceso revolucionario, desde la ilusión hasta el desencanto. Fuiste fiel a tu propuesta. El informe contra ti mismo es tu verdad, no necesariamente igual al informe de la mía. Somos amigos, hermanos, desde hace un chorro de años. En mi recuerdo, que también vale, estás presente en incontables episodios ruines o heroicos, importantes y banales. No soy tu enemigo. Tú tampoco lo eres para mí. Quiero que quede claro. ¡Cómo vamos a ser enemigos con tantos tragos bebidos, con tantas lágrimas lloradas el uno sobre el hombro del otro! Podemos, debemos, pensar distinto. ¿Podemos? ¿Debemos? Sí. Al menos intentarlo. Yo no tengo pelos en la lengua, cuando quiero, o cuando me duelen las cosas. Estoy en uso de la palabra, compañeros. No soy escritor, pero tampoco policía; de milagro me hice doctor en medicina. Cirujano, vaya. Y del montón. Yo quería matricular filosofía y letras pero no tuve el promedio establecido (me faltaron treinta décimas), ni la trayectoria política (nunca fui de la UJC ni del PCC). Alcancé para matasanos, aun cuando la sangre me da, todavía, escalofrío. Digo, escribo, lo que pienso. Tú me conoces. El Círculo de Estudios está caliente, bróder. Fíjate. Una crítica constructiva. Me llama la atención el hecho de que en tus libros anteriores jamás habías abordado el problema político. Gozabas de saludable fama de cobardón. Así te quería: medio pendejo, como dices que se dice en el Distrito Federal. ¿Por qué ahora sí, ahora que en tu isla, nuestra isla, se viven días difíciles, te lanzas al ruedo con las memorias jodidas de nosotros? ¿Por qué? ¿Ahora que la patria, tu patria, mi patria, nuestra patria está realmente amenazada por la estupidez de unos, como tú señalas, y la prepotencia de otros, como también apuntas por ahí? Dirás que es como en la crónica del cochinito y el lobo anunciado, que de tanto decir que venía el lobo, cuando llegó ya nadie le hizo caso al chancho. Respóndeme: ¿habrías escrito el libro en la isla, en tu casa, en tu Underwood? Lo peor es que en tu descarga, lejos de lo que pudiera pensarse a simple vista, te cubres la espalda con la pared de argumentos tal vez inteligentes pero tramposos. Manipuladores. (Recuerdo que fuiste notable ajedrecista y que te encantaban los fianchetos). Es cierto que no es el momento oportuno para decir esas verdades, y también es cierto que escribirlo en México y publicarlo fuera no es el canal establecido por la sencilla razón de que sí, compañero, sí le puedes estar haciendo el juego a un enemigo que, sin dudas, fue, es y será el mismo para América Latina, desde tiempos de ñañaseré: el gobierno de Estados Unidos de Norteamérica. Chúpate ésa. Negar tal peligro resulta un insulto. Tienes la boca dura. Muy dura. Pero la Revolución es mucho más que sus errores, y tu versión es un inventario de desaciertos, uno tras otro, sin mucho espacio para los logros. Me dirás que de los éxitos del socialismo se ha hablado en la isla durante tres décadas, una tras otra y noticiero tras noticiero. Puede ser. Estoy en uso

de la palabra, compañeros, digo en voz alta.
Puede ser. Tomamos nota, me responden desde
la sombra.

(Continuará)

IX

Teresa del Monte tenía además de su precioso nombre una fanática predilección por el arte griego, lo cual tal vez se explique por el hecho de haber nacido en Matanzas, ciudad bautizada con el mote de La Atenas de Cuba. Ya les dije: en La Habana casi nadie nació en La Habana. Teresa era un ciervo. O la escultura de un ciervo. Alta, elegante, torneada, de zancas largas y ojos azules, la matancera del Monte trotaba al caminar, para que sus nalgas de cedro pudieran contrapuntear con los tumbos de unos senos pequeños pero libres, como dos banderines. Olía a campo. La conocí en la cola del restaurante-bar El Gato Tuerto, cuando la fila se hacía en el parque del Maine, frente por frente al malecón. Esa noche llevaba una camiseta ligera, con una reina de oro de la baraja española estampada al frente.

Los últimos años de los sesenta y los primeros de los setenta no pueden entenderse a carta cabal si no se tienen en cuenta las cartas blancas que nos bebíamos en el refugio de noctámbulos arrabaleros que fue El Gato Tuerto. Escribo su nombre y me invaden los sabores y olores del antro rey, en especial el de un licor incoloro llamado Triple C, que se tomaba con rocas de hielo en vasos de ron y que nos dejaba en los labios un barniz dulce a morir, como de tamarindo, bueno para besar en tiempos en que no había pasta de dientes para perfumar el aliento indigesto de la sardina enlatada. Todos los muchachos y muchachas de mi generación nos quisimos a gusto en los pullmanes de El Gato Tuerto, orillados por la periferia del nebuloso bar. En las paredes, pintadas de negro, colgaban cuadros de Loló de Soldevilla, Antonia Eiriz, Raúl Martínez y el difunto Masiquez, entre otros abstractos de moda, y bajo los cristales de las mesas, en nichos de madera, se escondían platos de cerámica con gallos de Mariano Rodríguez, vitrales de Amelia Peláez y Floras de René Portocarrero. Allí tuve el privilegio de oír cantar a Miriam Acevedo la falsa nana de cuna *La pájara pinta*, con versos de Heberto Padilla y arpegios de guitarra de mi primo Sergio Vitier; y escuché al Pablo Milanés de *Mis 22 años*, al filósofo César Portillo de la Luz, a la encantadora Miriam Ramos, al ronco José Antonio Méndez y a las geniales Elena Burke y Omara Portuondo diciendo a dúo *Dos gardenias para ti,* en turbulentas parrandas de alcoholes contaminados por la felicidad y también por una nostalgia rica que aprendimos a disfrutar en plena juventud, gracias a Dios, a Teresa del Monte y a la loca de Charín, mi esposa de entonces. Para conseguir sitio en un lugar como El Gato Tuerto había que persistir veinticuatro horas en una larga cola. Los compañeros que estaban a la vanguardia de la fila pasaban lista de aspirantes cuatro o cinco veces por jornada, de manera que para garantizar la hipotética mesa había que estar en guardia permanente la noche entera. "Presencia física" era el requisito impuesto por los custodios del listado, de mutuo acuerdo con la administración de los centros nocturnos. Cuando uno tiene diecisiete o dieciocho años las cosas parecen más simples, y la sola esperanza de estar al día siguiente en El Gato Tuerto derrotaba cualquier pesimismo pasajero.

Teresa del Monte tenía el número cincuenta y dos, y yo era el cuarenta y nueve, así que el destino nos colocó cerca. El Viejo puso el resto. Cerca del mar y bajo los astros, papá no me falló nunca. Hablar de él, recordar sus versos, era ir a tiro hecho, porque Eliseo Diego era uno de esos hombres encantados por la poesía que nos hechizan con su presencia y nos deslumbran por el ejercicio magistral de la sencillez. Yo le contaba mis trucos de seductor, entre los cuales estaban los polvos de *En la Calzada de Jesús del Monte*, los divertidos *Divertimentos*, los esplendores de *El oscuro esplendor*, las extrañezas de *Por los extraños pueblos y las maravillas de Las Maravillas de Boloña*, y papá se reía con socarrona malicia, mientras se afilaba su barba de Conrad hasta dejarla puntiaguda. "Me la debes, cabrón", decía al rato.

Teresa había leído las *Versiones* de papá, lo cual facilitó la amistad. Gracias a ella volví a tocar el piano, porque la cierva matancera no tenía defensa ante los acordes de *Los paraguas de Cherburgo* y terminaba hecha un ovillo en el colchón de mi cama, llorando a lágrima viva sobre la almohada de plumas. Teresa y yo regresamos a El Gato Tuerto en innumerables ocasiones, a beber licores Triple C hasta los hipos inoportunos de la embriaguez, y a contarnos nuestros respectivos fracasos amorosos y laborales. Ella terminó casándose con un ingeniero naval, y parió cinco hijos, todos con nombres y perfiles griegos. Se fueron a vivir al puerto de Matanzas y nuestra amistad se enfrió cien kilómetros de asfalto. El Gato Tuerto, por otra parte, fue cerrado a principios de la década del ochenta, con el pretexto de una reparación general, y su puerta de madera no ha vuelto a girar en quince años de ciego abandono.

Una tarde de 1988 me encontré con Teresa del Monte en la esquina de 12 y 23. Enroscaba en el abdomen unas libras de más, sin duda le había resultado difícil saltar con soltura la barrera de los treinta y tantos años, pero sus ojos seguían siendo los más azules ojos de la isla. Parecía asustada. La invité a un café en casa de papá.

—Estoy muerta de miedo —nos dijo Teresa del Monte en el estudio de mi padre—. Yo le digo, Eliseo, que el ángel me miraba a los ojos.

—A ver, muchacha, siéntate y cuéntanos —dijo papá.

Yo les cuento. Teresa había vuelto a La Habana, divorciada, y ejercía su carrera como especialista de arte europeo en una galería de la capital. Tres meses atrás, como a la una de la mañana de un lunes de infierno, un oficial del Ministerio del Interior había tocado a la puerta de su departamento con una citación inaplazable. La compañera del Monte debía acompañarlo, por órdenes superiores, en una misión de interés estratégico. Subieron a un yipi verde olivo, al que escoltaban dos camiones de reclutas del servicio militar obligatorio. En el interior del vehículo, Teresa reconoció a dos colegas del museo, especialistas como ella en las corrientes artísticas del Viejo Mundo, mas no se atrevió a dirigirles la palabra porque comprendió "que el horno no estaba para pastelitos". En completo silencio llegaron ante el frontispicio del Cementerio de Colón, donde un cartel de tránsito advierte con fino humor negro: "Sólo entrada". Al verse entre las tumbas del camposanto, bajo la luz de la luna, Teresa del Monte pensó que no le alcanzaría la vida para contar el cuento. El oficial, linterna en mano, pidió que lo siguieran por las lúgubres callejuelas. Treinta y tantos reclutas, armados con picos y palas, cerraban la caravana.

—No tenga miedo, compañera... ¿Cuánto puede valer este ángel? —dijo de pronto el oficial, e iluminó con la linterna un precioso querubín de mármol, obra del escultor griego Marcus De Tesalia, discípulo de Rodin, según informó Teresa del Monte.

Teresa sabía. Uno de sus hijos se llamaba Marcus en honor al tal De Tesalia. Su tesis universitaria había sido, precisamente, un estudio sobre los tesoros arquitectónicos y estatuarios de los cementerios capitalinos, y la obra del ateniense resultó uno de sus hallazgos más significativos. El angelito tenía en el rostro de piedra una expresión de serenidad que a Teresa se le hizo prueba de una profunda sabiduría. A una orden del oficial, una escuadra de reclutas emprendió la tarea de arrancar de su pedestal al querubín y echarlo en la cama del camión. Cuatro horas estuvieron tumbando arcángeles, violando vírgenes de mármol y desclavando cruces de plata, a partir de un informe que el oficial llevaba bajo el brazo, como mapa de piratas, y en el cual se precisaba el tiempo que hacía que no se enterraba a nadie en ellas.

—El que se fue a Sevilla, perdió la silla —dijo el oficial—. Y el que fue a Morón, perdió el Panteón.

La guerra es la guerra. El gobierno, carente de recursos, había promovido "la fiebre del oro", estrategia económica que especuló sobre las necesidades de la población y ofreció el trueque de objetos valiosos por baratijas. La Habana enloqueció con la noticia: la escasez puede desquiciar a muchos. Los capitalinos desfondaron los roperos en busca de las últimas migajas del patrimonio familiar: cubiertos de plata, anillos de compromiso, prendedores de la abuela del abuelo, figuritas de porcelana, álbumes de sellos, reliquias de la sangre. A cambio de televisores soviéticos, tocadiscos de Taiwan, neveras armenias, automóviles usados y cristalitos de colores, al mejor estilo de los colonizadores del siglo xvi, los cubanos sacrificaron juegos de cuarto coloniales, lámparas Tiffany y copas de bacará. Fue un robo a mano desarmada. Un saqueo. Los encargados de la estafa tasaban los tesoros al diez por ciento de su valor real, al tiempo que, como aves de rapiña, sobrevaloraban los precios de sus mercancías defectuosas. Hicieron, entre comillas, el desfalco del siglo. A algún funcionario cleptómano, y de naturaleza vampira, se le ocurrió la idea de desvalijar los mausoleos de los burgueses ausentes, para ofertar tan singular erario público al turismo internacional y a los embajadores acreditados en la isla. En moneda convertible, claro. Alguien "de arriba" apoyó la iniciativa. Y se realizó el atraco. La tarde que me encontré con Teresa del Monte en la esquina de 12 y 23, mi amiga venía de visitar una diplotienda, cercana al cementerio, donde se ofrecían al mejor postor los guardianes de los fieles difuntos, entre ellos el angelito griego que ella había traicionado una noche de luna llena, y que ahora la miraba a los ojos sin ternura, como si quisiera saber el por qué de su diabólico destino: 899.90 dólares.

La década de los ochentas, que se inicia con el zafarrancho del puerto de Mariel, habría de terminar a unos pocos kilómetros de aquel embarcadero, en una playa nombrada Baracoa, la madrugada del jueves 13 de julio de 1989, cuando los faroles de varios camiones militares iluminaron la pared de ladrillos donde un pelotón de soldados iba a cumplir la orden de fusilar al general Arnaldo Ochoa y a tres compañeros de armas: el coronel Antonio de la Guardia, y los capitanes Amado Padrón y Jorge Martínez. Apenas había transcurrido un mes de que se anunciara la captura de los militares, y unas cortas horas desde que Fidel dijera ante las cámaras de la televisión que nunca se sabría el fondo de lo sucedido, aquella reunión en la cual los miembros del Consejo de Estado dieron el visto bueno a la sentencia, para que los plomos de las balas reforzaran los puntales de la Revolución con una moraleja: el que se mueva, no hace el cuento. Monseñor Jaime Ortega y el escritor Gabriel García Márquez, entre otros, se opusieron a esos argumentos. En carta pastoral que circuló de mano en mano, el entonces obispo de La Habana descalificó la supuesta lección ética de la pena capital, y recordó el error de aquellos censores intolerantes que, hace dos mil años, crucificaron a Jesucristo entre dos ladrones para que su muerte sirviera de ejemplo. El premio Nobel colombiano dijo a un periodista que estaba en contra de la muerte, porque la muerte le parecía un imperdonable error de la vida, y por tanto ningún hombre tenía derecho de matar a otro. En el pecado estaba la penitencia. En treinta cortos días, el ciudadano Arnaldo Ochoa, natural de la Sierra Maestra, veterano del Ejército Rebelde, soldado del comandante Camilo Cienfuegos durante la invasión de oriente a occidente en 1958, guerrillero en las selvas americanas y africanas, general de ejército y jefe de las más aguerridas agrupaciones territoriales de las FAR, indiscutible estratega de las victorias en las selvas de Angola y en los desiertos del Ogadén etíope, artífice del triunfo sobre las divisiones sudafricanas en el combate de Cuito Cuenavale, miembro fundador del Comité Central del Partido, uno de los dos primeros oficiales condecorados con el título de Héroe de la República, el más alto reconocimiento al que podía aspirar un revolucionario, fue degradado por un tribunal de honor y juzgado en sumarísimo juicio de guerra por las causas de narcotraficante, contrabandista de armas entre Nicaragua y Panamá, ladrón de colmillos de elefantes, tarjeta habiente de dólares en una cuenta personal, indecoroso parrandero que organizaba orgías en las casas del Estado Mayor en Luanda y prepotente lengua suelta que acabó aceptando ante sus verdugos que había tenido la debilidad de cansarse, después de tres décadas de duelos contra el imperialismo yanqui. En tres semanas de sesiones públicas y secretas, maldefendidos por abogados de oficio, Ochoa, De la Guardia, Padrón y Martínez fueron condenados a morir por el delito de cometer durante los últimos años de sus vidas un rosario de "acciones hostiles contra países vecinos", según el recurso que encontró en las leyes vigentes de la nación el fiscal Juan Escalona, ministro de Justicia para la fecha, quien vestía en las tandas del juicio un almidonado uniforme de general de brigada, y cuya única hazaña comprobable fue haber notariado las bodas de los jefes del Movimiento 26 de Julio, a principios de 1959.

"Dios no perdona los pecados que manda cometer", nos ha dicho el gran portugués José Saramago. El caso Ochoa no terminó en la pequeña playa nombrada Baracoa, ni unas horas después en las profundidades de una anónima tumba del Cementerio de Colón. En un abrir y cerrar de ojos, a raíz de los trágicos sucesos de julio, se destronaron las planas mayores del Ministerio del Interior y de los órganos de la Seguridad del Estado. Doce principalísimos oficiales, entre ellos el ministro-general José Abrantes, fueron detenidos, encarcelados en juicios relámpagos y sustituidos en el acto por oficiales de las Fuerzas Armadas, muchos de los cuales habían acompañado a Ochoa, a los gemelos de la Guardia y al propio Abrantes en las campañas de Angola y de Etiopía. Militares de jerarquía asumieron el mando en otros sectores claves para la vida económica y social del país. Juan Escalona recibió recompensa por los servicios prestados y fue impuesto por el Partido como presidente de la Asamblea Nacional, un cargo que requiere, por la naturaleza misma de su responsabilidad, un reconocimiento popular que jamás tuvo ni tendrá el arrogante fiscal que quiso humillar a un héroe ante sus soldados. En su primera intervención televisada, ya en funciones de diputación, Escalona no tuvo pudor al afirmar, para desconcierto de los que lo escuchamos, que la Ley Electoral recién aprobada bajo su mandato resultaba la más democrática del mundo porque, cito palabras textuales, era una orden del Comandante. Tres años después, cuando se sometió a consideración de los diputados su candidatura para seguir al frente de la Asamblea, no recibió ni la décima parte de los votos necesarios, y tuvo que abandonar el puesto. La noticia de que Escalona no había sido reelegido fue aplaudida en cerrada y emotiva ovación.

Las raíces de este drama se hunden treinta años en el entresuelo de la historia, porque la semilla de la futura manzana de la discordia fue sembrada en los primeros meses de 1959. Mucho se ha escrito sobre el caso Ochoa-De la Guardia-Abrantes, fuera de los linderos de la isla, a veces con una portentosa capacidad de fabulación. Las tesis y las ficciones principales se basan en los elementos dados a conocer en el transcurso del juicio, y no pocas de estas interpretaciones giran en torno a la vida y a la muerte del temerario general Ochoa. Sin embargo, poco se ha dicho sobre los orígenes de este conflicto, que terminó en un auténtico ajuste de cuentas. Estoy convencido de que en el pasado de la Revolución se esconden algunas de las claves que pueden ayudarnos a encontrar una explicación razonable, aunque no definitiva, para entender el feroz huracán que asoló el escenario político cubano, tormenta que trajo consigo ráfagas armadas y vientos de tristeza nacional, dejando a su paso por los territorios del poder cuatro muertos por fusilamiento, un par de suicidios, varias deserciones y decenas de prisioneros.

Los seis años de rebelión contra la dictadura de Fulgencio Batista costaron al país más de veinte mil muertos, según la historia oficial. Sin lugar a dudas, el Movimiento 26 de Julio, encabezado por Fidel, representó la vanguardia en esta lucha frontal, en la que también participaron el Directorio Estudiantil 13 de Marzo, sectores del Partido Socialista Popular y otros grupos de acción. La estructura de M-26-7 contaba con tres destacamentos fundamentales: el Ejército Rebelde, que operaba desde las montañas de la Sierra Maestra, en la provincia de Oriente; las células de la lucha clandestina, extendidas por todas las ciudades y pueblos de la isla; y una activa retaguardia que apoyaba las operaciones desde el extranjero. El Ejército Rebelde, donde combatían Fidel y sus fieles veteranos del ataque al Moncada y del desembarco del yate Granma, se nutrió en primerísimo lugar del campesinado de la región, una de las más abandonadas de Cuba. El 18 de agosto de 1958, la comandancia general de La Plata firmó una orden militar que ponía en marcha uno de los planes más audaces y decisivos de la insurrección: lanzar hacia el occidente de la isla dos columnas invasoras, de unos sesenta guerrilleros cada una, comandadas por Ernesto Guevara y Camilo Cienfuegos, con la misión de prolongar la insurgencia hasta las montañas del Escambray, en el centro geográfico de la isla, y la cordillera de los Órganos, en la provincia de Pinar del Río, al oeste de La Habana. Ante la certidumbre de la derrota, el miércoles 31 de diciembre de 1958 el general Fulgencio Batista renunció a un cuarto de siglo en la silla de montar y puso pies en polvorosa; luego de descorchar cien botellas de champaña y de brindar con sus colaboradores por el presente luminoso de la nación, se fugó de la justicia a medianoche, como una Cenicienta perversa, en compañía de familiares, pesados colaboradores y cercanos asesinos. La Revolución triunfa en una fecha tan representativa gracias a la audacia de sus estrategas y a la cobardía de un tirano que prefirió robarse las bóvedas del banco y terminar las celebraciones del Año Nuevo en algún puerto seguro, bañado en espumas de oro. A partir de este momento, la historia la escriben los ganadores. Fidel se adelantó a sus contemporáneos y acreditó el protagonismo de la victoria al ejército de barbudos y campesinos rebeldes que él comandaba. Se impuso de tal suerte una versión de los hechos que minimizó la participación de otras fuerzas, en particular los espartanos muchachos del Directorio

Estudiantil Universitario, y que anuló, en el reparto de la victoria, el aporte de las unidades clandestinas del Movimiento. La Sierra, y sólo la Sierra, es símbolo del sacrificio, escudo de patriotismo y salvaguarda de las esperanzas populares. El trofeo, la corona y el laurel, fueron a manos de los guerrilleros, que ocupaban las oficinas de gobierno con la autoridad de sus uniformes verdeolivos. Raúl Castro se encargaría de que así fuera desde el pico turquino del Ministerio de las Fuerzas Armadas. Fidel ha reconocido que en las montañas orientales nunca hubo más de dos mil rebeldes en pie de guerra. Por tanto tuvo que ser el aparato clandestino, el Llano según la terminología de la época, el que más vidas entregó al osario de la patria, aunque después sus sobrevivientes no hayan sido invitados al convite de la historia, al menos con los honores merecidos. Sin embargo, los combatientes de la clandestinidad y los jóvenes universitarios fueron llamados a integrar las filas de dos organismos que por el carácter específico de sus funciones no podían contar con la oficialidad campesina del Ejército Rebelde. El Ministerio de Relaciones Exteriores y los Órganos de Seguridad del Estado del Ministerio del Interior reclutaron con urgencia un personal más capacitado.

El culto mosquetero Raúl Roa, cubanísimo tribuno que combatía en el circo de la política nacional desde los años treinta, fue nombrado canciller. Escritor de ágil estilo periodístico, Roa había publicado, entre otros títulos, el ensayo *La Revolución del treinta se fue a bolina*, una reflexión clave para entender la quiebra moral de una generación de jóvenes anarquistas y leninistas que se pudrió en vida cuando alcanzó las mieles del triunfo, absorbidos por el vacío de dos imanes poderosos: el del poder y el del dinero. Ramiro Valdés, el único soldado de Fidel que había librado todas las campañas importantes de la guerra, desde el asalto al Cuartel Moncada hasta la invasión a occidente, pasando por la travesía y desembarco del yate Granma, asumió el timón del Ministerio del Interior. Ningún combatiente podía mostrar un diploma de servicios tan completo como el suyo. Joven, valiente, con cara de marinero del acorazado Potiemkin, el comandante de la Revolución Ramiro Valdés llegó a ser el único hombre con más enemigos que Fidel en la isla. Desde las repletas cárceles del país, donde los condenados en espera de juicio político vivían como sardinas en lata, la contrarrevolución lanzó a la calle el ofrecimiento de un verdadero botín por su cabeza; sin embargo, en mis años de universidad aún se podía ver a Ramiro piloteando una motocicleta por la calle 23, a gran velocidad, sin escolta y deteniéndose ante los semáforos en rojo. Dicen que le gustaba decir: "Mis únicos amigos son mis amantes, y ellas me duran apenas una noche."

Raúl Roa y Ramiro Valdés entendieron que, con el triunfo de las armas, las trincheras de ideas serían los nuevos bastiones de la Revolución, y ambos buscaron a sus colaboradores principales en la reserva de revolucionarios que habían quedado al borde del barranco del resentimiento. En este punto neurálgico, donde los hombres suben al tren de la historia o se pierden en las estaciones del pasado, comenzó a abrirse una zanja de poder que llegaría a resultar infranqueable para muchos guerreros celosos.

La década del sesenta en América Latina vino marcada por el fuego de la violencia. El ejemplo de la Revolución cubana provocó un terremoto continental. La injusticia y la pobreza dinamitaban la realidad y conducían a sangrientos estallidos sociales. En la isla, el Ministerio del Interior fue el encargado de planear y ejecutar los planes de apoyo a las columnas armadas que invadían las sierras continentales, con estandartes guevaristas. Buena parte de esa lucha se organizó desde los centros conspirativos de La Habana, en complicadas operaciones de inteligencia y de contrainteligencia militares. Raúl Roa se movía como pez en los maremotos de la política internacional, poniendo parches antes de que salieran los huecos. Iba y venía por los patios del mundo, eléctrico, y para apoyar sus planteamientos no dudaba en citar versículos de los evangelios y frases de *Alicia en el país de las maravillas*. Roa, ya cansado y con muchos años en la memoria, terminó su carrera de servidor público a mediados de los setenta, como segundo de la Asamblea Nacional del Poder Popular, un cargo burocrático muy devaluado en el barómetro de los funcionarios, y por si fuese poco, a las órdenes de Blas Roca Calderío, un veterano comunista de su generación, exsecretario general del Partido Socialista Popular, con el que se llevaba peor que un doberman con un gato de la calle. En su juventud, Roa había sido un feroz crítico del estalinismo y los regímenes totalitarios. Su lugar como canciller lo ocupó Isidoro Malmierca, un expresidente de los Comités de Defensa de la Revolución que, según se afirma en su biografía, había abierto expediente político como líder sindical en el gremio de los carniceros.

Ramiro Valdés, entretanto, iba atando cabos sueltos por debajo de la mesa, apretando clavijas y borrando huellas con gran eficacia. No se puede negar que logró sus objetivos. El joven capitán José Abrantes, su mano derecha, atesoraba experiencia. Abrantes, a su vez, confió en ágiles subalternos, entre ellos dos gemelos de la clase media cubana que se conocían al dedillo los secretos de la pequeña burguesía nacional: Patricio y Antonio de la Guardia. La jefatura del Ministerio del Interior se acreditaba ante Fidel las misiones más meritorias: la infiltración armada, la seguridad personal de los jefes de la Revolución y un duelo a muerte con la Agencia Central de Inteligencia de los Estados Unidos. Para tales fines contaba, por supuesto, con oficiales del ejército, el general Arnaldo Ochoa entre ellos, pero sin dejar de cargar sobre los hombros el peso mayor de las operaciones. "En silencio ha tenido que ser porque hay cosas que para lograrlas han de andar ocultas", una frase extrapolada de una carta de José Martí, se convirtió en el eslogan representativo de la labor del Ministerio del Interior. Un capitán de la Seguridad del Estado era, según juicio unánime, un militar mucho más prestigioso que un coronel de artillería.

Al Ministerio de las Fuerzas Armadas, por el contrario, le tocaban a simple vista faenas menos vistosas: los reclutamientos del Servicio Militar Obligatorio, el cuidado de armamentos, la capacitación de la tropa rebelde, las maniobras de entrenamiento y la custodia del país, en caso de una invasión del enemigo, siempre anunciada en la prensa pero nunca realizada, gracias a Dios o a Lenin. Para el cubano común y corriente estaba claro como el agua que entre ambos aparatos armados existía una división de funciones muy curiosa, y quizás incompleta, donde el Ministerio del Interior transitaba por los cielos de la leyenda y el Ministerio de las Fuerzas Armadas abría trincheras sin gloria, mientras recordaba con nostalgia las emboscadas de la Sierra Maestra, los cercos en el Escambray y las setenta y dos horas de Playa Girón o Bahía de Cochinos.

No es hasta enero de 1976 que el Ministerio de las Fuerzas Armadas tuvo la oportunidad de probar su eficacia combativa en un frente de guerra ubicado a mil ciento cinco millas náuticas de distancia: la joven República Popular de Angola. Por primera vez en muchos años, los tanques y aviones del ejército cubano no disparaban sobre objetivos de utilería sino contra blancos reales: las tropas sudafricanas, los soldados zairenses y los guerrilleros de Johanas Sabimbi, viejo alumno de Ernesto Guevara en sus incursiones africanas. Destacamentos de la agrupación de Tropas Especiales del Ministerio del Interior habían detenido la ofensiva enemiga en noviembre de 1975, en las vecindades de Luanda, pero por la intensidad de las operaciones se hizo necesario el apoyo de refuerzos a gran escala, acorde a los procedimientos de una guerra que requería estrategias de combate tradicionales. A la experiencia angolana, se añadieron las misiones en Etiopía; en ambos casos con un ingrediente que pronto habría de tener una significativa resonancia a lo largo y ancho de la isla: la participación de cientos de miles de reservistas cubanos. La jefatura del Ministerio de las Fuerzas Armadas se sentía segura. Ya no tenían que evocar las remotas epopeyas del Pico Turquino o las escaramuzas de la lucha contra bandidos en el caserío de Condado o de la captura de mercenarios en los pantanos de la Ciénega de Zapata: ahora podían hacer películas sobre Cabinda y el desierto del Ogadén. Las victorias parciales en África, los tambores del triunfo y el renovado prestigio de su autoridad resultaron quizás los atributos más convincentes para concluir que había llegado el momento de asumir el control total de los aparatos armados. Las misiones encubiertas del Ministerio del Interior, cumplidas por el coronel Antonio de la Guardia y los hombres a su mando, en respuesta a órdenes superiores, cometieron el error de vincularse al narcotráfico internacional sin tomar las pertinentes medidas de discreción. Para esas fechas, Ramiro Valdés había pasado a retiro, y aunque se mantenía cerca del pastel no iba a poner las manos sobre un fuego que él no encendió. La Agencia Central de Inteligencia anunció haber descubierto que el hilo conductor de la cocaína se anudaba en aguas territoriales cubanas, con cabos sueltos en Colombia y en Miami. La tan esperada ocasión tocó a la puerta. Sin embargo, la situación presentaba un obstáculo difícil de vencer, por el riesgo de desatar un infierno en el Caribe: el general Arnaldo Ochoa, uno de los oficiales más queridos de las Fuerzas Armadas, estaba de alguna manera implicado en dicha conexión, y cómo explicar el contrasentido de que el Estado Mayor de las Fuerzas Armadas no supiese de esas indisciplinas, por demás poco encubiertas, cuando era el Estado Mayor del Ministerio del Interior quien las ejecutaba. La callejuela no dejaba mucho margen de maniobra. Había que actuar rápido, aun al costo de perder algunos alfiles en el tablero del gobierno. Raúl Castro intentó explicar las razones del encarcelamiento de un militar al que no le cabía una medalla más en el pecho. Lejos de esclarecer los hechos, en torpe y desatinada comparecencia televisiva los confundió todavía más con un discurso caótico, impropio de un estratega. El juicio posterior permite pensar que en el espinoso asunto había gato encerrado. La avaricia de poder fue, como tantas veces en la historia, la manzana de la discordia. Qué va, Dios no perdona los pecados que manda cometer.

José Abrantes fue condenado a veinte años de privación de libertad. Nunca simpaticé con el carismático ministro, porque sin duda llegó a ser uno de los máximos responsables de un sistema que cometió abusos en nombre de la salvación de un país que estaba, o decía estar, en guerra contra Estados Unidos. Por supuestos delitos políticos cientos de cubanos consumieron buenos años de sus vidas en una soledad impenetrable, sin defensa y sin esperanzas. Es cierto, como cierto es el horno de rocas que arde en el centro de la tierra, aunque nadie haya visto sus lenguas de fuego. No me refiero a agentes de la oposición interna o externa que fueron sorprendidos en acciones subversivas y sancionados con severidad extrema, acorde a las reglas que regían la ruleta rusa que ambas partes habían decidido jugar, en apuesta de liderazgos. No poseo la información suficiente para opinar con propiedad sobre esos casos, seguramente conflictivos. Pienso en mis amigos.

Pienso en mis amigos homosexuales, creyentes y "gusanos en larvas" que a mediados de los sesenta fueron avasallados física y moralmente en los barracones de las Unidades Militares de Ayuda a la Producción (umap), bajo arcos que pintaban en el aire letreros como éste: "Agáchense al entrar: sólo los muy hombres no se rajan". Nunca se les juzgó. No existen actas. Fueron robados de sus casas. Se les dijo que la ética socialista no permitía debilidades de espíritu y de cuerpo. Que la Revolución no se hizo para maricas. Que el pueblo, soberano, había decidido salir de ellos. Váyanse a la mierda, dijeron.

Pienso en los que después del Congreso de Educación y Cultura se supieron marcados por la cruz de la intolerancia, porque se arriesgaron a discutir textos marxistas que denunciaban los crímenes de José Stalin y cuestionaban la validez del centralismo democrático, la dudosa representatividad de las mayorías sociales y las razones de fondo del unipartidismo, cuatro de los ciento diez mandamientos en la tabla de Moisés del marxismo-leninismo, según los teóricos del Partido.

Pienso en los revolucionarios consecuentes que también se jugaron la vida por una Cuba mejor, en lucha contra la dictadura de Fulgencio Batista, y que luego fueron perseguidos porque se atrevieron a cuestionar los métodos y estilos de trabajo de algún viejo compañero de armas, ahora poderoso. En las cíclicas campañas contra el llamado "diversionismo ideológico", fueron tildados de desertores, hipercríticos, autosuficientes, contrarrevolucionarios, enemigos del pueblo, traidores, apátridas, neoanexionistas, libertinos, gusanos y agentes de la Agencia Central de Inteligencia, por lo cual les endosaron a sus cuentas personales el pago de varios, muchos, demasiados años en prisión, sin atenuantes de créditos anteriores. Acabaron siendo borrados de la historia, de las fotos y de los libros. Jamás existieron.

Pienso en mis amigos actores y actrices, bailarines y bailarinas, poetas y poetisas, pintores y pintoras, alumnos de las escuelas de arte a quienes oficiales o colaboradores del Ministerio del Interior les tendieron trampas eróticas en cines, en baños públicos y en dormitorios de becas para que cayeran como palomas en tentaciones sodomitas, y así poderlos abochornar ante una vanguardia que se obligaba a ser pura —a pesar de que funcionarios de reconocido nivel se revolcaban en sus lupanares particulares.

Pienso en los rehenes de la llamada Ley de Peligrosidad que, todavía a finales de los años setenta, eran separados de sus casas dos, tres, cuatro años, únicamente porque se habían atrevido a conversar con un visitante extranjero, o aceptaron un regalo sin factura, y por tanto podían considerarse delincuentes en un futuro más o menos cercano. Y ya que el futuro pertenecía por entero al socialismo resultaba conveniente enrejarlos en cuarentena, como sabuesos rabiosos en la perrera nacional. Declarados en rebeldía, olvidados por una sociedad que en buena medida se negaba a creer, por principio, en lo que el enemigo denunciaba, esos hombres y mujeres protagonizaron un drama que aún está por escribirse, en nombre ahora de la salvación de un país que también estuvo en guerra contra sí mismo durante demasiado tiempo.

Lo repito: nunca simpaticé con el general José Abrantes, ni con los oficiales a su mando, pero tampoco me hizo feliz la noticia de que lo habían condenado a veinte años de privación de libertad. Si algún día sientan en el banquillo de los acusados a los fiscales de estos procesos, sospecho que podrán esgrimir en su defensa la posible verdad de que cumplían órdenes superiores. Y ni así se salvan. Cuando el general Escalona intentó desacreditar la hoja de servicios al Partido de un guerrero que, lo quieran o no admiradores o enemigos, tuvo el coraje de arriesgar su vida día y noche como jefe de la escolta personal de Fidel desde los primeros años de la Revolución, no hacía otra cosa que confundir más las cosas ya de por sí confusas. Para muchos, el experimentado guardaespaldas Abrantes y el valiente general Ochoa se convirtieron en chivos expiatorios de una catástrofe que había estremecido el centro político de la sociedad y de la cual no era conveniente hablar en voz alta. En Cuba, que no hay rumor que aguante ni chisme que no se cuente, se asegura que José Abrantes estaba ansioso en los patios de la penitenciaría más rigurosamente vigilada de la isla, y que escribía cartas confidenciales a los secretarios de Estado, seguro de que la vida de Fidel corría inminente peligro. Afirmaba a sus hijos que el Comandante iría a verlo al calabozo para decirle que había sido una equivocación, un mal sueño, Pepe, y que tendría una segunda oportunidad para demostrarle que no había sido un desertor. Los contados amigos y familiares que pudieron visitarlo en la cárcel por aquellos días de derrota, dicen que bajaba de peso con sospechosa celeridad. De una visita a otra, le pasaban por encima un chorro de años. La piel se le había acartonado por deshidratación. Costaba trabajo reconocerle la cara de eterno adolescente, atrapada bajo una telaraña de arrugas prematuras. Parecía mucho más viejo. E indefenso. Su último gesto de lealtad fue morirse del corazón pocos meses después de su encarcelamiento, y llevarse consigo al infierno los secretos más comprometedores de la Revolución. José Abrantes fue velado en la funeraria de Paseo y Zapata, en el barrio del Vedado, y comentan que en horas de la madrugada se vio pasar por una calle aledaña el convoy de tres Mercedes Benz donde Fidel suele trasladarse cuando está en La Habana. Testigos de la escena dicen que los coches se deslizaban a baja velocidad, con las luces apagadas, y que aceleraron la marcha cuando enrumbaron hacia el edificio sede del Comité Central del Partido, a espaldas de ese Martí de mármol tan feo que no puedo ver sin llorar, cerca de la mencionada funeraria. Quién sabe.

(Carta de un amigo desde Cuba,
La Víbora, 11 de mayo de 1996. Fragmentos.)

¿Cómo decían los oportunistas que aplaudían en
primera fila? "Tú tienes razón, mas lo que yo digo
no es menos cierto." ¿Por qué no citas esa frase
de Martí que habla de un mundo dividido entre
los que aman y construyen y los que odian y
destruyen, en lugar de estar entresacando pensa-
mientos por aquí y por allá, con evidente o in-
consciente mala leche? Muchos de los que vivimos
en Cuba tratamos, en la medida de nuestras posibilidades, que las cosas cambien. No esquivamos
ese compromiso. Y las cosas han comenzado a
modificarse, a veces a regañadientes, pero han
comenzado a cambiar, te lo aseguro. Por aquí y
por allá, aparecen artículos sobre temas espino-
sos. Se reconocen errores. ¿No has leído la entrevista a Gastón Baquero que publicó *La Gaceta de
Cuba?* ¿Y las memorias de Virgilio? En el Coloquio
sobre Orígenes se dijeron un montón de cosas.
Se organizó un encuentro internacional sobre la
obra de Severo Sarduy y otro para rendirle homenaje a los Beatles. Nunca es tarde si la dicha es
buena. Desde la Unión de Escritores y Artistas de
Cuba, Abel Prieto va abriendo espacios. Un libro
como el tuyo, lejos de ayudarnos a los que estamos en la mata, nos complica aún más el asunto, porque en estos momentos los verdaderos
revolucionarios, los verdaderos cubanos, no podemos darnos el lujo de perder a gente buena, ni
en la isla ni afuera. Nos quitas la escalera y nos
quedamos colgando de la brocha. Estoy convencido de que algunos críticos de la Revolución son
más revolucionarios que muchos supuestos ca-

maradas que están en las altas esferas del poder, porque nada es más contrarrevolucionario que la intolerancia o la soberbia. ¿En cuál bando queda tu libro? ¿Quién va a comprarlo? ¿Y a leerlo? ¿En qué mesita de noche pasará la noche? (...) ¿Te acuerdas de este soneto de Raúl Hernández Novás? Te lo copio, por si acaso: "Mira la vieja cruz de los molinos,/ cómo gira su estrella enmohecida:/ aspas que avientan sombra de la vida,/ piedras que paren polvos de camino./ Pero no quieras conquistar los rudos/ colosos que se esconden en sus brazos:/ son sirenas en mares de sargazos,/ son fantasmas erráticos y mudos./ No creas que en su voz, que en su crujido,/ no creas que en su lívido aspaviento/ se esconde el grano un día prometido./ Mira en cambio la faz del firmamento/ cómo rueda en su luz sin turbio ruido. / Los molinos de viento muelen viento." (...) Me preocupan, en particular, tus reflexiones sobre las figuras de Martí y de Fidel. Son exageradas y, a la vez, insuficientes. Desde prudente distancia resulta muy fácil cuestionar cómo pudo haber sido la historia, de no ser como fue, que es lo real. ¡Qué importa el hecho de que Martí no haya estado toda su vida en Cuba! ¿Acaso hay que habitar cuarenta y dos años en la Luna para poder hablar de su cara oculta, llena de granos y groseras espinillas? LQQD. Tu imagen de un Fidel voluntarioso, poseído por las fiebres del poder es idéntica (quiero decir, parecida) a la que divulgan en Miami. Con sus matices, válgame Dios. Sin embargo, pienso que gracias a esa voluntad a prueba de balas, a esas fiebres de justicia (no de poder, viejito), Cuba pudo llegar hasta donde llegó, que es muy alto, ¿o no?... Pienso que necesitas un teque por la cabeza. (...) ¿Ya se te olvidó que en el ejemplo de la Revolución muchos de los mejores hombres del continente cifraron sus esperanzas? ¿Qué les dices tú, en 1996, a los que tuvieron la suerte de no morir en una cámara de tortura o en una emboscada o en el exilio? ¿Que se la pasaron comiendo mierda? ¿Que Moscú resultó un espejismo? ¿Que el señor Charly Marx y su compadre Federico fueron unos idiotas que no tuvieron en cuenta los caprichos humanos y el efecto corrosivo del poder absoluto? ¿Que mejor se hagan empresarios, y se forren de dinero hasta el ojo del culo? ¿Que todo, o casi todo, fue una equivocación? ¿Que Vietnam ahora pretende ser una potencia capitalista, como Angola, donde ese tal José Eduardo Dos Santos dijo, después de proponer a Savimbi como vicepresidente del país, que ahora sí construirían la sociedad de consumo que las tropas interventoras de Cuba les habían impedido realizar por la fuerza de las armas? ¿Que estamos perdidos? ¿Que Cuba metió la pata hasta la rodilla y ya no puede salir del fango? (...) Acabo de leerle a mi mujer esta carta. DL no me dijo ni papa. Ya sabes cómo es ella: mastica sin tragar. Fue por un trago. Se sentó en el balcón. Un siglo y medio después, DL me dijo, sin mirarme a la cara: pero es verdad que mataron a Roque. Lo fusilaron por gusto. No quieren decir dónde lo enterraron. "Por el poeta", dijo DL y derramó un chorrito de ron en el piso. Yo no conocí a Roque. Un día me lo encontré en la biblioteca de la Casa de las Américas. Estaba sentado en una mesa del fondo, consultando unas revistas —creo. Se reía solo. No sé de qué. Tal vez, de un ensayo de Mao. Ya sabes, son tan graciosos. La Gran Marcha y compañía. Roque era un fenómeno. Después, de viejo, de guardia en el hospital, he leído por fin los poemas de *El turno*

del ofendido. No basta decir que fue un error, dice
DL y se sirve un segundo trago. Fue un crimen.
Del carajo. "La rosa ciega a los campeones de tiro",
dice DL que dijo Roque. En su caso, no fue verdad. (...) Te guste o no te guste, prefiero una Cuba
con Fidel que una isla sin él, ya que, sin dudas,
hoy por hoy Fidel (o el doctor Castro Ruz) es la
única o la última columna que sostiene sobre sus
hombros el presente y, por tanto, el futuro de
nuestra nación, lo mismo desde el punto de vista
de La Habana que desde el puesto de observación de Cayo Hueso. Fidel es la garantía de la
unión nacional. Sólo él podría impedir una tragedia descojonante. Hay que ver si quiere, por supuesto. O si lo convencemos. O si lo dejan, claro.
La amenaza de un ataque militar norteamericano
no es cuento de caminos. Tú lo sabes. Yo también. Y si nos bombardean quirúrgicamente no
habrá médico chino que arme el rompecabezas
de nuestra cultura. El siglo xxi serían cien largos
años de rencores, treinta y seis mil quinientos días
de ajustes de cuentas y dos millones ciento noventa mil minutos de nostalgia de la Revolución y
de Fidel...

(Continuará)

X

Mi amigo MMM era un poeta repentista, como se dice en Cuba, de ésos que no se sulfatan mucho la cabeza para escribir un madrigal a la Luna en una papeleta de cine. Traía el pelo largo, más bien sucio, malpeinado y lleno de nudos; siempre lo vi con las mismas botas rusas, desacordonadas. Tengo la impresión de que fue uno de los primeros habaneros que osó llevar una argolla en el lóbulo de la oreja. Caminaba rápido, con trotecito saltarín, y no había maratonista que pudiera seguirle la zancada. Estaba en varias partes a la vez, y aparecía en las fiestas sin el requisito de haber sido invitado. Los poetas repentistas pueden llegar a ser encantadores si logran neutralizar la nostalgia con una dosis de optimismo a prueba de tragedias. Incansables lectores, rocanroleros, cargan con una libreta en el bolsillo trasero del pantalón, y al menor descuido echan mano a un bolígrafo y escriben un soneto perfecto en un dos por tres; así van de bar en bar, dejando a su paso un semillero de décimas amorosas y de poemas escatológicos. Los amigos más amigos de mi amigo dicen que era un biólogo genial. Lo creo. Trabajaba en la Academia de Ciencias, en un puesto inferior a sus capacidades intelectuales. Había nacido el jueves primero de enero de 1959, y se consideraba con derecho de cuna para firmar sus pasquines poéticos con un seudónimo ocurrente: Aniv D'erev (Aniversario de la Revolución). Vivía feliz. Era feliz. A su manera, que es la única forma de serlo.

Por eso sus compañeros se inquietaron cuando Aniv D'erev pidió turno para hablar en la reunión de discusión y análisis del llamamiento al Cuarto Congreso del Partido Comunista. Carlos Aldana, secretario ideológico y miembro del Buró Político, acababa de exponer ante el auditorio la crisis moral que estremecía la vida en los países de Europa Oriental: capitales como Sofía, Budapest o Praga se habían llenado de cirujanos mendigos, coroneles vagabundos y rameras arquitectas, prueba de la decadencia imperialista. Esas reuniones, donde la clase obrera podía exponer sin restricciones sus puntos de vista sobre temas candentes de la realidad política, social y económica del país, resultaron en mi opinión la última gran mentira en la que el pueblo creyó de buena fe. Los auténticos revolucionarios defendieron criterios discordantes, convencidos de que se disputaba el noveno episodio de un partido complicado que a estaba a tres *out* de perderse si no se permitía la entrada en el terreno de juego a nuevos bateadores emergentes. No hubo tema que no se expusiera a viva voz ante las máximas autoridades del país: el cuestionamiento de algunos principios de la política cultural cubana ("Dentro de la Revolución todo, contra la Revolución nada", Fidel, 1961; "El pecado original de los intelectuales cubanos es que no hicieron la Revolución", Ernesto Che Guevara, 1963), el apartheid del turismo, el derecho al error, la inoperancia del sistema económico, el descrédito de algunos dirigentes, inhabilitados para emprender las reformas que se decían necesarias, la ineficacia de organizaciones de masa creadas por la Revolución (los Comités de Defensa y la Federación de Mujeres, por citar dos casos de unánime rechazo), la chapucería democrática de los órganos de Poder Popular, los privilegios insultantes, la imposibilidad de viajar libremente al extranjero, la intolerancia religiosa en el sistema educativo, la activa antipatía por las preferencias homosexuales, tachadas de inmorales, el merecimiento de un espacio para la contundente expresión civil de la sociedad, la urgencia de los mercados campesinos y la iniciativa personal, la creciente prostitución de la juventud, el derecho a la información. A nadie se le negó la palabra en aquel acto de sicoanálisis colectivo. Se llenaron, según reporte oficial, más de doscientas mil cuartillas con sugerencias del pueblo.

El estratega de esa catarsis nacional resultó ser Carlos Aldana, un poeta frustrado que se creía, no sin razón, el tercer hombre del régimen. Había escalado posiciones con sospechosa rapidez, gracias a la confianza que le merecía el general de ejército Raúl Castro Ruz, quien lo tuvo a su lado muchos quinquenios con el cargo de jefe de despacho, un sitio de poder epicéntrico, a mitad de camino entre las esferas partidistas y los regimientos militares. En el extranjero, la imagen de Aldana seduciría a intelectuales, estudiosos y defensores de la Revolución. Lo consideraban un Gorbachov simpático, jabao y liberal, con buena esgrima para la polémica, sin saber del espíritu dogmático que escondía en las entrañas. "Yo creo que no hay espacio para veleidades", diría Aldana a los periodistas cubanos: "Estamos en un momento verdaderamente decisivo, verdaderamente importante. Yo creo que hay que ser oficialista, y tener coraje moral, político e intelectual para ser oficialista de altísimo nivel, porque nosotros tenemos la verdad, la vida ha demostrado que tenemos la verdad." La verdad fue que el afán de representatividad pública le costaría caro: llegó a tener en sus manos las riendas de la esfera propagandística, la prensa, los medios masivos de comunicación, la política exterior, la educación, la ciencia y el deporte, sin contar una notable influencia en los grupos de trabajo de Fidel y en los altos mandos castrenses. La avaricia rompe el saco. No había espacio para veleidades. En menos de lo que canta un gallo, Aldana fue expulsado del Partido, procesado por ser un cicatero, aurívoro y mezquino funcionario, con pruebas de enriquecimiento ilícito y de delirios de grandeza, y nombrado director de un sanatorio turístico en el pico de la sierra del Escambray, justo a unos pasos del campamento de milicianos donde había iniciado su carrera política, treinta y dos años atrás. Pero el día que Aniv D'erev se paró ante el micrófono de la Academia de Ciencias y dijo en versos letíficos que Carlos Aldana lo había convencido, el secretario ideológico del Partido era sin dudas el consejero más flemático del gobierno.

"Cómo no lo supe antes, compañero Aldana: el capitalismo es la jungla; allí rige la ley del más fuerte. En efecto: el animal grande se come al animal pequeño. Es el imperio de la desolación. La intemperie. La inseguridad. La selva. Pobres mendigos búlgaros, vagabundos húngaros y rameras de Praga, perdidos en la espesura de la sociedad de consumo", dijo mi amigo. Desde la mesa presidencial casi lo aplauden. El poeta Aniv D'erev detuvo la ovación a tiempo, con un gesto de modestia. "Sin embargo, el socialismo es el zoológico", precisó ahora en alejandrinos y Carlos Aldana comenzó a morderse, inquieto, la punta de sus bigotes rancheros. Mi amigo precisó en poética prosa: "Fíjese. Al león no le falta la pierna de carnero en el foso africano. Un equipo de veterinarios cuida por la salud de los ciervos, y la mortalidad de los críos se ha logrado reducir a su mínima expresión. El elefante tiene colmillos sanos, gracias a la dedicación de un dentista eficiente. La vida al parecer está asegurada. Pero si usted deja abierta la puerta de la jaula los animales escapan en desbandada, en vertiginoso *salpafuera*. Puede cortarles el paso con el siguiente argumento: Cebrita, ahí delante va el león, y quién impedirá que se almuerce a tu cachorro. La cebra, muy hembra, seguirá su camino, sin detenerse apenas para responder:

'A llorar al parque, compañero'. Los animales no soportan vivir entre cuatro paredes. La libertad es el único sueño del tigre". Un murmullo de aprobación estremeció el plenario. Carlos Aldana buscó con la mirada apoyo en los miembros de la presidencia. Algunos la esquivaron. Aniv D'erev hizo una pausa dramática antes de concluir en versos claros como el agua: "El león que escapó de la jaula no es un león cabal, pues nunca ha bebido agua del arroyo ni se ha visto en la obligación de destazar un carnero vivo. El paternalismo hizo de él un gato grande, torpe y desinformado; tendrá que recuperar el instinto animal si quiere sobrevivir en la pradera. Tal vez no le alcance la vida. Quizás sus críos logren adaptarse, cuarenta inviernos más tarde. Yo no sé quién partió en dos este mundo, o se vive en la selva o se vive en el zoológico; lo que sí puedo asegurarle es que nosotros, los animales, no fuimos."

El secretario ideológico del Partido dio por terminada la asamblea con este áspero comentario: "Tomamos nota en el acta de la reunión, compañero." Y comenzó a escucharse el Himno Nacional. Tres semanas más tarde, el genial Aniv D'erev fue "promovido" a un centro de investigación en el pueblo de Florida, Camagüey, a setecientos cuarenta kilómetros de su casa. Rechazó el "ascenso" con un argumento cualquiera, por supuesto bien recibido por la administración de la empresa, y se hizo artesano, especialista en lamparones rococós. Luego supe que se había casado con su novia, y que los dos se habían ido del país, no sé cómo. A un amigo común le enviaron una postal desde Alaska. No creo que hayan resistido tanto invierno crudo. Tal vez, lean este libro en una comunidad del Tibet. O quizás en una isla de la Polinesia. O en Valparaíso, Chile, ¿por qué no, si a fin de cuentas Aniv D'erev adoraba los versos de Pablo Neruda? Por la fecha en que nuestro común amigo recibió la postal de Alaska, Carlos Aldana se atrevió a reconocer en público que las reuniones de discusión y análisis del llamamiento al Congreso del Partido habían servido, cuando menos, para detectar los focos potenciales de la contrarrevolución interna, a saber, entre otros organismos de la inteligencia nacional, el Instituto Cubano de Arte e Industria Cinematográficos, el Instituto Cubano de Radio y Televisión, la Unión de Escritores y Artistas de Cuba, la Casa de las Américas, el Instituto Cubano de Literatura y Lingüística y, claro, la Academia de Ciencias.

Pocos meses después, un chisme circuló de boca en boca por los laberintos de La Habana, sin que en su veloz rotación la anécdota variara ni en una coma: al pie de la estatua del Alma Mater, en un descanso de la escalinata de la Universidad, había aparecido entre signos de admiración una pinta que gritaba una consigna irrepetible, tanto en Cuba como en Miami: ¡Abajo Fidel: Viva la Revolución!

"Muchas veces te dije que antes de hacerlo había que pensarlo muy bien, que a esta unión de nosotros le hacía falta carne...". Carne y deseo también, dice Pablo en una canción que le dio la vuelta al mundo. Nunca he podido escucharla sin que no se me apriete el pecho. Me trae recuerdos. Nos trae recuerods. Es una oración. Gracias, trovador. Porque ahora que lo pienso, siempre tratamos de conquistar con vano afán ese tiempo perdido que nos dejaba vencidos sin poder conocer eso que llaman amor para vivir. Entre los sucesos Mariel y la caída del Muro de Berlín los cubanos vivimos en constante sobresalto. Al avanzar los ochenta, el país inició un contrajuego en el complejo ajedrez de la economía interna, y por primera vez desde la ofensiva revolucionaria se abrieron espacios para la iniciativa individual. Fue la breve primavera de "los tecnócratas", porque la rosa de la esperanza habría de deshojarse con el otoño de una realidad descarnada y el invierno final del sistema socialista. Entonces no lo sabíamos. Entonces el mercado libre campesino vino a aliviar el siberiano vacío de los refrigeradores y las amas de casa respiraron tranquilas al saber que a pesar de los precios, a ratos sin control, la cebolla no sería más un condimento perdido de vista en el horizonte de sus vianderos. Los contados turistas que recorrían las calles descarnadas de San Cristóbal de La Habana, la mayoría canadienses sesentones disfrazados de cazadores de mariposas, gastaban rollos de película Kodak 400 en fotografiar la única cola humana, de seiscientos metros de largo, en la que los dos millones de capitalinos nos formábamos con singular alegría: la cola de Sears. ¡La cola de Sears! Con suerte, había que disponer de cinco o seis horas del día para entrar en el edificio, herencia de concreto de una cadena comercial norteamericana. Valía la pena. Sólo allí, y así, se podían conseguir productos tan exóticos como una barra de guayaba, una lata de dulce de coco o un pernil de puerco. Para los jóvenes nacidos en la Revolución, el fantasma del viejo Sears les vino a enseñar, hasta cierto punto, cómo había sido la sociedad de consumo antes de que la Revolución pusiera la casa patas arriba con su política de ajuste social y desbarajuste económico. La tienda más animada de la isla disponía de dos pisos de ofertas por departamentos, sin contar el sótano, también habilitado para el comercio de bebidas alcohólicas, y en ella se encontraban, bien señalizados, productos nacionales y de importación: carne rusa, por supuesto, pero también almejas en conserva, coles rellenas, chorizos de Pinar del Río, arroces a la jardinera, pargos y chernas congelados, cervezas Hatuey, pomos de catsup, mostaza y miel de abeja, leche de búfala y de cabra, quesos azules, papel higiénico, ¡papel higiénico!, sopas de tomate, galleticas María, rompequijá, ancas de rana, yogures de fresa, piernas de carnero y hasta tamal en lata, un invento indigesto que provocó diarreas familiares en más de una fiesta. De milagro, todavía funcionaba el sistema de aire acondicionado central, lo cual creaba en el recinto un microclima tan agradable que parecía un lujo burgués.

La autorización del trabajo por cuenta propia logró resolver algunas carencias cotidianas, y plomeros, albañiles, carpinteros, costureras, fotógrafos de bodas, zapateros remendones y peluqueras con champuses checoeslovacos imprimieron tarjetas de presentación para divulgar sus habilidades. El ingenio de los artesanos convirtió la Plaza de la Catedral en la boutique más atractiva de La Habana, y bajo toldos de colores, tiendas de campaña y sombrillitas de playa se podían adquirir desde unos huaraches hasta una cotorra enjaulada en una pajarera de alambre. Los órganos del Poder Popular activaron las industrias locales con alentadores resultados, y por lo pronto en una tienda llamada Argelia, cerca de la esquina de Galeano y San Rafael, se pudieron adquirir a precios de panetelas estatuillas de Budas redondeados en yeso crudo, conchas de mar, cisnes de porcelana y, además, mandar a enmarcar por fin los dibujos de los pintores amigos, hasta entonces clavados con tachuelas en las paredes de las casas, como almanaques. La Asamblea Nacional aprobó por unanimidad una Ley de la Vivienda que autorizaba la venta y la renta de casas, y el Partido reconoció que era un acuerdo sin dudas revolucionario, pues venía a aliviar uno de los males más impertinentes del país: el de la vivienda. A nivel provincial se abrieron en abanico una red de mercados paralelos que multiplican las ofertas de alimentos, bebidas, equipos electrodomésticos, muebles, vestuario y calzado. Sobre el billar del comercio urbano se estableció un duelo franco entre las habilidades de los vendedores ambulantes y los mayoristas de la Junta Central de Planificación. Sin embargo, en esta Nueva Política Económica, una NEP a la criolla, la mejor parte la llevaron los llamados merolicos, porque los negociadores del gobierno se encontraban entrampados en el callejón sin salida de la burocracia y dependían para competir del abastecimiento de una Europa oriental tambaleante. Veteranos de la inteligencia y de la contrainteligencia, duchos en trabajos clandestinos, se encargaron de una misión de vida o muerte: fundar las primeras corporaciones paraestatales, con fachadas de sociedades anónimas. Decididos a conseguir divisas a como dé lugar, se inauguraron sucursales piratas en Centroamérica, se oficializaron bufetes de abogados filibusteros que especulaban sobre el drama migratorio y estafaban a muchos con promesas de viajes de reunificación familiar que solían naufragar en las favelas de ciudad Panamá, se contrataron servicios de lancheros de Miami para el contrabando de mercancías entre La Florida y las costas de Matanzas, se autorizaron vuelos de aviones corsarios por los corredores aéreos de la isla, y se burlaron con habilidad los controles aduanales del bloqueo norteamericano. El primer día del otoño llegó con la aparición de esas empresas extrañas que presidían coroneles con mano firme y a la vez pañuelos de seda: hacia el interior del organismo regían reglamentos semimilitares y, hacia afuera, estaba permitido el glamour de los ejecutivos occidentales.

La primavera acabó de acabar con el "tremendo cansancio" de la Europa del este, único sostén de aquel espejismo de abundancia. Los "tecnócratas" fueron excomulgados. La lista la encabezaba el ministro presidente de la Junta Central de Planificación, "el compañero Humberto Pérez", economista de carrera quien, desde una oscura cátedra de la Universidad de La Habana, había saltado a una luminosa silla del buró político del Partido, acrobacia de poder lograda gracias a su inteligencia, por muchos calificada de superior. Estudioso de las virtudes y debilidades congénitas del sistema económico del socialismo, logró persuadir a la dirigencia de la Revolución de la necesidad de activar mecanismos del mercado para salvarnos a tiempo de una quiebra inevitable. Ya se veía venir. Otros colegas de Europa Oriental habían propuesto la modernización de las viejas ruedas dentadas que movían los improductivos molinos del socialismo, y Humberto Pérez estaba al tanto de estas tendencias, con las que sin duda simpatizaba. Fidel lo distinguía con su admiración, lo que le ganó varios enemigos peligrosos. Fue considerado por la prensa un precursor, un genio, un gran comunista, el arquitecto del nuevo orden, hasta que cayó en desgracia y recibió los insultos públicos más demoledores que haya soportado dirigente alguno del gobierno. Al aprovechar resortes mercantiles del capitalismo, las medidas habían resucitado un Frankenstein indeseable: el espectro del empresario privado. Hasta ese momento, la principal moneda "cambiable" que circulaba libremente era la del poder. Manejar influencias resultaba más ventajoso que atesorar dinero. El trueque se fundamentaba en una simple conjugación: yo te resuelvo, tú me resuelves, él nos resuelve, nosotros les resolvemos, vosotros resolvéis, ellos resuelven. Humberto Pérez perdió cuotas de influencia. Lo que hasta entonces era bueno se convirtió en nefasto. A los "merolicos" y artesanos los persiguieron en una operación policiaca llamada Pitirre en el Alambre. Los mercados libres campesinos y los paralelos acabaron clausurados. El Partido rectificó su opinión: la Ley de la Vivienda resultaba un retroceso histórico. ¿A quién se le ocurrió semejantes libertades? Un letrero fue colocado en la puerta del mausoleo de Sears: Cerrado por reparaciones. Desaparecieron, tras un plumazo, la barra de guayaba, la lata de dulce de coco y el pernil de puerco. Las Corporaciones S. A. se mantuvieron en activo, porque el turismo parecía ser la nueva carta marcada que nos sacaría a flote en el naufragio económico del comunismo. En la plenitud del otoño utópico se valía todo, desde abrir casas de cambio donde se trocaban baratijas por ángeles del cementerio, hasta rellenar de rocas un pedazo de la bahía de Matanzas para construir sobre las aguas un camino de piedras (que ahorraba siete u ocho kilómetros al viaje entre La Habana y la turística playa de Varadero). En un reportaje publicado en el periódico *Adelante*, de Matanzas, se contaba que una tarde, de tránsito por La Atenas de Cuba, un dirigente del Partido comentó las ventajas que traería al turismo la existencia de un atajo vehicular a través de la bahía, y calculó en el acto cifras estadísticas de ahorro en combustible, kilometraje y tiempo. No dijo que lo hicieran. Según dicen, lo que dijo es que sería bueno que alguien lo hiciera, para darle una sorpresa a Fidel. Un político local atrapó al vuelo las plumas de comentario y tuvo una iluminación diabólica: una gran obra, la suya, sería construir a la carrera un pedraplén de labio a labio de la bahía, e inaugurarlo en saludo al próximo cumpleaños del Comandante. Explico a continuación lo que es técnicamente un pedraplén. Un pedraplén, término cubano con matriz en el sustantivo terraplén, es un desesperado proyecto de ingeniería de caminos que intenta suplir la incapacidad de levantar un puente a partir del principio constructivo de los topos: a la fuerza. Piedra sobre piedra y piedra, se va taponeando una manga de mar bajo, de manera que se pueda transitar sobre el lomo que, cientos de camiones de roca después, aflora en la superficie, como el espinazo de una ballena. A una orden del Partido, los mares de la isla se llenaron de pedraplenes, como de aguamalas. Nuestros constructores tiraron piedras, rocas, ruinas, escombros y basura sólida a diestra y siniestra, desde tierra firme hasta cayos cercanos y pozos marinos de explotación petrolera, muchas veces sin tomar en cuenta los requerimientos necesarios para asegurar una correcta circulación de las aguas, moribundas, tapiadas, ahogadas entre las cuatro paredes de aquellos corrales de piedras. Algunos ingenieros y oceanógrafos trataron de conversar sobre los riesgos y daños ecológicos que significaban los tan catastróficos pedraplenes, pero nadie quiso perder el tiempo con pesimistas. A pie de obra se colocó un cartel: "Donde hay un comunista se acaban las dificultades." El puente de piedras de Matanzas representa un símbolo de la estupidez y de la impunidad: nadie pagó los millones de platos rotos que se requirieron para acabar con la garganta de la bahía y su gracioso malecón de poetas. Un mal día, los hombres y mujeres de La Atenas de Cuba lloraron al ver cómo a su mar le atragantaban el cuello con toneladas de mierda rocallosa, tan mal cagada por los funcionarios de turno que no quedó más remedio que seguir echándole más porquería arriba, hasta abarcar la media luna del malecón, donde una cuadrilla de jardineros sembró, en desagravio, unas palmas raquíticas. Los que se atrevieron a denunciar la obra con argumentos poéticos, ni siquiera ecológicos o políticos, fueron amenazados por las autoridades y tuvieron que tragarse sus buches patrióticos y resignarse a ver todos los días de Dios aquel infame pedraplén que les hería sin piedad la niña de sus ojos.

Humberto Pérez, después de su humillación, fue nombrado subadministrador de una tienda de ropas de segunda mano, en la calle de Monte. Desde ese mostrador de sastre sin historia, con una cinta métrica enrollada al cuello y unas tijeras de cortador de telas en la mano, Humberto Pérez pudo ver cómo, pocos años después, el país en pleno abría sus puertas, sus piernas y sus puertos a la inversión extranjera, y tal vez hasta sonrió levemente cuando supo que se permitían de nuevo los mercados agropecuarios, y que renacían los changarros de los artesanos, y que la policía dejaba de acosar a la rameras adolescentes, de guardia en el malecón, donde pescaban tiburones capitalistas con las carnadas de sus cuerpos pintones.

El martes 8 de junio de 1993, el *Granma* divulgó una versión de las palabras de Fidel durante el encuentro con los participantes de la xiv Convención de Turismo, celebrada en la playa de Varadero. El sábado anterior, que no circula el periódico, el *Noticiero nacional de televisión* había mostrado imágenes de ese evento y fragmentos del discurso de clausura. La versión del *Granma* estaba censurada, sobre todo en lo relacionado con los posibles turistas norteamericanos. "Nosotros no somos los que les prohibimos venir", dijo en la televisión: "No les decimos yanquis. Si se les dice es con cariño. Lo de yanquis es para las tribunas." Al referirse a las ventajas de invertir en Cuba, según el periódico oficial del Partido: "La recuperación del capital es mucho más rápida aquí que en cualquier otro lugar del mundo, y no hay peligro de cambios sociales porque éstos ya se produjeron con la Revolución." Por la pequeña pantalla dijo más: "Si se invierte en un país capitalista, se corre el riesgo de que surja una revolución social y se pierda todo; pero aquí ya hubo una Revolución social, se instauró el socialismo. Lo más que puede suceder es que se pase al capitalismo, y entonces no pierden nada."

Obispos de la iglesia católica, con monseñor Jaime Ortega al frente, y activistas de movimientos pro-derechos humanos, encabezados por Gustavo Arcos y Elizardo Sánchez Santa Cruz, entre otros, representan posiciones respetables que, desde y para la isla, proponen una reinterpretación crítica de la realidad y recomiendan el inicio de un diálogo de salvación nacional. El gobierno los tacha de "grupúsculos insignifican-

tes" y afirma que apenas logran convencer a un "puñado" de simpatizantes indeseables. Pero el domingo 26
de julio de 1953 Fidel atacó el Cuartel Moncada al
mando de un puñado de ochenta hombres, el propio
Gustavo Arcos a sus espaldas. Arcos iba en el automóvil
donde viajaba Fidel, y tuvo el coraje de proteger al líder
con su cuerpo y resultó herido en el asalto. Por cierto,
el conductor de uno de aquellos coches de la caravana
era Mario Chanes de Armas, quien llegaría a ser el reo
político de mayor condena en la historia de los tiempos
modernos: estuvo treinta y un años preso en todas las
cárceles de la isla; en 1959 se atrevió a denunciar
públicamente que la Revolución tenía tendencias
comunistas y fue tachado con la cruz del enemigo. Así
como se defienden los derechos humanos deberían
demandarse también los deberes humanos: la gratitud,
la exigencia de la justicia y el reconocimiento al mérito
ajeno, pienso, estarían entre las primeras obligaciones
del hombre. El 2 de diciembre de 1956, cuando Fidel
desembarcó en Playa Colorada, lo acompañaba otro puñado de expedicionarios, entre ellos Ángel Arcos, un
hermano de Gustavo, muerto en las emboscadas iniciales
de la guerrilla. No estoy comparando. Estoy recordando.
Recordando a José Martí: "El respeto a la libertad y al
pensamiento ajenos, aun del ente más infeliz, es en mí
fanatismo: si muero, o me matan, será por eso." Las
autoridades ignoran a estos compatriotas, los desacredi-
tan o los persiguen hasta tenerlos tras las rejas. Prefieren,
en cambio, dialogar con representantes del exilio, en
terrenos y hoteles neutrales. ¿Por qué les interesa conversar con la oposición externa y les niegan el saludo a la
oposición interna, si en ambos bandos militan veteranos
comandantes rebeldes, disidentes políticos y desilusiona-
dos conspiradores clandestinos? La diferencia la marcan
una simple vocal y un acento ortográfico: los de afuera
tienen dólares, los de adentro dolores.

(Carta de un amigo desde Cuba,
La Víbora, 11 de mayo de 1996. Fragmentos.)

Hermano: sólo a los árboles que dan frutos les
tiran piedras, reza un refrán español. ¡Que no
joda el poeta Aniv D'erev! ¡No se vale, Lichi,
estás haciendo trampas, y lo sabes! Al pie de la
estatua del Alma Mater y en los muros de la Universidad han aparecido otras muchas pintas que
gritaban y siguen gritando otras muchas y mejores consignas. ¡Viva la Revolución!, por ejemplo.
O ¡Abajo la explotación del hombre por el hombre! O ¡Cuba va! No puedo estar de acuerdo contigo, mi socio. Ahí te van otros dos cuartetos de
un poema de Raúl, para que aprendas a escribir,
carajo: "Yo soy la veladora de los gallos/ que pro-
nuncian el tiempo de la poda./ Yo soy la viuda
triste que en la boda/ come de pie, igual que los
caballos./ Mis hijas caso, amarga las despido/
como quitándome un vestido viejo/ que se guarda en el fondo del espejo/ donde moran los hombres que he perdido." (...) Me atrevo a relacionarte,
como quien no quiere la cosa, otras tristezas,
desde esta orilla de la isla (si quieres te recuerdo,
incluso, alguno de los poemas de amor que le
escribiste a Charín cuando éramos románticos
medio bolcheviques: "Rosario, Rosa, río, forma
mía de querer la patria.") Que se tome acta, compañeros. (...) Una tristeza real y profunda es pensar en los miles de niños que mueren por causas
de enfermedades absolutamente curables, en las
postrimerías del segundo milenio de civilización
occidental, o pensar en los miles de miles de seres humanos que mueren de hambre en un continente que se da el lujo de arrojar cosechas al

Océano Pacífico para sostener los precios altos en el mercado internacional. Eso dice *Granma*. Cito la fuente, por si acaso. Otra tristeza: saber que la Tierra está a punto de explotar como el globo de Cantoya por el desastre ecológico de la modernidad y que nos vamos a ir a casa del diablo un día, por un agujero de ozono, igual que el célebre vendedor de toldos Matías Pérez. ¿No sería más valiente pensar que no todo está perdido? Que se puede salir a flote. ¡La Isla de Corcho! Que teníamos razón cuando nos propusimos un proyecto de vida basado en la justicia social. Que la Revolución, óyeme bien, nos hizo mejores hombres y mujeres, más desprendidos, más bondadosos, más corajudos, mas hombres y mucho más mujeres. (...) No soy un extremista. Ni un cuadrado. Ni un oportunista. Ni un aprovechado. Yo soy tu amigo. Yo también leí el reportaje donde el arquitecto de Las Villas nos dice cómo subir las escaleras sin cansarse. Lo de la tracción humana, ¿no te lo habrás imaginado? Sé que hay cosas insufribles e inexplicables. Que una vez le compramos a los checos una máquina barredora de nieve para limpiar las calles de Bayamo. Que cuando había barra de dulce de guayaba faltaba entonces el queso crema. Que perdimos mucho tiempo en malabares de locos. Que la masa cárnica por poco deja ciego a medio Pinar de Río. Que en el Palacio de las Convenciones se realizan Encuentros sobre la Nacionalidad, Foros Internacionales sobre la Cubanía, Torneos de Libre Expresión, pero el pueblo no se entera de lo que allí discuten. Que muchos funcionarios vivieron (y aún viven) en las vacas gordas sin ver el potrero donde pastábamos las vacas raquíticas (utilizo, como ves, tu propia retórica enumerativa). Nunca me gustó la alianza con la invencible URSS. Tampoco me interesa el capitalismo feroz. Nunca me gustó la guerra en Angola ni la guerra en Etiopía ni la guerra en Siria ni la guerra en Argelia ni la guerra en el Congo ni la guerra en Bolivia ni la guerra en Libia ni la guerra en Nicaragua ni la guerra en Granada ni la guerra en el fin del mundo, aunque fui a Luanda como médico internacionalista, pues si no me pasaban la cuenta de los cobardes y yo no estaba dispuesto a pagarla. Hablo por mí, no generalizo la experiencia. Quede claro. ¡Ah!, qué pretendes Malpica. ¿Que despotrique por los cuatro costados? Puedo hacerlo. ¿Quieres que critique el movimiento de los Médicos de la Familia, una utopía más entre tantas venidas a menos? ¿Que escriba que el Plan Alimentario (o alimenticio) es una mentira del tamaño del Capitolio Nacional? Puedo hacerlo, te lo juro. Pero en casa. Junto a mi mujer y mis amigos. Con apagón. Y un trago de Tumbacuello en la mano. Reconozco que tendré que cerrar las ventanas para que no me oiga mi vecino el coronel. ¿Te digo más? Siéntate y escúchame bien. Ponte cómodo. Y aguántate del butacón. ¿Sabes por qué DL y yo no hemos tenido hijos, al cabo de once años de matrimonio? Claro que el tolete se me para, mi socio, y como el faro del Morro, para que no te equivoques: mi tranca no sabe de periodos especiales ni de opciones cero. DL, si quieres saberlo, es una leona en la cama. Lo que pasa, hermano, es que quiero para mi hijo un mundo mejor, ya construido, no en ruinas, no en planos de arquitectos políticos, y ese sitio con el que sueño desde hace treinta y seis años no es el purgatorio en el que vivo treinta y seis años después, un mundo sin aliciente, sin nada "grande qué hacer", salvo esperar, recordar

para volver a vivir, un sistema haciendo aguas
por la línea de flotación. Prefiero, entonces, adoptar a una criatura que ya está aquí abajo, en el
piso, entre nosotros, como una gata. Aunque me
parta el alma y me duelan los timbales. DL y yo
vamos a adoptar una niña que fue abandonada
por sus padres balseros. La escondieron en un
escaparate, con sus cuatro muñecas chinas, y
allí estuvo tres días llorando porque no podía
abrir la puerta del mueble. Yo me hundo con mi
barco. Soy de ésos. (...) En la inmensidad del
mar, en lo infinito de los cielos, el hombre se
enfrenta a su destino y surgen ¡las Aventuuura-
aas!... ¿Quieres un consejo médico? Termina tu
libro. Pon punto final. Termínalo de una vez y
no jodas más con la cantaleta de los errores.
Mas no lo publiques. Al menos por ahora. Júra-
melo. Por tu hija. Entretanto, mándame una co-
pia completa. Hay pasajes que me encantan. De
verdad. Me hacen reír y llorar. Lo guardaré bajo
la almohada de mi cama, forrado con un afiche
de Todos A La Plaza, para leerlo de tarde en
tarde, en una de esas puestas de sol sin fin,
frecuentes y anaranjadas como tú dices, cuando
me siento en el portal de mi casa y me pongo a
pensar en los viejos amigos, entre muecas, y me
empiezo a encabronar con la vida porque ustedes ya no están conmigo, y trato de imaginarlos
en las pirámides de Teotihuacán, o en el metro de
Caracas (¿Caracas tiene metro?) o a la entrada de
un rascacielos de Nueva York o vendiendo espe-
juelitos en una plazoleta de Barcelona, y acabo haciendo pucheros ridículos, borracho, empingado
y cagándome en la madre de los tomates, hasta
que me sorprendo llorando como un niño sin caramelos, y DL viene y me dice "vámonos a dormir,

papito, mañana, tú verás, será otro día". Si decides publicarlo, te autorizo a que incluyas esta carta, porque te quiero más que el carajo y, a fin de cuentas, si estuvimos juntos en las buenas qué caray, lo justo es que jalemos parejos en las malas. Tiene la palabra RHN, con cita de Alan Parsons (*And the boatman's getting restless/ As he stands upon the shore*): "¿Por qué si al naufragar la barca herida/ lleva timón y vela y mástil junto,/ lo que era vela y mástil de difunto/ no lo acompañan en su ruta hundida?/ Si todo indica que el finado espera/ una suttee honorable... Y sin embargo,/ ¿por qué al lanzar su barca al río amargo/ nos quedamos llorando en la ribera?/ En llanto y en gemido hemos pagado/ para que no nos lleves, la moneda,/ barquero que los cáñamos desatas./ Se abren las aguas, el desmantelado/ féretro se hunde... Sálvese quien pueda./ Dénnos nuestro lugar junto a las ratas." Besos para las muchachitas. Un abrazo. Dos abrazos. Tres abrazos. Cuatro abrazos. Cinco abrazos.

Yo. Dr. AAR

PD: Fin del Círculo de Estudio: Que levanten la mano los que están de acuerdo con el compañero Dr. AAR... Los que están en contra... Los que se abstienen... ¿Te pido un favor, fuera de la reunión? Unos zapaticos para mi niña. Calza el 5 y medio, creo. Eso dice DL. Por si acaso, te mando la plantilla de su pie... Nos vemos en la próxima caricatura.

XI

...¿cómo se abrieron las piedras bajo el relámpago?
¿cómo creció el agua hasta tocar el miedo de tus ojos?
MANUEL DÍAZ MARTÍNEZ

...aunque me quiebre el pescuezo cuando pase el
impala voy a seguir siendo su enemigo
CARLOS AUGUSTO ALFONSO

Agosto se prolonga. Agosto se hace insoportable. Agosto es una bomba. Agosto arde. Agosto explota. Agosto agota. ¡Chin Chin ni carajo: si va a llover, que llueva! Hoy pretendo terminar este libro. No salgas, mi hijo, está cayendo tremendo aguacero, dice mamá desde el cuarto. Llueve. Nubes bajas. Nubes fofas. Nubes negras. Cielo roto. A través de la ventana del estudio de mi padre, en 21 y Avenida de los Presidentes, veo pasar a medio millón de habaneros y de habaneras, con vasos de ron en la mano, chancleteando. Para abajo los santos ayudan. Cantan, entre los truenos de la tormenta, rumbas furiosas: A Rosa (la guagüera) no le gusta que le monten por detrás: los que quieran por delante pero nunca por detrás, dice una conga. Rumbean. ¿Rosa? Rosa, tú, melancólica, estás hecha de esa materia extraña con que se amasan las estrellas. El torso de una mulata redonda calibra la caja de bolas de su cintura. Su hombre se le pega. Estoy ligado a ti más fuerte que la hiedra. El fulano es de la vieja guardia. Lo suyo es el bolero. Se le pega. Pasaron desde aquel ayer ya tantos años, dejaron en su gris correr mil desengaños. Toma, china, no te la pierdas: mira cómo me tienes. Y se le pega. El hombre viene sin camisa. Mas cuando quiero recordar nuestro pasado, te siento cual la hiedra ligada a mí. Baja y chupa. El hombre la toca. El hombre y la mujer se tocan. Todos se tocan. Es el toca toca, al estilo de Juan Formell. La lluvia los calienta. La lluvia es de alcohol. Y de aguardiente de caña. Ron Tumbacuello. Ron Chispa de tren. Ron Salta pa'tras. Bebe de mi copa, pequeña, es mi sangre. Gratis. Coman de mi pan, éste es mi cuerpo. Gratis. La cerveza fría se la toma cualquiera, el problema está en tomársela caliente. En ningún lugar del mundo llueve como en Cuba. Sin chauvinismo. El cielo se cae. Le viene a uno encima. De golpe y porrazo. Raíles de punta. Luego escampa, como si nada. San Pedro cierra la pila. Se acabó. El cielo azul. Y un fuerte olor a almidón. Limpio. Pero todavía está lloviendo. Viva la sandunga, el compadreo, la piña, el despelote, el chisme, el truquito, el deschabe, la guapería, el vacilón, el choteo, el no cojas lucha, la chapucería, el dale a quien no te dio y el sálvese quien pueda. El agua ha empapado el mosquitero de las camisetas donde se lee: Te seré fiel, Con el mismo coraje, Yo me quedo, Cuba va, Socialismo o Muerte. Tremendos pezones. No, no, ésa no es una consigna. Pero los pezones son tremendos. Boyan. Faros de penes. Los músculos nadan en un mar de gente. La fiesta es gratis. La venganza es gratis (¿grata?). El agua va desnudando a los caminantes al ritmo de la comparsa. Ay, malembe, los de mi isla ni se rinden ni se venden, malembe. ¡Chin Chin ni carajo! Son las cuatro y pico de la tarde. Van rumbo a La Punta, en el malecón, donde se ha organizado una gran pachanga. Para que el enemigo aprenda de una vez que con Cuba no se juega, coño. Para celebrar el triunfo. ¿Cuál triunfo? ¿Quién ganó? ¿Qué? Una pachanga no: un acto de reafirmación ideológica. Una prueba de la unidad del pueblo combatiente. La fuerza del Partido radica en su vinculación estrecha con las masas. Pégate. El programa anuncia a cantantes y agrupaciones musicales de moda. Se respiran aires de carnaval. Aires de libertad. Es un carnaval. A Rosa no le gusta que le monten por detrás. La Juventud y el Partido se han propuesto (nos han propuesto) una tarea audaz:

conmemorar el primer aniversario de "La Toma de La Habana por las Sabandijas", como le dice una amiga mía a los episodios de agosto de 1994, cuando cientos de cubanos invadieron las calles de la capital para gritar pestes contra la Revolución y contra el hambre. Yo estuve en ese otro agosto. Abre los ojos. Recordar es volver a vivir. Soy un peón de infantería. Miro por la ventana. ¿No oyen? Son sirenas de patrulla. Helicópteros. Toc-toc-toc-toc. Carros blindados. Los policías que se vistan de civiles, para que parezcan hombres del pueblo, dicen que dijeron. Toc-toc-toc-toc. No sé por qué piensas tú, soldado, que te odio yo. Camiones y más camiones cargados hasta el techo con trabajadores del Contingente Blas Roca Calderío. Y de cabillas. Y de rencor. Soy de abajo, lo eres tú. Eres pobre, lo soy yo. El burro entiende a palos. Los que quieran por delante pero nunca por detrás, dice la guagüera. Algo está pasando en Centro Habana. No sé por qué piensas tú, soldado, que te odio yo. Los cederistas se han dormido, pensando en las musarañas. No pelean. Se quedan en sus casas, más tranquilos que estate quieto. Apenas observan la escena desde los balcones. Si somos la misma cosa, tú, yo. ¿Qué te pasa? No me pasa nada, compadre, me sucede. Yo vine de cocinero, decían los de Playa Girón (Bahía de Cochinos): mira tú, yo estaba cocinando allá atrás y ni me enteré, dice la responsable de vigilancia. Algo pasa, algo sucede, ese 5 de agosto del 94. La historia está escrita en el fondo del mar. Martí estaba claro: Odio el mar, furioso cuando ruge. Martí era un filtro. Todo empezó tres semanas atrás, el 13 de julio de ese año, con el hundimiento del remolcador 13 de Marzo. El número trece nos persigue. Acosa. Agota. Habría que borrar esa fecha del calendario, no vaya a ser que se complique el dominó. Este trece, a la noche, familias enteras de trabajadores del astillero Chulima subieron al remolcador, sin saber que Patrón los esperaba como cosa buena. Patrón se escupe las palmas de sus manos y se las frota. Goloso. Se cree un bárbaro. Es un bárbaro. A la segunda va la vencida. Está encabronado. Le han dicho hasta del mal que va a morir porque hace un mes le robaron esa misma embarcación, era tu responsabilidad, Patrón, como padre y como militante, estás en llamas: los revolucionarios no podemos darnos el lujo de estar comiendo mierda, y los gusanos se llevaron el remolcador hasta Cayo Hueso. Menos mal que los gringos lo devolvieron, enterito. Esta vez el mambo será diferente, dice Patrón. Mambochambo. Esta noche Patrón se ha subido en otro caballo de aguas, el remolcador Baragua, con quilla de acero, y se ha emboscado con sus compañeros al pie de la fortaleza de La Cabaña, las luces apagadas, bucanero, para agarrarlos a todos con las manos en la masa, dice Patrón. La masa es el 13 de Marzo. Un barco construido a principios de siglo, más viejo que Matusalén. Qué ganas tengo de darme un trago de ron Matusalén, dice. Tumbacuello. Ahí vienen, dice Patrón. Yo los conozco bien. Una partida de vendepatrias de El Cotorro. Cayó timba en la trampa. Cayó y no puede salir. Timba. Deja que se alejen unas millas, dice Patrón a su timonel. Timba. Dale hilo al papalote. Para que la gente no vea el show desde el malecón. ¡Hay tantas parejas besándose en el muro! ¡Qué se creen! ¿Qué la ciudad es un prostíbulo? Una cochiná, dice Patrón. Puercos. Inmorales, dice. La juventud está perdida, dice. Cuba es un eterno Baraguá. A esa edad, yo estaba cazando bandidos en el Escambray, o cortando caña en Ciego de Ávila, o en una escuela provincial de milicia, o en una maniobra militar en el polígono de Jejenes, en Pinar del Río, compañeros, dice. Sabemos tu trayectoria, le aseguran, pero los méritos pueden ser agravantes, según los códigos morales de la Revolución. Acuérdate: los méritos son agravantes, dijo el Fiscal. Lo que jode a Patrón, lo que le está acabando con la vida, lo que no dice pero piensa, es que su querida hija se fue del país en el robo anterior del 13 de Marzo. Sabandija. Hijita. Se le escapó de las manos (vuelve a escupirlas). Se le escapó de la casa. No vino a dormir anoche. Hijita. Me cago en su madre. La muchacha lo traicionó. Lo embarretinó. Me embarretinó, dice Patrón. Se fue para el carajo. La muy perra. Perra no, gusana, dice. La muy gusana, hijita. Y todo por seguir detrás de la morronga de ese vago, su marido. Negro, además. Un prieto, dice. Yo no soy racista. Mi hija, su hija, con un negro, quemando petróleo. Un niche. Hijita: un totí. Si no la caga a la entrada la caga a la salida. Un negro en Miami sirve de comida para perros, piensa Patrón y sonríe porque imagina la escena. Pobre Patrón, ¿sabes lo que le pasó? Su hija se fue con un negro. Su hija se murió. Ya la enterró Patrón: ya la enterré, compañeros; dice Patrón. Bien, no esperábamos menos de un hombre como tú. Para mí no existe, dice. Su hija está muerta, tomen nota, mi hijita está muerta, comprando preservativos en un supermercado de Miami para ponerle gorrito a la pinga prieta del negro. Yo no soy racista. El hombre es más que mulato, más que negro, más que chino: es contrarrevolucionario o no, gusano o no, traidor o no. La ausencia es la prueba definitiva del amor, Patrón, la ausencia es la prueba definitiva, dijo el general Sanguily. ¿Del amor? Recordar es volver a mentir. No hagan ruido. Siooo, dice Patrón. Coño. Está bueno ya de muela. Siooo, carajo, siooo. En silencio ha tenido que ser, porque hay cosas que para lograrlas han de andar ocultas. A la una, a las dos y a las tres... ¡Atájalos! ¿A dónde van, gusanos? ¡Atájalos!, dice, ¡atájalos! Una docena de niños murieron por la estupidez de sus padres, que no pensaron en los peligros reales de la descabellada acción (¡cómo pudieron!), y el rencor de un asesino que se cree un héroe porque, a la luz de las lanchas guardacostas, baña con potentes chorros de agua la cubierta donde los prófugos piden clemencia; Patrón es hueso duro de roer, eufórico verdugo que se atreve a acelerar la máquina del Baragua y embestir al viejo 13 de Marzo, que se joda, carajo, más bien que se jodan, en plural, yo les paso la cuenta, yo los rompo en dos, dice Patrón, yo los parto por el eje, dice, yo los resingo, como a mi hija, dice, que está enterrada. Qué ganas tengo de darme un trago de ron Matusalén, piensa Patrón. ¿Fueron treinta y dos o treinta y cuatro los que se ahogaron esa noche? Quién sabe, Patrón. Se dijo que murieron una docena de niños. ¿Once, doce o trece? Hay sol bueno, mar de espuma, arena fina y Pilar se quiere ir a estrenar sus zapaticos de plumas. ¿Alguna de las niñas se llamaba Pilar?, dice Patrón. La noche es el único testigo. La boca del mar cierra sus labios de olas. La noche y agosto. La noche se traga los gritos. Agosto borra las huellas. La noche no habla. Agosto tampoco. La noche es muda. Agosto es una tumba. Dos patrias tengo yo, Cuba y la noche. Tres patrias tienen los niños: Cuba, la noche y el mar. Pilar, te llaman. ¡Pilar! Esta niña, carajo, no hay tarde que no me enoje. ¡Vaya mi pájaro preso a buscar arena fina! A Rosa no le gusta que le monten por detrás. Ya no llueve. Sigo en la ventana del estudio. Mamá abre los ojos. Me avisas cuando escampe, Lichi. Sí, mamá. Sigue pasando gente, medio millón de gente, calle abajo, conga abajo, el baileteo rodando por el asfalto: Tumbacuello. Medio millón de cubanos en la fiesta. Sabroso y no cuesta nada. No cuesta ná, se dice. Eso no es nada, camarada, eso no es nada. Eso no es ná, camará, se dice. Caramba. Una cosa me encontré, siete veces la diré, si su dueño no aparece con ella me quedaré. Alguien orina un semáforo. Caramba. Salta pa'trás. Los que quieran por delante. Un hombre carga en hombros a su hijo, que lleva una banderita de papel en la mano. En todas las manifestaciones, en cada marcha del pueblo, hay un hombre que carga a su hijo en hombros. En todas las marchas del pueblo el niño lleva una banderita. A lo mejor es el mismo tipo. La misma banderita. De papel. Azul, blanca y roja. Mañana publican la foto en la primera plana de los periódicos: el hombre (la camisa abierta) con el niño arriba y la banderita al viento: es el bautizo, la confirmación de un nuevo combatiente. Un símbolo de continuidad, de genética ideológica. Antes, aparecía de un sombrero de guano un viejo en guayabera que decía ser mambí. Soldado de Maceo, El Titán de Bronce. Los periodistas de la televisión lo entrevistaban, en vivo, desde su silla de ruedas, y el veterano decía que si los americanos invadían Cuba él buscaría su machete para cargar contra ellos. Nunca faltaba la mujer del pueblo que, ante las cámaras, contaba que un hijo suyo estaba en Angola, peleando, y que si caía en combate, aún le quedaban más hijos para darle a la patria. "Mis muchachos son de la Revolución", gritaba. La isla está llena de Marianas Grajales. De un palo, la astilla. Sangre de mi sangre. ¿Qué pasó, Patrón? ¿Nunca llevaste a tu hija a los desfiles? ¿Tu mujer no te pegó los tarros? Eso explicaría tantas cosas. Rueda el chisme por el barrio. Te jodiste. Trata de que radio bemba haga su parte. Di eso: que no es tu hija, que te pegaron los tarros cuando estabas en el Escambray, o en Ciego de Ávila, o en Jejenes. Primero dejar de ser macho que dejar de ser revolucionario, dice Patrón. Una cosa me encontré, seis veces la diré, si su dueño no aparece con ella me quedaré. Por los altavoces se escucha una canción de Albita Rodríguez. Qué culpa tengo yo de haber nacido en Cuba. ¡Alabao! El que puso la grabación de seguro no sabe que Albita se fue del país hace ratón y queso. Y que es famosa. El que puso la grabación está en cana y no lo sabe. Qué culpa tiene él de haber nacido en

Cuba. ¡Alabao! ¡Chin Chin ni carajo: si va a llover, que llueva! Una cosa me encontré, cinco veces la diré, si su dueño no aparece con ella me quedaré. La mulata de la caja de bolas en la cintura vomita el hígado en el jardín de la embajada húngara. Su hombre se le pega por atrás. Le aprieta la panza. Baja, chupa y vomita. Es mejor vomitar que pensar. Jamás la hiedra y la pared podrían apretarse más. Sacar para afuera que meter para adentro, como dice el cubano decidor. Mucho más mejor. Sube para arriba. Baja para abajo. Entra para dentro. Saca para afuera. Bota. Un pequeño discurso, un teque por la cabeza, y luego el bailable, toda la noche, mi china. Más fuerte que el dolor se aferra nuestro amor, como la hiedra. Vomita, mujer, vomítalo todo: no te me rajes ahora que va a empezar el guateque Palmas y Cañas. Ramooón, ¡el guateque! Vamos a oír la muela. Y a bailar con El Cantante. En El Palacio de la Salsa, en el Hotel Riviera, un sonero muy conocido ofrece un billete de cien dólares a la mujer del patio que enseñe en el escenario las tetas más grandes. Cien dólares, cien fulas, son tres mil pesos cubanos, en la bolsa negra, es decir en la universidad de la calle. Tres mil pesos es el salario anual de una maestra de primaria. Así que la maestra de preescolar abandona la mesa del cabaret (no sin antes lanzarle un beso a su empresario español, muaaá), sube al estrado y se quita la blusa, pa'que goces, papá, y pa'que goces, mamá. Gallego, no te troques: mis tetas valen trescientos sesenta y cinco días de clases, *aeiou*, más sabe el burro que tú: doce meses: cuatro por tres, doce; veinticuatro entre dos, doce; gaito, facilito, no seas tolete: seis y seis, doce; por cien fulas, doce meses, y son tuyos mis cálidos pechos, doce horas, desmaya la talla, toditos para ti. Muaaá. ¡Si de todas maneras van a hablar! El cubano no se queda callado. Es el chisme. El deschave. Radio bemba. A mí no me lo creas, pero dicen que anoche la maestra enseñó las tetas en el cabaret. ¡Cuéntame, muchacha! Mira, tú sabes cómo es la gente de habladora: yo no estaba, pero Margot sí y ella dice que le llegan al ombligo. Oye tú. Al otro día estaba apenadísima la maestra. No me explico. Yo no soy así. Fue un momento de debilidad. Cien dólares de debilidad. El espíritu autocrítico, dicen. El centralismo democrático no es incompatible con la opinión propia, compañero lector. Un consejo: habla de la cadena pero no menciones al mono. Una cosa me encontré, cuatro veces la diré, si su dueño no aparece con ella me quedaré. ¡Si va a llover, que llueva! Tiene razón la maestra: aquí y en China cuatro por tres son doce. Hace doce meses llegó la primera lanchita de Regla a Miami. ¡Atájala! Otra locura. Otro disparate. Otro crimen. Qué culpa tengo yo de haber nacido en Cuba. A quién se le ocurre subir a una cáscara de nuez, con su hijo en hombros. ¿El niño agita en la mano una bandera cubana? Y pocos días después una segunda lancha. Y luego una tercera. ¡Alabao, atájala! Súbete y chupa, no te bajes. ¡Ay!, malembe, los de esta isla ni se rinden ni se venden, malembe. Y cientos (¿miles?) de cubanos se dieron cita en la plazoleta del castillo de La Punta para esperar la cuarta. ¿Estaría entre ellos la mulata de la caja de bolas en la cintura? Vomita, mujer, vomita, vomítalo todo: no te me rajes ahora que va a empezar el guateque Palmas y Cañas. Ramooón, ¡el guateque! A los que querían irse les daba igual un entierro que un homenaje, un homenaje que un acto de repudio, la vida que la muerte, la casa que la cárcel, ¿verdad, Paella? Qué volá: la ausencia es la prueba definitiva del amor. A esta gente del gobierno no se le puede enfrentar porque te pasan la cuenta en un santiamén. Yo no quiero la guerra, porque fui guerrero. Tú sabes que fui guerrero. En Angola tiré tiros con cojones. Emboscadas y caravanas. No puedo dormir. No puedo. ¿A cuántos maté, muerto de miedo? ¿Se llamarían Otanga, Caetano o Longorio? ¿Hijos de Yemayá o de Ochún? Yo no quiero sangre, asere. Tú lo que eres es gusano. ¿Sangre para qué? No sirve. Te digo que la sangre humana no sirve, ni para santería. Es mejor la de los pollos. Gusano y bien. ¿Armas para qué? Mejor me voy del país. Si no me siento a gusto en un lugar, me voy. Yo soy así. Tú me conoces. Por gente como tú es que estamos tan jodidos como estamos. El país te lo regalo. Te lo presto un rato. Métete esto en la cabeza: yo no me quiero fajar con mi hermano en una guerra civil, compadre, eso es, y para tumbar a esta gente tienes a fuerza que fajarte con tu hermano, con tu vecino, conmigo, compadre. Gusano. Gusano bien. No jeringues con lo de gusano. No jodas. Gusano. Deja el bonchecito. Óyeme: mi pura se vuelve loca si mato a mi hermano o mi hermano me mata a mí en el tiroteo. Yo no soy cobarde pero tengo miedo. Compadre, te me has caído completo, vaya, para el piso. Un tipo como tú. Combatiente de Angola. Si te va mal allá tú, después no llores, quién te mandó a irte. La pura se tuesta. La gente como tú sólo piensa en sí misma. El egoísmo es de pinga. Y para que no me digan nada, me voy con lo que tengo puesto. Al pecho. Te vas a la buena vida. Vete para el carajo. Si te vas a ir, vete para el carajo. Vete. Para casa del carajo. Me voy en la lanchita de Regla. Con Regla y todo. Aquí cerquita hay otra Cuba. Mentira: Cuba es una sola. Cuba, qué linda es Cuba, quien la defiende la quiere más. ¡Que se vayan, que se vayan, que se vayan! Ya empezaron con la cantaleta. ¡Ay!, malembe, los de esta isla ni se rinden ni se venden, malembe. Una Cuba con playa, calorcito y rumberas, sin contar las ventajas del imperio. Virgen de Regla, compadécete de mí, de mí... Más o menos se escapa. La libras. La luz de alante es la que alumbra. Media Cuba está para allá, al otro lado del charco. Te dan papeles al año y un día. Averigua. Yo averigüe. Son cuentos de camino. No, son cuentos de la mar. ¡Que se vayan, que se vayan! Le mando fulas a la vieja y así mi hermana no tiene que encuerarse en el cabaret ni enseñarles las tetas a un turista peste a pata. Bueno, chao. Chao. Donde hay hombres no hay fantasmas. Pinga y cepillo. Yo soy de Vieja Linda. Yo también, y me quedo en este mar de personas humildes, trabajadoras, medio millón de cubanos que camina por la Avenida de los Presidentes. Bueno, por lo menos júrame que no vas a hacer declaraciones en Radio Martí. No te busques problemas. Vuelve a la mecánica, que es lo tuyo. Me lo prometes. Te lo prometo. Por la pura. Suerte. Luz y progreso para ti. Lo mismo. Una cosa me encontré, tres veces la diré, si su dueño no aparece con ella me quedaré. Y entretanto cantábamos eso que dice, ¡¿cómo dice, comandante Varela?!... Un, dos, tres, y... a Rosa no le gusta que le monten por detrás, los que quieran por delante pero nunca por detrás. ¡Jamás! ¡Jamás jamé jamón! ¡Ay!, malembe. Hasta que se cansaron de esperar. Tenían hambre. Caramba, que no llega nada a la bodega. Un poco de mucha hambre. Caramba. Regresaron a pie, porque no hay guaguas para transportar a cinco mil tipos malgeniosos, tostados, quendis, testarudos. ¡Gusanos, que se vayan! ¡Que se vayan! ¡Que se vayan! Y entonces un chiflado que andaba por ahí dijo: ese hombre está loco, y La Habana enloqueció. Ojo por ojo y diente por diente. Nadie quiere a nadie, se acabó el querer. Tin marín de do pingüé, cúcara mácara títere fue. A la una mi mula, a las dos mi reloj, a las tres mi café. Se armó el dale a quien no te dio. Adiós, Lolita de mi vida. No quiero mariconá con el cocodrilo. Yo me tiro con la guagua andando. Yo no camino más, yo me siento. Te la debo. Apúntalo en el hielo. Para llegar al final de la vida, hay dos vías: 12 o Zapata. Chofe: déjame en la esquina mi socio. Para llegar al cementerio de Colón, digo, hay dos calles: Zapata o 12. La vida es un tren expreso que recorre leguas miles, el tiempo son los raíles y el tren no tiene regreso. Si te he visto no me acuerdo y si me acuerdo no sé dónde. Hermano: yo soy tu hermano, qué pasa. Tranquilo. No me pegues con esa cabilla, cojones, que duele. Tengo que darte, hermano, tengo que darte porque si no después me dan a mí. Pim, pam, pum. Coño, que me duele. Los del contingente Blas Roca Calderío dieron hasta con el cubo. Pum, pim, pam. ¿Dónde estaba el Patrón? Pácata. Pácata. A las siete mi machete, a las ocho te pongo el mocho y a las nueve te lo quito. Virgen de Regla, compadécete de mí, de mí. La venganza es gratis (¿grata?, ¿dulce?). El burro entiende a palos. Palo para ti. Palo para mí. Suávana. Una victoria más. Voy echando. Una cosa me encontré, dos veces la diré, si su dueño no aparece con ella me quedaré. Gracias a ese agosto turbulento se abrieron los mercados agropecuarios y se permitió la salida ilegal del país en balsas caseras. Luz y progreso. Chao. Una victoria menos. Puerco y tiburón, variante criolla de Pan y Circo. Alguien dijo: si en 1815 Napoleón hubiera sido editor del periódico *Granma*, el mundo no se habría enterado de su derrota en Waterloo. Pácata. La calle es del pueblo. Suávana. Sin duda. Como ahora. De mi pueblo. De alguna manera, mía, ¿o no me toca rincón por la libreta? Monina, ¿te cambio mi rincón por una caja de cigarros suaves? No jodas. ¿Qué pretendes? ¿Humillarme? Aceite no tengo, asere, ni manteca de puerco. Tú pides mucho, Lichi. A ese paso me vas a ofrecer tu rincón cubano por un rollo de papel higiénico para poderte limpiar el culo suavecito, como los burgueses. No, no, te equivocas, mi socio, si hasta pedíamos poco para ser felices, y por si fuese poco, éramos además muy felices. El Gato Tuerto, la Cinemateca, Rampa arriba y Rampa adentro, una casa en Boca Ciega, con siete mil doscientas cucarachas, carne rusa y huevos duros, huevos rusos y carne dura. Diecisiete instantes de una primavera. Adiós, felicidad, casi no te conocí, pasaste por mi lado sin pensar en mi sufrir. Nos vemos, amiguitos, en la próxima caricatura. ¡Qué clase de calor hay en este gobierno, caballero! Eso no es nada, camarada, eso no nada. Eso no es ná, caramba, eso no es ná. Una cosa me encontré, por última vez la diré, si su dueño no aparece con ella me quedaré: una foto de Charín con veinte años. Hoy me conformo con mi ventana, malembe. Una ventana a la calle. La ventana de mi padre. Ya está dejando de llover, mamá. Qué bueno, porque no se me va a secar la ropa, hijo. El agua se represa en las esquinas. Los tragantes de las alcantarillas se tupen con las pancartas de la marcha. Soy cubano, no puedo ser diferente. ¡Fundar una esperanza! El que no salte es gusano. Yo me quedo. Te seré fiel. Amo esta isla. Estoy contigo. Socialismo o Muerte. A Rosa no le gusta que le monten por detrás. No. Ésa no. Ésa no es una consigna de la Revolución. ¿Voy bien, Camilo? Quiero terminar mi libro, porque si no mi libro va a terminar conmigo: ¡Vaya mi pájaro preso!... Soy cubano, no puedo ser diferente. Me seré fiel. Se acabó el ron. Se acabó lo que se daba. Se acabó la diversión, se fue el Comandante y mandaron a parar. Vamos para la casa, caballero, vamos. Miren qué hora es. Ahuequen el ala. Vamos, vamos, que para luego es tarde. Ya no hay nada. Ya no hay ná. Muchos regresan, en sentido contrario a la corriente. Regresa el doctor AAR, mi amigo, el cirujano. Lo llamo, pero mi voz se mezcla con las grabaciones de la manifestación. ¡Doctor!, marchando vamos hacia un ideal, ¡doctooor!, ha sonado el llamado de la guerra, quiero hablar contigo, hermano, es la hora de gritar Revolución, ven para acá, estoy en la ventana de papá, prestos sus hijos al clamor reclaman, ¡doctor AAR, qué linda carta, tus verdades me hicieron pensar muchas cosas!, sabiendo que hemos de triunfar, hasta lloré cuando se la leí en voz alta a los amigos, en aras de paz y prosperidad, yo también soy tu amigo, compadre, te entiendo perfectamente, a combatir por todo lo que aman, cojones, escúchame, ven a tomarte un café como en los viejos tiempos, por Cuba, con Fidel, no te vayas doctor, es temprano, por Cuba, con Fidel, nuestra bandera, adiós, coño, otra vez será, manda pinga, yo me quedo con todas esas cosas, tan simples, tan hermosas, te traje los zapatos para tu hija, ¡Ay!, malembe, los de esta isla ni se rinden ni se venden, malembe, ¿no me escuchas?, nadie me escucha, adelante, cubanos, que Cuba premiará nuestro heroísmo, ¿quién era, hijo?, creo que me equivoqué, mamá. Yo cierro las cortinas. Te digo que ya no llueve. Vaya caramba, no me crees. Es que sigo oyendo la lluvia. Son los árboles, mamá, que gotean alcohol por las ramas. Un vecino sintoniza la emisora Radio Martí; otro, el *Noticiero nacional de televisión*. El gobierno de Castro ha puesto en venta sus ingenios azucareros, con los nombres de los burgueses. Cuba no está sola: ayer, por la tardecita, en Sidney, ciento catorce australianos participaron en un acto de solidaridad con la Revolución. Quien tiene un amigo tiene un central. Las mentiras de La Pequeña Habana se confunden con las mentiras de la gran Habana. Que si Fidel Castro Ruz tiene los días (¿los siglos?) contados. Que si vamos saliendo a flote. Que si Jorge Mas Canosa. Que si Torricelli. Que si Robertico Robaina está en Tumbankú. Que si tal cosa. Que si la otra. Cuba va. Cuba viene. Y suspirando se detiene. Como Matilda. La vaca de mantequilla. Matilda, madre espiritual de Ubre Blanca. Tú tienes razón aunque lo que yo digo no es menos cierto: chin chin ni carajo, si va a llover que llueva. Virgen de Regla, compadécete de mí, de mí. Llueve, pero menos. Chin chin ni carajo. Si hoy mismo, en la orilla de este malecón, hubiera una flota de cien balsas disponibles para ir hasta Miami, ¿qué pasaría? ¡Del carajo y la vela! ¿Se imaginan? ¿Qué coño pasaría, Paella? ¡Se imaginan! No. Ni pensarlo. En un abrir y cerrar de ojos, en septiembre de 1994, más de treinta y cinco mil balseros suicidas se lanzaron mar adentro, a las tontas y a las locas, caminando sobre los lomos de los tiburones. La gente desarmó los roperos, en busca de madera. Esto es de pinga, queridos amiguitos. Una madre, al menos una mala madre, escondió a su hija en el escaparate, para irse del país en una balsa. La Revolución se hará cargo de la niña. No le faltará educación ni salud. Es la verdad. El doctor AAR velará por ella. Gran tipo. Fue la locura. Es la locura. Huye, huye, que te coge el buey. La costa, llena de balsas, desde Mariel hasta Guanabo. Dios te salve, María, llena eres de gracia, el Señor sea contigo, bendita tú eres entre todas las mujeres y bendito es el fruto de tu vientre, Jesús. ¡Jesús! Los que se van, miran al frente. Al horizonte. En la línea del horizonte está escrito el final de esta historia. Qué culpa tengo yo de haber nacido en Cuba. Los que tienen hambre sólo hablan de comida. El final de esta historia está escrito en el horizonte. Escrito está en el horizonte, de esta historia, el final. La luna llena pondrá punto y aparte. La razón dicta. La pasión ciega. Los que se quedaron vendían estampitas de la Caridad del Cobre por un dólar. La Patrona de los balseros. Santa María, madre de Dios, ruega por nosotros los pecadores, ahora y en la hora de nuestra muerte, amén. Pasado y presente. Todo se vende. Todo se compra. Virgen de Regla. Un niño sube a una balsa vestido de pionero. Mira a su abuela. Tin marín de dos pingüe, cúcara mácara títere fue. A la una mi mula, a las dos mi reloj, a las tres mi café. La abuela está vieja y gorda, prefiere quedarse, ¿para qué, mi hijo? Los viejos somos un estorbo. Una carga. Ya se le fue el tren. Caramba. Adiós, Lolita de mi vida.

Cuando triunfó la Revolución tenía treinta años y tres hijos. Este mes cumplió sesenta y seis. ¿Para qué subir? Lo que pasó, pasó. No hay vuelta de hoja. Allí se queda. ¿Quién le devuelve lo bailado? El niño llora. La abuela se va poniendo chiquitica, chiquitica, a medida que la balsa se aleja sobre las olas. La abuela desaparece en un punto. La abuela se esfuma. Caramba. El fantasma de la abuela se muere antes que la abuela. La ausencia, ¿será la prueba definitiva del amor? En nombre del Padre, del Hijo y del Espíritu Santo. ¿Qué me llevo? ¿Mi vida? ¿Mi oso de peluche? ¿Qué me llevo? ¿Mi almohada? ¿Mi pasado? ¿Qué me llevo? Agua. Lleven botellas de agua. Agua bendita. Agua ardiente. Agua mansa. Agua para ti. Agua para mí. Los gringos están cerca. El futuro pertenece por entero al socialismo. Los tiburones están cerca. Con el mismo coraje. Con la boca abierta. Con el mismo entusiasmo. ¿Cuántos se comieron? Ni Yemayá sabe. No se habla con la boca llena. Vamos, vamos, ya está bueno ya, esto se acabó, compañeros, se acabó, Paella, se acabó, cabaretera, recoge tus cheles, negro, recojan de una vez, y delen, dale para casa del coño de su madre, ingeniero, qué pinga te pasa, blanquito, qué tú miras, ¿me conoces?, ¿me parezco a alguien?, deja la zoncera, no te equivoques, no te troques, si va a llover que llueva de una vez, a mí no me pasa nada, me sucede, chin chin ni carajo, dale, dale, camina Juan pescado, no seas descarado, coge el trillo, venado, no me quiero poner bravo. Bravo soy de madre. Peligroso. Peligrosito. Una bola de humo. No me busques, porque me encuentras. Malembe. Bota la muleta y el bastón y podrás bailar el son. No quiero escándalos. Vete a la mierda, muchacho. Serenidad, Juan Francisco, serenidad, que ese revólver que tú tienes no sirve pa'ná. El hombre y la mujer vienen subiendo la calle. Él le aprieta la panza a ella. ¿Verdad que fue mejor vomitar? Te lo dije, china. Vomita. Vomita, yo sé lo que te digo.

Ahora te tomas una cerveza y ya. Buenos días, Francisca. Muerto el perro se acabó la rabia. ¿Cómo dices? ¿Lo dices o lo preguntas? Yo te hablo con la verdad en la mano. Buenos días, Ángel. Es que no quiero guerra. Yo me voy. Ahí les dejo el paquete de la isla. Sin misterio. La concreta. Pensar, ¿para qué? ¿Para qué? ¿Qué? Cabila. Cabila, china, cabila. Recordar es volver a mentir. Ponle cabeza a esto. Ponle coco. Ponte para las cosas. Resuelve. Inventa tu maquinaria. No me preguntes por qué estoy triste porque eso nunca te lo diré, mis alegrías las compartiste pero mis penas no, para qué. Vamos a rezar, por si las moscas. Yo no me acuerdo de rezar. Repite lo que yo diga, China. A ver, repite: Padre nuestro, que estás en los cielos, Padre nuestro, que estás en los cielos, santificado sea tu nombre, santificado sea tu nombre, bendícenos en tu reino, bendícenos en tu reino, no nos dejes caer en la tentación y líbranos de todo mal, no nos dejes caer en la tentación y líbranos de todo mal, amén, amén. Hay que estar en la cerca. "El espíritu despótico del hombre se apega con amor mortal a la fruición de ver de arriba y mandar como dueño, y una vez que ha gustado de ese gozo, le parece que le sacan de cuajo las raíces de la vida cuando le privan de él", dijo Martí. Estaba pasado el Apóstol. Tenía en la bola. Martí no debió morir, ay, morir. Otro gallo cantaría. Y Cuba sería feliz. Un millón de cubanos en la manifestación, reafirmando su lealtad al proceso revolucionario. La cerveza fría se la toma cualquiera, el problema está en tomársela caliente. La vida es un teatro, asere, no jodas: el teatro de la vida. Candela. ¿Y cuándo me aplauden? No te hagas el artista. Se dice atita, habla bien, consorte, mira que ser culto, cutto, es la única manera de ser libres. Cuando te han aplaudido una vez es de madre vivir sin que te aplaudan. Luz y progreso. La hiedra y la pared, ¿podrían apretarse más? Sacar para afuera. Meter para adentro. Mucho más mejor. Sube para arriba. Baja para abajo. Entra para dentro. Brinca. Salta. El que no salte es yanqui. Caramba. Vomita, mujer, vomítalo todo: ya no hay nada. Se acabó lo que se daba. Se acabó el querer. Chao. Se acabaron las gotitas para la nariz. Se acabó. Chao. El acabose. Vamos, vamos, ya está bueno ya, esto se acabó, compañeros, se acabó, recoge tus cheles y dale, qué pinga te pasa, a mí no me pasa, me sucede, deja la zoncera, no te equivoques, no te equivoques, ah, no te equivoques. Caramba. Pastorita quiere guararey, si va a llover que llueva de una vez, chin chin ni carajo, dale, dale, camina Juan pescado, no seas descarado, a mí me da lo mismo un entierro que un homenaje. Odio el mar, furioso cuando hay sol bueno, mar de espuma, arena fina y vaya mi pájaro preso, mi pájaro bueno, mi pájaro loco, mi pájaro raro, vaya mi pájaro pájaro, mi pájaro feo, mi pájaro muerto, vaya mi pájaro, vaya, dice el padre y no puede darle un beso, carajo... Vamos, vamos, a llorar al parque. El perico está llorando. Los hombres no lloran en público. Buenos días, Ángel. Agosto se prolonga. Buenos días, Francisca. Agosto se hace insoportable. Gallego, no te troques: Agosto es una bomba. Agosto arde. A Rosa no le gusta. No le gusta, chico. Respeta su decisión. Es cosa suya. Agosto explota. Chin chin ni carajo. Agosto agota. Sí, vieja, te digo que sí, escampó: si no ves el sol es que ya es de noche allá afuera... Aeiou.

XII y final

*...y todo este silencio de noche sosegada,
en donde se adivinan angustias y querellas,
es el dolor oculto de la ciudad callada
¡bajo la indiferencia total de las estrellas!*
RUBÉN MARTÍNEZ VILLENA

*Pronto ordenaremos el paisaje
para que quede en la memoria.*
WENDY GUERRA

La historia es una gata que se defiende bocarriba. Impotentes como individuos ante un destino nacional con pretensiones y quimeras universales, minimizados en medio del zoológico más grande del mundo, el parlamento más democrático del mundo, el sistema jurídico más justo del mundo, la potencia médica más potente del mundo; perdidos en las praderas donde pastan las vacas más tetonas del mundo, sorprendidos ante los cañaverales más dulces del mundo, los platanales más bananeros del mundo y la fábrica de sellos, distintivos y medallas más laboriosa del mundo, enamorados de las putas más vacunadas y cultas del mundo, perseguidos por la policía más buena gente del mundo y protegidos, además, bajo el ala espléndida del líder político más corajudo del mundo, los cubanos aprendimos a convivir con un pánico diferente a todos los sustos hasta entonces conocidos, un terror casi valiente, habilidoso, un miedo que me da miedo precisar, y esa experiencia, curiosamente, nos hizo los cobardes más osados del mundo. Así aprendimos a desconfiar de las cuatro descascaradas paredes de nuestra casa, porque en ellas podían esconderse las orejas alemanas y democráticas de algún micrófono invisible. Aprendimos a celebrar las navidades con almejas rumanas y las ventanas cerradas, y escuchando canciones de Silvio y de Pablo en lugar de villancicos, para despistar al Comité.

Aprendimos a decir que sí mientras pensábamos que no. Aprendimos a fingir con audacia, a dar con decisión el paso al frente, a disimular con gran sangre fría, a levantar la mano cada vez que solicitaron nuestra disposición para participar en alguna tarea de la patria, porque luego encontraríamos a tiempo la excusa para no cumplir lo prometido, aprendimos en fin a dudar de nuestra propia sombra, hasta el punto de que ahora mismo, cuando leo ante ustedes mis notas, pienso quién de los presentes escribirá esta noche el informe de mi suicidio político, quién está grabando en su mente mis amargas verdades, quién va a clavarme un puñal sin piedad y, lo que es peor sin rencor, sólo en cumplimiento de su más elemental deber como revolucionario. Por lo pronto no se alarme nadie si este texto asume a ratos un tono de frío documento leguleyo: he decidido redactar de puño y letra mi propio informe contra mí mismo, para que al menos me condenen por lo que pienso y no por lo que otros opinan de mi melancolía, y de este miedo tenaz que me hace decir: que no te obedezca no quiere decir que te traicione.

A la vida no hay Dios que la pare.

Lo que está en peligro no es sólo la Revolución: lo que está en grave peligro es la patria. La patria olvidada, sacrificada en La Habana, en Moscú y en Miami por antagonismos desangrantes. Las revoluciones son eso: revoluciones. Un jalón de la historia. Una sobrecarga de emociones. Un acto de justicia. Por eso valen la pena, entre otras angustias. El ritmo de los días se acelera, se recupera el tiempo perdido, se viven como al desnudo jornadas ejemplares. Yo estuve en el lugar que me tocó, a talón pegado. Soy testigo. Como en la sala de un cine veo pasar a mis contemporáneos: van hermosos mis novias y mis amigos, a ratos marchando, milicianos, a ratos llorando, confundidos, a ratos muertos de risa, o simplemente muertos. Absurdamente muertos, arrebatados de mis brazos en algún giro del baile, eternamente jóvenes y salvados del desencanto, hasta el fin de mis días. Los querré siempre. Los extrañaré siempre. Los defenderé siempre. Las revoluciones no pueden ni deben ser eternas porque acaban acorralándose en sus rediles, enemigas de la misma criatura que ayer les dio la razón y que hoy termina por negárselas: sus hijos. O los hijos de sus hijos. O sus hijos. Me duelen mis palabras. A mi generación le tocó perder. Perderse tratando de hallarse, en lucha con la conciencia, a veces sin explicarnos muchas cosas, a veces sin atrevernos a pedir muchas explicaciones. La fe absoluta, la confianza sin límites y el consuelo de una esperanza futura pueden ser, ahora que lo pienso, tres excusas sutiles del miedo. Categorizamos los deberes por encima de los derechos. Perdimos y nos perdimos. Reconocerlo es el primer paso para reencontrarnos de nuevo, unos años adelante, en la casa de nuestros padres que será la de sus nietos porque a nosotros no nos dejaron edificar las nuestras —que serían las suyas. Bien lo dijo quien lo dijo: nadie regresa, siempre se va. Se va de La Habana a Miami, se va de Miami a La Habana. Se va. Siempre se va. El regreso es un movimiento física y humanamente imposible. La historia y la política tampoco vuelven las hojas. La vida tiene veinte años.

Lo que está en peligro no es la obra de un hombre ni de un grupo de hombres aferrados a un poder que consideran legítimo: lo que está en peligro es la patria. Mi patria. Nuestra patria. Esa Cuba republicana y criolla, elegante, conversadora y culta, al menos informada; esa isla alegre y potencialmente próspera, de tradiciones familiares, modales graciosos y decisiones audaces. Una nación en verdad difícil, imperfecta pero noble, que en estos últimos años de batallas mundiales también aprendió a ser generosa con "los pobres de la tierra" de los que hablara Martí. Por eso me niego a pensar que la memoria se borre, que la mediocridad se imponga, que la mentira acabe siendo verdad, que la desilusión fusile sueños en paredones. Que nos olvidemos quiénes fuimos, cómo somos y de qué altura podemos ser. La soberbia suele ser mala consejera. La humildad también.

¿Quieren que les cuente qué me pasa? ¿En dos palabras? Ahí les van mis dos palabras, una a una. El coreógrafo Víctor Cuéllar y la actriz Elvira Enríquez están hechos polvo en un cementerio de La Florida. El escritor Jesús Díaz está en Madrid. El pintor Humberto Castro está en París. El músico Antonio Leyva ¿está en Australia? El caricaturista Ajubel está en Barcelona. El diseñador Umberto Peña está en Miami. El cineasta Juan Carlos Cremata está en Buenos Aires. El dibujante Leandro Soto está en Chiapas. El pianista Gonzalo Rubalcava está en Santo Domingo. El narrador Norberto Fuentes está en Miami. El novelista Manuel Pereira está en España. El fotógrafo Mario García Joya está en Los Ángeles. La actriz Isabel Santos está en el barrio de La Candelaria, en Bogotá. El director de televisión Eduardo Pinelli está en Miami. El poeta y periodista Emilio Surí Quesada está por Bilbao. El editor Carlos Cabrera está en Madrid. El narrador Andrés Jorge está en la Colonia Jardines de Churubusco, D.F. El fotógrafo Fidel Korda está en Noruega. El periodista Jorge Masetti está en París. El oboista Amado del Rosario está en Sevilla. El pintor Tomás Esson está en Hialeah. El músico Leonel Morales está en La Puerta del Sol, Madrid. Arturo Sandoval, rey de la trompeta, está grabando un CD de danzones con el bajista Cachao y el saxofonista Paquito D'Rivera en Washington, D. C. El compositor, arreglista, danzonero y director de orquesta Gonzalo Romeu está por Villa Coapa, México. El actor César Évora está en Televisa. Los actores Miguel Gutiérrez, Miguel Paneque, Gerardo

Riverón y Caridad Ravelo, entre otros muchos, están en Telemundo. El cineasta Oscar Alcalde está en Bogotá. La novelista Zoé Valdés está en París. La editora María del Carmen Alvarodíaz está por Cerro del Agua. Su gemela María Elena está en un lugar llamado Satélite, México. Su hermana Mirta está en Miami, con su sobrino Víctor. Maggy, la madre de Víctor, está en Suiza. Su padre está camino a La Florida. El poeta Manuel Díaz Martínez no está en el país de Ofelia. Ofelia está siendo enterrada en Islas Canarias. El saxofonista Fernando Acosta está en México, con toda su familia. El actor Reinaldo Miravalles está donde quería estar su personaje Cheíto León. El cineasta Mario García Montes está en Venezuela. El escritor y guionista Manolito Gómez está en Bogotá. El músico Oriente López está en Nueva Jersey. El ensayista Iván de la Nuez está en Barcelona. El actor Felipe Dulzaides hijo está en Miami, y ahora es fotógrafo. El crítico Jorge de la Fuente ¿está en La Florida? El pintor Aldo Menéndez está en España. El periodista Armando López está en Texas. El fotógrafo Elio Ojeda está en México. Mirta Medina, Annia Linares, Maggy Carlés están cantando donde puedan, allá en Miami. El músico Nicolás Reinoso está en Montevideo. El saxofonista Eduardo Corzo está en Madrid. El maestro de ballet Joaquín Banegas está en una academia de baile de Coyoacán. El periodista Wilfredo Cancio está en Miami. El cineasta Marco Antonio Abad está en Telemundo. El historiador Manuel Moreno Fraginals está en Cayo Hueso. El dramaturgo y documentalista Elio Ruiz está o estuvo por La Condesa, con un guión sobre la vida y muerte de Brindis de Sala bajo el brazo. El director de teatro Alfredo Sarraín está en Miami. La poeta y periodista Minerva Salado está en un sitio llamado Fuentes Brotantes, México. El trovador Donato Poveda está en Miami. Su hermano Roberto, también trovador, está al frente de una fonda en Bogotá. Los diseñadores Derubín Jacomé y Diana Fernández están en Madrid. El escultor Gelabert está en Miami. El pintor Carlos A. García está en México. El poeta Osvaldo Sánchez está en la colonia Roma. El ensayista Rafael Rojas está en el Distrito Federal. La directora de televisión Lolina Cuadra está *Detrás de la Fachada* en Santo Domingo. El poeta Aniv D'erev está en Alaska. El compositor y guitarrista Leo Brower está en Córdoba. El escritor Alberto Batista está en Miami. La periodista Neysa Ramón está en México. La primera bailarina Dagmar Moradillo está en Miami. El cineasta Ricardo Vega está en París. El músico Mario Dali está en la colonia Doctores. La productora Sareska Escalona está con Mario Dali en la misma colonia. Offil, el pintor de Arte Calle, está en México. El percusionista Berroa está en Nueva York. El bailarín Pedro Beiro está en la colonia Lindavista. La periodista Lissete Bustamante está en el periódico *ABC*, Madrid. Los teatrólogos Betty Hupman y David Sirgado están en Ecuador. El fotógrafo Ernesto Javier Fernández está en Berlín. El guitarrista Manuel Trujillo está en Miami. Alexander, el saxofonista, está en Argentina. La primera bailarina Aymara Cabrera está bailando en Estados Unidos. La primera actriz Isabel Moreno está en la telenovela venezolana *Cruz de Nadie*. El cineasta y escritor Ernesto Fundora está dirigiendo un videoclip sobre Willy Chirino en una cuartería del Centro Histórico del D.F.; sus hermanos pintores Lazer y Roney están tambien en el D.F. La actriz Mabel Roche está en Coral Gables. Los trillizos Hernández, músicos, están en Bolívar 12, D.F. El cineasta Rolando Díaz está en Islas Canarias. El periodista Juan Pin Villar está donde lo coja la noche, sin que acabe de amanecer ni en México ni en Bogotá. El poeta Ramón Fernández Larrea está bebiendo ron de Marruecos en Islas Canarias. La primera bailarina Mirtha García está en el Centro Nacional de las Artes, México. Juan Alarcón, pintor, está en Santiago de Chile. El escultor Luis Eduardo Rodríguez está en Sao Paulo. El novelista David Buzi está en La Florida. El promotor de cultura Alfredo Calviño está en Fortaleza, Brasil. El poeta Emilio García Montiel está a punto de perderse de vista en el lejano Japón. El diseñador de *El Caimán*, Pedro Luis Rodríguez Cabrera, Peyi, está escuchando flauta en las Torres de Mixcoac. El fotógrafo Iván Oms está en Andalucía. La historiadora Cecilia Bobes está en el Colegio de México. El primer bailarín Jorge Esquivel está o estuvo en Puerto Rico. La actriz Leonor Arocha está en Lisboa, Portugal. La novelista Chely Lima está en Ecuador, ¿o ya llegó a Miami? El cantautor Jorge Hernández está cantando el cha cha chá de "Por el túnel de La Habana" en el bar Mamá Rumba, D.F. El poeta Osvaldo Navarro está en la colonia Narvarte, haciendo las paces con Martí. El coreógrafo Alberto Alonso y la bailarina Sonia Calero están sin rumba por el rumbo de San Francisco. El maestro Fernando Alonso está en Monterrey, Nuevo León. Tanya la roquera está en Caracas. Los actores Orlando Casín y Omar Mohinelo también están en Caracas, ¿actuando? El fotógrafo Carlos Martínez Madrigal está en el noticiero *Ocurrió así*, Miami. La bailarina Patricia Carballo está en Tepoztlán, donde ha abierto un restaurante que se llama Son de la Loma. Norka Díaz, la modelo, está tirando cartas astrales en la Zona Rosa. La actriz Ana Viñas está que no quiere ver a nadie en Miami. El escritor y periodista Mariano Rodríguez está o estuvo en Pátzcuaro, Michoacán. El novelista Manuel Granados está en París. El narrador José Manuel Prieto está hoy en México y mañana en Moscú; escribe, cuando puede, una novela sobre el tema de la frivolidad en los tiempos modernos de la desilusión. El actor Julito Martínez no está con Juan Quinquín en Pueblo Mocho, sino en Miami. La actriz Ivonne López está en Coyoacán, ¿o en Los Ángeles? El novelista José Lorenzo Fuentes está en Miami. El pintor Moisés Finalé está triunfando en una galería de París. La investigadora Raquel Capote está en Italia. El cantante y compositor Francisco Pancho Céspedes está en Acapulco. El poeta Emilio de Armas está en Miami. La actriz Beatriz Valdés, La Bella de la Alhambra, está en Caracas. El cineasta Enrique Pineda Barnet, director de La Bella de la Alhambra, está dictando conferencias en Puerto Rico. La ensayista y profesora Raquel Mendieta está en Nueva York. El crítico Arturo Arias Polo está en Miami. El maestro en efectos especiales Jorge Pucheaux está en México. El promotor de cultura José (Pepe) Horta está en un centro nocturno llamado Nostalgia, en Miami. La fotógrafa Sonia Pérez ¿está en Maracaibo? El crítico y periodista Sergio Andrecaín está en San José, Costa Rica. La pintora Consuelo Castañeda está en Miami. El cineasta Hubert Barrero está dando clases en el Centro de Capacitación Cinematográfica de IMCINE. El productor Tomás Pliego está en los Edificios Condesa. El editor y realizador Iván Esteva está en Miami. Caíto, poeta y ensayista, está en Miami. La primera bailarina Lorena Feijóo está en Tijuana. El escritor y guionista Rubén Gueller está en Venezuela. El videoasta Rafael Andreu está en la calle Insurgentes. El bailarín Francisco Salgado está en Nueva York. El historiador Roberto Roque está en San José, Costa Rica. El poeta y periodista Froylán Escobar también está en Costa Rica. El pintor Gustavo Acosta está en Miami. Los escritores Lisandro Otero y Nara Araujo están cerca de División del Norte. El primer bailarín Rubén Rodríguez ¿no está en Bélgica? El narrador Rafael Carralero está en la colonia Mixcoac. El poeta Ángel Escobar está en Chile. El guitarrista Amed Barroso está en Miami. El poeta Raúl Dopico está en Guadalajara. El cineasta Lorenzo Regalado está en Nueva York. El periodista Armando Correa está en Miami. El pintor Pedro Vizcaíno está en Miami. El poeta holguinero Alberto Lauro está en Madrid. El caricaturista René de la Nuez está en Barcelona. La prodigiosa Elena Burke está cantando en un bar de Xalapa. Felipe, su guitarrista, está con ella en Veracruz. La periodista Rita Ceballos está en Tlalpan. Ulises, el pintor, está en Guadalajara. El cineasta Diego Rodríguez Arché está en Carolina del Norte. El actor Fidel Pérez Michel está por Villa Olímpica. El investigador Ernesto Hernández Bustos está en San Ángel. Juansi, el pintor, está o estuvo en La Florida. El primer bailarín Fernando Jhones está dando clases de ballet, creo que en el estado de Guerrero. La primera bailarina Ofelia González está, me dicen, en Brasil. El cineasta Conrado Martínez está en Tlalpan, D.F. La actriz Idalmis del Risco está en Coyoacán. Medio ICAIC (Jorge Sotolongo, Sergio Giral, Carlos Arditti, Guillermito Torres, Tony Somoza, Roberto Bravo, Crozas, José Ramón Pérez, Teresita Montoya, José García Piñeiro, Jorge Abello) está en Miami. El pintor Tomás Sánchez también está en Miami porque no lo dejaron seguir en Tepoztlán. El periodista Agenor Martí está en Ecuador. El primer bailarín Lázaro Carreño está en España. Su hermano José está en Nueva York. El editor y cuentista Alejandro Expósito está en el periódico *El Universal*. El pintor José Betdia está en Estados Unidos. El escritor Antonio Orlando Rodríguez está en San José, Costa Rica. La actriz Magaly Agüero está en el Teatro Avante, en Coral Gables. La cantante y bailarina Farah María está en Madrid. El dibujante Isidro Botalín está en Pachuca, Hidalgo. El cineasta Rubén Medina está extraviado en Budapest. El director de fotografía Luis García Mesa está de policía en el aeropuerto internacional de Miami. Su bella hija Laura está en el bar Nostalgia. El escritor Joaquín Ordoqui García está en alguna buhardilla de Madrid. La modelo Alina Fernández está escondida en París, ¿o en Nueva York? El poeta Alberto Serret está en Ecuador. El novelista Antonio Alfredo Fernández está en Toluca, Estado de México. El músico David Torrens está de bar en bar de ciudad de México. La periodista Natacha

Herrera está en la Quinta Avenida de N.Y. La narradora Olga Fernández está en Quito o en Cochabamba. El crítico de cine Juan Carlos Sánchez está en Islas Canarias. El pintor Luis Miguel Valdés está en el Distrito Federal. El fotógrafo Iván Cañas está en un laboratorio de La Florida. El cantante Eduardo Antonio está en México. El artesano y editor de cine Iván Arocha está en Nueva Jersey. La soprano Alina Sánchez está en Madrid. La poeta Elena Tamargo está en la calle Doctor Vertiz. El actor Francisco Gattorno está en el Canal de las Estrellas. La cantante Mayda de la Vega está en Quito. La actriz Marlen Castell está en México. El promotor cultural Gabriel Blanco está en México. El filósofo Gustavo Pita está al otro lado del planeta, en Tokio, Japón. La cineasta Ana Laura Boudet está en París. Gory, el fotógrafo, está en Miami. El cantante Jesús Lee está en República Dominicana. El afichista René Azcuy está en Jalisco. El periodista Raúl Fernández está en La Yuma, como él decía. La poeta Odette Alonso está por el Metro Zapata, escribiendo versos de amor. El crítico y académico Alejandro González Acosta está en la UNAM. El profesor Rafael Pinto está en la Ibero. El narrador y exdiplomático Miguel Cossío está en la ciudad de México. Su hijo Miguel, director de televisión, está por Barranca del Muerto. El dibujante Enrique Martínez está en la Colonia del Valle. El actor Daniel García, alias Juan Primito, está en Miami. La poeta María Elena Cruz Varela está en San Juan, Puerto Rico. El actor Jacinto Ordóñez está en Florencia, Italia. El escritor Bernardo Marqués Ravelo está en Miami. La actriz Zulema Cruz está en Televisa, al frente de un programa de música salsa. El cineasta Mario Crespo está en Caracas. El pianista Daniel Herrera está en México. El narrador Luis Manuel García está en Jaén, al sur de España. La cantante Albita Rodríguez está en Estados Unidos. Todos los músicos que la acompañaban en Cuba (unos doce) están con ella. El actor Alberto Pujol está o estuvo en Medellín o en Barranquilla. El coreógrafo Gustavo Herrera está por las mañanas en el Centro Nacional de las Artes, por la tarde en una academia de mambo y por las noches en un salón de baile del Centro Histórico. El pintor y grabador Luis Cabrera está en Madrid. El guitarrista Pedro Cañas está en Miami. El poeta Julio Antonio Casanovas, alias El Suave, está en un sencillo departamento de Lima, Perú. Bárbara, la sonera, está cantando en un bar de la calle Reforma. El periodista Alexis Núñez Oliva está en una emisora radial de Cancún. Su hermano, actor, está en Televisa San Ángel. Los cantantes Gema y Pavel están en Madrid. El diseñador Pablo Brower está en la ciudad de México. La actriz Cristina Obín está en Caracas. La escritora Daina Chaviano está en Miami. El crítico de cine Alejandro Ríos también está en Miami. El actor Jorge Cao está en Bogotá. El pintor y dibujante José Luis Posada está en Asturias. El poeta Víctor Rodríguez Núñez está en Colombia. El actor Jorge Álvarez, el David de *Una novia para David*, está en Miami. El novelista Félix Luis Viera está en ciudad de México. El trovador Alejandro García "Virulo" está en El Hijo del Cuervo. El pianista Raúl del Sol está en el Mamá Rumba. El pintor Arturo Cuenca está pintando a José Martí en Nueva York. El narrador Alejandro Robles está, creo, por el periférico sur, ¿Villa Coapa? El crítico de arte José Antonio Évora está en Miami, con su libreta de chistes cubanos a la mano. El cantante Amaury Gutiérrez está en la ciudad de México. La primera bailarina Caridad Martínez está dando clases de ballet en Veracruz. El actor Pedro Sicard está en México. El pintor Ramón Alejandro está en Miami. La coreógrafa Bermaris, ¿está en Barranca del Muerto? El dramaturgo Juan Pedro está en Chicago. El cantante y actor Ramoncito Veloz está buscando empleo en un piano bar de La Florida. Los actores Pedro, Mauricio y Lili Rentería están triunfando en casi todas las novelas venezolanas. El escritor y cineasta Camilo Hernández también está en Caracas, pero con poca suerte; escribe una novela: será buena. El cantante Marcelino Valdés está en el bar Nostalgia, en Miami. La trovadora Maruchi Behemaras está o estaba en el Bar Arcano, en División del Norte, D.F. El grabador Juan Abreu está en Miami. El pintor Waldo Saavedra está pintando en Guadalajara. La cineasta Ana Gómez, Coty, está en Miami. La flautista Mayra Ibarra está en Buenos Aires, al frente de un restaurante de comida mexicana. La profesora en lengua y literatura inglesa Marta Eugenia Rodríguez está por la estación del Metro Indios Verdes. Mi socio El Migue, escenógrafo, está, estaba, en una tienda de campaña en Guantánamo. ¿Ya se fue a Panamá? ¿O lo regresaron a la Base? ¿Le permitieron entrar en Miami? ¿O acaso logró reunirse con su hermano en Boston? ¿O ya se mató el negro? El actor Jorge Trinchet y su esposa, la economista Déborah López, están vendiendo whisky escocés y rones de Jamaica en una licorería de Miami Beach. El dramaturgo José Luis Llanes está buscando casa nueva en Miami. La investigadora Madelyn Cámara está en Nueva York, pues ya no supo vivir en Miami. El cineasta Jorge Dalton está como perdido en Cancún, pues ya no supo vivir en San Salvador. El poeta Antonio Conte está escribiendo una excelente novela sobre los viejos tiempos en una carrera de Bogotá. Mi hermano Constante Rapi Diego, el mejor dibujante del mundo, está en un departamento sin sol de la calle Nápoles. Su hijo Ismael está tomándome ahora una foto. Rosario Suárez Eusa, Charín, la mejor bailarina del mundo, está dando vueltas y vueltas y vueltas por Miami, con su hija Paula sobre los hombros. Y yo mismo, para no ir tan lejos, escribo esta incompleta relación de amigos y conocidos en la Colonia Los Reyes de Coyoacán, entre cohetes y voladores que celebran una de las cincuenta y cuatro fiestas patronales de la chingona delegación.

Eso es lo que me pasa. La mayoría de nuestros escritores y artistas sigue en Cuba, es cierto, trabajando con talento, entrega y oficio, pero nosotros estábamos en la isla hace apenas cuatro o cinco años. En dos palabras no pude decirlo, sí en cuatro: ¿Qué, les parece poco?

La estéril bipolaridad del juicio ha costado demasiado olvido, que es como desperdiciar un montón de memoria fértil, porque los recuerdos no son más que momentos que hemos olvidado olvidar, por puro olvido. La única historia posible, al menos leíble, es la historia de la historia. Mal dicho: su relato. Al narrar un suceso, la acción se ciñe a una gramática y a una sintaxis imperfectas, limitadas por la voz de un sujeto también insuficiente. Los acontecimientos se sacrifican en el exorcismo de la escritura. La hazaña se reduce en un logro relativo: el orden de las palabras, fieles unas, rebeldes otras, en cualquier caso discursivas. La urgencia de sucesivas versiones de los hechos no parte de la obligación de exponer una verdad como un templo sino del derecho, pocas veces reconocido por los poderosos, a estar equivocado. La búsqueda obsesiva de la verdad no permite ningún derecho al error: he ahí su principal error. Suele suceder que el pasado vuelto a contar, y ojalá que vuelto a leer, se convierte en un polvorín que amenaza con estallar en un futuro tan cercano que puede ser el día de hoy. El presente vuela a la velocidad del eco. Se acumula, como tesoro o entre basura. Esa sensación de vértigo debe ser idéntica para cualquiera que busque puntos de referencia y de equilibrio en el violento carrusel de lo inmediato. Soy de los que creen que sólo los grandes sentimientos generan obras trascendentes. Las roñas menores producen piezas de frágil calidad: el rencor, los celos, la amargura, la envidia o el resentimiento no sirven de mucho si no se padecen desde el goce contradictorio del amor, que enaltece y duele, o confundidos en el centro del odio, que arrebata y obliga. No me propongo escribir la memoria de la historia sino la historia de mi memoria, marcada por la cruz de mis fantasmas. Todo recuerdo reposa como un sueño: si se cuenta, dicen, no se cumple. Quizás sea eso lo que quiero: que ardan, con mis palabras, las letras tristes de mi vida, igual que una carta de amor que uno quema hasta la punta de los dedos, y acaba en soplo. La memoria es selectiva, en ocasiones inclemente: de la mía soy dueño y esclavo. Tal vez sea lo único con lo que cuente en esta vida. Sólo mis olvidos se irán conmigo un día de éstos, como una pila de huesos más —que ya no serán míos ni de nadie.

El error de algunos políticos radica en confundir la vida con la historia. Astrología con astronomía. El desliz se paga caro. En el mejor de los casos, los únicos que tendrían derecho a esa equivocación serían los políticos que duran poco en el poder. Lo que no han reconocido los líderes de la Revolución cubana y los jefes del exilio, ocupados como están en ignorarse, es que el llamado proceso revolucionario se agotó hace algunos años. Se detuvo. Para bien o para mal, dejó de suceder, de acontecer. El final fue "humanamente" inevitable, aunque por inercia no se acepte en el discurso público ni en las conspiraciones secretas. A finales de la década de los ochenta, el reino del proletariado resultó fulminado por una revolución silenciosa, no necesariamente de derecha. Al desaparecer "la amenaza roja" no se esfumó una Europa al este de otra Europa: se acabó, para todos y cada uno de nosotros, el siglo xx —por demás, el más corto de la humanidad—: comenzó con cierta tardanza, allá por el mes de octubre de 1917, en San Petersburgo, y se desgastó a finales de la década de los ochenta, y no por decisión de adalides, Papas o regentes, sino por la majestuosa desilusión de esa mayoría que resultó ser la colmena de hombres y mujeres buenos del planeta. Cada pueblo ha tenido, tiene, su propio remate de centuria, unos en armonía, otros al borde del precipicio, los más a balazos. Las fuerzas dominantes de la derecha habían celebrado la quiebra del socialismo real como un triunfo de la democracia por ellas mal representada, sin darse cuenta que el desplome había sido, en primer lugar, una conquista de los pueblos cansados, porque los regímenes totalitarios habían hecho tanto daño en tan breve lapso que lo mejor era, y fue, liquidar cuanto antes el virus de la intolerancia y desintoxicar el cuerpo social, aun a riesgo de ponerlo en peligro con posibles infecciones del viejo orden económico, nada sano, por cierto. La epidemia del siglo xxi será, sin duda, la plaga de los fundamentalismos, religiosos, puritanos, tecnológicos, mercantiles, militares, metafísicos, o ecológicos. Los países tras "la cortina de hierro" dieron un ejemplo a seguir, al cortar de cuajo uno de los más enfermizos de nuestra época, el estalinismo; además, algunos tuvieron la inteligencia de no cerrar las puertas a la posibilidad de un triunfo de una izquierda diferente, más tolerante, como se comprobó en las elecciones en Polonia. La Casa Blanca, sorda por las campanas que celebraban la supuesta victoria sobre el Kremlin, se creyó merecedora de una recompensa mayor. Cuba, a noventa millas de sus costas, volvía a verse como un barco a la deriva. Un pueblo entero en una balsa. Si a la mañana siguiente del derribo del Muro de Berlín, el gobierno de Estados Unidos hubiera tomado la decisión de levantar el bloqueo económico a la isla, la historia hubiese sido menos ácida; sin embargo, actuó contra la corriente y, para asfixiar toda esperanza, apretó el nudo de la horca. Allí se perdió una oportunidad para superar una crisis que conviene a los que han hecho fortunas en el mercado de las confrontaciones políticas —en la isla y en el exilio. Los extremos se tocan. Incluso, se dan la mano.

La comunidad socialista fue incinerada por fuegos intestinos, y sus cenizas se esparcieron por el mundo, purificando el aire que respirábamos. Entre la espada del desencanto y la pared de sus principios, la Revolución cubana dio una prueba de impaciencia cuando se vio precisada a fusilar a uno de sus héroes, síndrome nacional que, lejos de probar la fortaleza del gobierno y su partido, puso en evidencia las debilidades de un sistema ahogado por presiones internas y externas. La fecha es más simbólica que precisa, lo reconozco, pero marca una jornada clave en el calendario de nuestras frustraciones. Los vientos de la debacle europea comenzaban a llegar al Caribe y se tomó la medida de aislarnos en sitios seguros, incomunicándonos del resto del mundo. Las revoluciones no siempre acaban devorando a sus hijos; a veces son los hijos quienes terminan detestando las revoluciones.

Durante más de treinta años, los vínculos entre los ciudadanos cubanos y la patria pasaron obligatoriamente por nuestra postura frente a la Revolución, antes que por nuestros deberes y derechos con la nación. No había alternativa: éramos patriotas o apátridas, compañeros o gusanos, leales o traidores, fidelistas o anexionistas, revolucionarios o contrarrevolucionarios. A partir de los noventas, y a pesar de que la dirigencia partidista sigue defendiendo a rajatabla las tesis del socialismo, creo que se ha restablecido un nexo directo entre la patria y la ciudadanía, a través de un compromiso con la nación, sin intermediarios ideológicos. Una nueva nación que va surgiendo poco a poco, con virtudes y defectos, recientes o pretéritos, y se siente heredera de las conquistas de sus mayores pero, a la vez, se obliga al cuestionamiento de sus insuficiencias. Sobre esa nación me pronuncio. Es mi tribu. Su futuro, mi futuro. Una nación basada en un orden económico confuso y contradictorio, un limitadísimo diseño democrático y un desproporcionado aparato militar. Una nación en venta, barata, invadida por la Legión Extranjera del capital foráneo, donde a los connacionales nos está prohibido el derecho a participar en inversiones o planes de desarrollo y únicamente podemos aspirar a ser usufructuarios del Estado, convertido en accionista de una empresa ·llamada Isla de Cuba. Una nación compleja, mas no acomplejada, que cuenta entre sus pasiones con el orgullo de haber superado desafíos tan difíciles como la educación y la salud públicas. Una nación habitada por una juventud alegre y altiva, con ganas de echarse al hombro la tarea de rebelarse ante el más mínimo asomo de desengaño. Una nación escindida por las zancadillas del revanchismo, la ausencia de diálogo, las incomprensiones mutuas, pero reunificada en su vivencial poético por el magisterio de una cultura multiplicada, no dividida, diversa antes que concéntrica. La dialéctica marxista nos enseñó que la realidad cambia, se transforma, de manera inevitable. Así, de la noche a la mañana, los revolucionarios se vieron convertidos en prósperos empresarios. Apareció, por arte de magia, una nueva prostitución, bien diferente a la de los vicios republicanos, y también nos salió de la manga el naipe de un nuevo capitalista, distinto al que desde el exterior sigue reclamando sus antiguas posesiones. No se podrá avanzar en el difícil camino de la unidad nacional si en La Habana, en Miami o en Washington colocamos sobre la mesa de comer la anatomía anterior de la nación, y la cortamos en pedazos, como un pernil en un banquete de difuntos. El deseo de volver al pasado, no por el puente de la nostalgia o el catalejo de la poesía sino al abordaje de la venganza, es un absurdo del exilio intransigente: una piratería. La amenaza gubernamental de un suicidio colectivo si el pasado intenta injertarse en el presente, fruto de una intervención militar, es una táctica también errónea. Los extremistas de un bando exigen que se hunda la isla en el mar antes que regresar al capitalismo; los extremistas del otro solicitan licencia de "tres días para matar", y así resolver deudas pendientes, con tiros de gracia. Si se persiste en imponer esas reglas del juego, todos perderemos la partida —y entonces, ya vencidos, las aves de rapiña nos ganarán a picotazos los cuerpos de nuestros amadísimos muertos.

Los cubanos quizás no tenemos escapatoria, pero sí salvación. Por mucho que se corra, el que corra con más suerte llegará si puede al punto de partida. El círculo de la isla se cierra sólo para abrirse de nuevo. Somos los mismos en La Habana, en Miami o en Moscú: he ahí nuestra libertad y también nuestra cadena. En Cuba el pasado nunca acaba de pasar; nos precede, nos atrapa y nos proyecta. Mi padre siempre lo dijo: tapen bien los espejos que la muerte presume. Nacer en esta isla es, en verdad, una fiesta innombrable, querido José Lezama Lima. Sombras que sólo yo veo, me escoltan mis dos abuelos, escribió Nicolás Guillén. Nuestros santos difuntos dialogan, discuten, pelean y conspiran, aunque los entierren bajo cruces sin nombres o se ahoguen en el mar que nos encierra y nos define. Los fantasmas traen el ron a la mesa, donde hay una silla reservada para los ausentes. Las abuelas, mi abuela, tu abuela, siguen tosiendo en los retratos. Mi padre siempre lo dijo: guarden el pan para que haya con qué alumbrar la casa. Mi padre, que en paz descanse. Puñales de melancolía esos que nos pueden volver a matar cuando alcancemos a regresar a las calles empedradas de nuestra historia. Algún día tendrá que suceder, y Dios quiera que sea sin odios ni rencores: los cubanos nos sentaremos a repasar esta segunda mitad del siglo xx, a revivir las noches sin nosotros del exilio, las noches sin ustedes de la isla, a encarar los hechos y a sus hombres con la martiana serenidad de la justicia. Será la hora de la paz necesaria, y a fuerza de querernos como nunca antes en quinientos años, seremos capaces de comprendernos porque ésa ha de ser, una vez más, la única forma de perdonarnos. Nos volveremos a emocionar, claro que sí. Lo merecemos. Yo, confieso, recordaré con cierta amargura a un joven que abandoné a su suerte hace muchos años en una trinchera de La Habana: yo mismo. A pesar de tantísimos pesares, y en nombre de tantísimas alegrías, me niego a pensar que durante esa descarga de recuentos dulces y amargos alguien diga, yo diga, cualquiera de nosotros se atreva a decir, "Que se vayan, que se vayan, que se vayan", o "Dentro de la Revolución nada, contra la Revolución todo", o "Esta casa es mía", "Fidel: ¡ésta es mi casa!", o "El pecado original de los intelectuales cubanos es que hicimos la Revolución", o "¡Paredón! ¡Paredón! ¡Paredón!", porque entonces, compañeros y compañeras, escorias y sabandijas, señores y señoras, socios y socias, compadres y comadres, gusanos y gusanas, aseres y moninas, damas y caballeros, lectores y lectoras, amigas y amigos míos, entonces tendremos que desclavar de nuevo las tablas de los roperos, y sujetarlas de algún modo a los bastidores de la cama, y una noche propicia, bajo el *spot* de la luna, nos veremos balseando en un mar de tiburones cebados por las carnadas de miles de náufragos hermanos, con la desesperada esperanza de llegar cuanto antes a la única tierra que parece prometida para los cubanos: irnos, todos, a casa del carajo. O lo que es lo mismo: a la mierda.

FIN

Informe contra mí mismo terminó de imprimirse en abril de 1998, en Litográfica Ingramex, S.A. de C.V. Centeno 162, Col. Granjas Esmeralda, C. P. 09810, México, D.F. Cuidado de la edición: Sandra Hussein y Marisol Schulz.